THEA FISCHER

Lang taucht ab

atb aufbau taschenbuch

THEA FISCHER ist das Pseudonym einer Journalistin, die für verschiedene Lokalredaktionen schreibt. Sie wurde in Augsburg geboren und ist in Oberbayern aufgewachsen. Heute lebt sie mit ihrer Familie am Ammersee.

Im Aufbau Taschenbuch ist bisher ihr Kriminalroman »Bürgermeister Hirsch geht baden« erschienen.

Mehr zur Autorin bei Instagram unter @fischer_thea sowie unter www.facebook.com/fischerthea

Die Journalistin Petra Rosenberger, die inzwischen in München lebt, kehrt für eine Reportage zurück ins Fünfseenland. Sie soll auf dem Ammersee einen Fischer bei seiner Arbeit begleiten. Doch die Bootsfahrt zu den ausgelegten Fischernetzen findet ein jähes Ende, als Petra im See eine Leiche entdeckt: Es ist Moritz Lang, der gerade erst zum Landrat gewählt wurde. Petra will auf keinen Fall schon wieder in Mordermittlungen hineingezogen werden. Aber als die Nachricht von Moritz Langs Tod ihrer Freundin Birgit mehr zusetzt als angenommen und dann auch noch Petras eigene Mutter etwas mit dem Fall zu tun zu haben scheint, wird sie neugierig – und mischt die Polizeiarbeit am Ammersee ordentlich auf.

THEA FISCHER

Lang taucht ab

MORD AM AMMERSEE

Kriminalroman

atb aufbau taschenbuch

MIX
Papier aus verantwortungsvollen Quellen
FSC® C083411
www.fsc.org

ISBN 978-3-7466-3598-9

Aufbau Taschenbuch ist eine Marke
der Aufbau Verlag GmbH & Co. KG

1. Auflage 2020

Umschlaggestaltung www.buerosued.de, München
unter Verwendung eines Bildes von
© Stefan Ritschel EyeEm / Getty Images
Gesetzt aus der Minion Pro durch Greiner & Reichel, Köln
Druck und Binden CPI books GmbH, Leck, Germany
Printed in Germany

www.aufbau-verlag.de

KAPITEL 1

Uferbereich Ammersee-West – im Frühjahr

Ich hasse Weihnachten! Moritz Lang betrachtet die unter Wasser stark aufgequollenen Christbäume. Sie sind stehende Gerippe, die unterhalb der Wasserlinie statt saftig grüner Nadeln einen wabernden schleimigen Algenbewuchs hängen haben. Über Wasser leuchten die stachligen Verästelungen in Weiß wie ein modernes Kunstwerk. Wie Lametta hängen grün-gelb schimmernde Algen an den Baumgerippen. Sie schaukeln sanft im Rhythmus der Wellen hin und her. Genau wie der leblose Körper von Moritz Lang. Er wird sanft im Wasser gewiegt. Die Elemente haben Moritz Lang übel mitgespielt.

Das eiskalte Wasser drückte ihn in die dunkle Tiefe, zog an ihm, schleuderte ihn herum, und schließlich ging es mit der tiefen Unterströmung des Ammersees auf eine weite Strecke wie auf einer Achterbahn, die zur Geisterbahn mutierte.

Unheimliche, wie aus der Steinzeit stammende Lebewesen gibt es im See. Besonders gefürchtet hat sich Moritz vor zwei Welsen, die mit ihren weit abstehenden Barteln sehr nahe an ihn herangeschwommen waren. Die beiden Fische waren fast zwei Meter lang und hatten eine glatte, schleimige und schuppenlose Haut, die Moritz genau betrachten konnte, so nah wie die beiden ihm gekommen waren. Die zwei Seeungeheuer, offenbar ein Pärchen, rochen an ihm, dabei sah er nur wenige Zentimeter von seinem linken Auge entfernt einen riesigen Schlund, der fast die ganze Breite des großen Kopfes einnahm. Auch einem Lager voller Aale kam er gefährlich nahe. *Wie eklig! Mein schöner Body ist kein Tierfutter!*

Zufrieden sieht er an sich herunter: Die knapp sitzende Jeans und das eng anliegende Hemd verbergen einen schlanken jungen Körper. Und überhaupt: Mit so schleimigen Fischen kann er gar nichts anfangen.

Noch sehr gut erinnert er sich an einen stolzen Fischer aus Fischau, dem letztes Jahr ein stattlicher Wels ins Netz ging. Einen harten Kampf hat der Wagner Sepperl, der selbst zu den wettergegerbten Urgesteinen von Fischau gehört, mit dem Tier ausgefochten, das fast so schwer gewesen war wie er selbst und auf jeden Fall größer. Beim Pressetermin mit dem stolzen Fischer, der die Trophäe präsentierte, konnte Moritz seinen Würgereiz nur schwer unterdrücken. Das als besonderes Highlight angepriesene Fischessen des erlegten Raubfisches bei einem der renommierten Seegastronomen sagte er mit einer Ausrede ab und verzichtete damit auf die Gelegenheit, Wahlkampf zu machen. *Aber es hat ja auch so gereicht*, denkt Moritz und schmunzelt vor sich hin. *Landrat von Landsthal! Wer hätte das gedacht? Den Sesselfurzern, Kleinkrämern und Korinthenkackern an der Uni hat er es richtig gezeigt.*

Zum Glück haben die beiden Waller vorhin von ihm abgelassen, offenbar passte er doch nicht in ihr Beuteschema. Jetzt ist Moritz aus den Tiefen des Sees wieder aufgestiegen, angelandet im flachen Wasser einer Ammerseebucht vor Fischau. Wie lange er unter Wasser verbracht hat und wie weit er von seinem Lieblingsbootshaus weggetragen wurde, kann er nicht recht einschätzen. Unter Wasser ging ihm jedes Zeit- und Raumgefühl verloren. *In diesem nassen Grab will ich nicht bleiben! Verdammt, warum holt mich niemand raus?* Moritz schickt erst seine Flüche und dann für alle Fälle noch seine Wünsche an alle höheren Mächte.

Hier in der flachen Bucht ist es auch nicht viel besser als in der Tiefe. Kleine Fische umkreisen ihn, aber wenigstens sind die Aale hier noch nicht auf ihn aufmerksam geworden. Die Plastikverpackung eines Sandwichs wird immer wieder gegen seinen Arm gespült, daneben schwimmt eine alte Kinder-Badelatsche. Seine rotbraunen Locken haben sich in den Spitzen der Weihnachtsbäume verfangen, die in alten betongefüllten Töpfen stehen. Der Sinn dieses Christbaum-Recyclings ist ihm noch immer nicht ganz klar. Und jetzt hängt er in dieser grotesken Weihnachtsunterwasserwelt fest. Sozusagen als Topping. Moritz Lang schnauft durch. Leise gluckst das Wasser an seinem Ohr, als wollte der See seine letzten Lebensgeister aufwecken. Außer einer einzelnen roten Christbaumkugel, die im Wasserbad langsam verblassen wird, sieht Moritz Lang wenig. Immerhin ist das Wasser in der Bucht heller. Jetzt müssen die Suchmannschaften ihn doch endlich finden.

Moritz Lang wehrt sich gegen den Gedanken, dass er tot ist. Er, das smarte Politikwunderkind, kann nicht tot sein! Auf dem Höhepunkt seiner bisherigen Karriere, als frisch gewählter neuer Landrat von Landsthal, muss er doch seine neue Macht genießen dürfen. *Ich bin auch viel zu jung, um schon zu sterben,* denkt Moritz. *Gut, James Dean hätte ich überlebt, aber an Jesus Christ Superstar bin ich noch nicht he-*

rangekommen. Die Besten zuerst! Unter dem Aspekt könnte er sich einreihen, er, der stahlendende Stern der lokalen Politik, der Hoffnungsträger des Oberlandes … Bei seiner Eloquenz wäre sogar sein Fernziel Bundespräsident möglich. *Herr über Landsthal!*

Landsthal ist ein schmucker Voralpenlandkreis mit einer Kreisstadt, die mit einer entzückenden historischen Altstadt punkten kann, allerlei Kulturschätze aufweist und bis zum, vom Alpenpanorama flankierten, Ammersee reicht. Zum Landkreis gehört auch das Dorf Otterschwing. Moritz' Wahlsieg ist ein Schritt auf der für ihn vorgesehenen Karriereleiter. Schon als kleines Kind saß er gebannt vor dem Fernseher, wenn die Mächtigen der Politik ihre Treffen abhielten. Genau studierte er die Männer in ihren dunklen Anzügen. Gut, es gibt schon lange eine Kanzlerin in Deutschland, aber sie muss ja auch die politische Schwerstarbeit machen und ständig die Egos derer, die an ihrem Stuhl sägen, im Zaum halten. In seinen kindlichen Tagträumen sah Moritz sich auf dem roten Teppich schreiten, und vorne stand wahlweise die Queen, der Papst oder ein hipper Präsident, je nachdem, wer gerade den besten Marktwert hatte. Das war schon immer sein Ziel, und jetzt soll schon Schluss sein? Wenigstens würden seine Gene weiterleben, dafür hat er noch sorgen können.

Am Ufer des Sees tut sich was. In der Ferne hört Moritz Lang das Bellen zweier Hunde. Und ein schwaches Rufen, das verzerrt nach seinem Namen klingt. Wenn er sich anstrengt, kann er vielleicht auf sich aufmerksam machen. *Das ist die Josie*, glaubt er zwischen dem ganzen Geglucker an seinem Ohr zu hören. *Die Josie, die hätte die Eine sein können.* Eine wilde Großstädterin, der er nicht viel vormachen kann. Sie sind sich in gewisser Weise ähnlich, nur dass Josie erstaunlicherweise von einem Biobauernhof träumt, den sie auf dem alten Hof ihres Opas, dem Altbürgermeister Johann Schmidt, in Otterschwing aufziehen will. Leider ist Josie schon durch ihren Punk-Look nicht für ein Leben als Landratsgattin geeignet. Obwohl, vielleicht hätte man auch die Taschentuch-Story mit Josies totem Vater Adi, der vor ihrer Geburt unter mysteriösen Umständen verschwunden war, ausschlachten können. Aber Moritz will lieber auf Nummer sicher gehen. Er hat andere Politikerkarrieren genau verfolgt und mitbekommen, dass die Wahl der Gattin für den politischen Erfolg sehr entscheidend werden kann.

Aber so ganz hat er von der Josie nicht lassen können. Sie verstehen sich auf einer tieferen Ebene wortlos, trinken auf dem Bankerl am Hof von Johann Schmidt Bier aus der Flasche, und wenn Josie ihn einlädt zu bleiben, dann bleibt er. Dass die Josie jetzt so nah ist, wundert Moritz nicht. *Hier bin ich! Vielleicht ist das nervöse Hundetier, das sie in einem Anfall von »Wir müssen kurz die Welt retten« aus einem rumänischen Tierheim geholt hat und das so gerne bei ihr im Bett liegt, nun endlich zu etwas nütze.* Moritz entschuldigt sich im Geiste bei der Hündin, da er sich in aller Heimlichkeit nicht immer ganz korrekt verhalten hat. *Such, Caro, such!*

Josie steht am Ufer und redet auf ihre braune Mischlingshündin Caro ein. In der Bucht ist irgendetwas, das spürt sie, und Caro soll im Wasser suchen. Doch Caro ist wasserscheu, sie jault laut und schaut Josie mitleidheischend an.

Josie beschließt, selbst ins Wasser zu waten, und zieht die Schuhe und Strümpfe aus. Aber schon nach kurzer Zeit sind ihre Füße in dem noch kalten Wasser des Ammersees zu Eisklumpen gefroren, und auf den Steinen ist es sehr rutschig. »Das hat keinen Sinn!«, sagt sie zu ihrer Hündin.

Caro bellt bestätigend. Jetzt kommen noch weitere Spaziergängerinnen heran.

»Servus Josie«, sagt Marlene Hirsch und stupst ihre Tochter Franziska an.

»Hallo«, drückt diese raus.

»Willst du kneipen?«, fragt Marlene und schaut auf die bloßen Füße von Josie. An ihrer linken Wade ist deutlich ein kleines Tattoo zu sehen. Josie will nicht vor der Franzi zugeben, dass sie den Moritz sucht und irgendwie von der kleinen Bucht angezogen wurde.

»Ich wollt nur schauen, ob man bald baden gehen kann«, sagt sie zur Marlene. »Aber das Wasser ist noch zu kalt«.

»Ja mei, des werd scho, is ja grad erst Anfang Mai«, sagt Marlene. »Aber die Stand-up-Paddler sind schon seit ein paar Wochen auf dem See unterwegs.«

Franziska hält das Geplauder nicht mehr aus und wendet sich an Josie. »Weißt schon was wegen dem Moritz?«

»Nein, ich hab nichts gehört«, sagt Josie, wendet sich ab und beginnt sich die Strümpfe wieder anzuziehen. »Und ihr?«

Diesmal antwortet Marlene mit einem resignierten Kopfschütteln. »Ich versteh net, warum der Moritz abgetaucht ist. Viel Zeit hat er nimmer, im Landratsamt sind alle schon ganz narrisch. Der neue Kreistag wartet, und Moritz muss doch die Amtsgeschäfte übernehmen.«

Die Franzi sagt: »Am Handy geht nur die Mailbox dran und keine Antwort auf meine Nachrichten. In seiner Wohnung ist er auch nicht, hat seine Hauswirtin g'sagt. Wo kann der Mors nur sein?«

Josie weiß es wirklich nicht, aber sie hat eine Ahnung, dass der Moritz, der es im Übrigen hasste, wenn ihn jemand in der Öffentlichkeit Mors nannte, nicht ganz freiwillig abgetaucht ist. Oder steckt gar eine weitere Frau dahinter, mit der er noch ein paar schöne Tage verbringen will, bevor sein Spießerleben als Landrat offiziell beginnt?

Marlene hat auch ihre Vermutungen, aber keine guten. Schließlich ist es nicht allzu lange her, als herauskam, was mit dem Adi, der zuletzt in Otterschwing vermisst wurde, passiert ist. Der Adi war der Vater von Josie, aber Josie hat ihn nie kennengelernt und immer geglaubt, der Adi habe ihre Mutter in Berlin schwanger sitzenlassen. Jahrelang haben alle in Otterschwing angenommen, der Adi mache sich in Berlin einen schönen Lenz und wolle von seinen Eltern und den beiden Jugendfreunden Theo und Sepp in Otterschwing nichts mehr wissen. Erst die Recherchen von Petra Rosenberger, der damaligen Redakteurin vom *Seekurier*, und ihrem Team, der SOKO Benedictum, haben die Wahrheit ans Licht gebracht: Der Adi Schmidt lag jahrzehntelang unterm Findling an der alten Weide in Otterschwing und war vermutlich im Streit von Marlenes eigenem Mann, dem Bürgermeister Theobald Hirsch, der vor knapp zwei Jahren unter mysteriösen Umständen verstorben ist, erschlagen worden. Eine juristische Klärung der Vorfälle gab es nicht, aber Marlene spürt eine moralische Schuld. Seither sitzt der Letzte der drei Jugendfreunde, der Sepp Bledschneider, in der geschlossenen Psychiatrie im Allgäu. Zusammen mit Petra Rosenberger, die inzwischen bei der *Münchner Postille* arbeitet, kümmert sich Marlene seither um den Sepp. Der Ökoaktivist war einigen der Oberen ganz gehörig auf die Finger getreten und wusste wohl auch zu viel über die wahren Hintergründe des gescheiterten Projektes »Pilsen-Therme«, die in Otterschwing gebaut werden sollte. Die Ruinen sind zwar großteils entfernt worden, aber den Hang ziert noch eine dicke braune Narbe.

Moritz Lang wird das Gerede am Ufer langsam fad, zumal der Ostwind nur Satzfetzen zu ihm herüberträgt. Dass man in der Kreisstadt dringend auf ihn wartet, so viel hat er mitbekommen. Lange hat er auf diesen Moment warten müssen, und jetzt steckt er in den blöden Christbäumen fest!

Dieses dämliche Weihnachten, das Fest mit der erzwungenen Harmoniesoße, die mir meine Ärmlichkeit immer so deutlich vor Augen geführt hat.

Er erinnert sich, wie er als Vierzehnjähriger jeden Tag im Stadtwald in geborgten Turnschuhen gelaufen ist, um seinen Chips-und-Cola-Speck wegzubekommen. Er hat Zeitungen ausgetragen und andere Botengänge erledigt, um das schmale Salär seiner alleinerziehenden Mutter aufzubessern. Eine Zeit lang ist er sogar auf vegetarisches Essen umgestiegen und hat die Mülltonnen des einzigen Biomarktes in seiner Hood regelmäßig nach essbaren Abfällen inspiziert. Aber wenn er den Stadtteil verließ, war er immer topmodern gekleidet und sprach ohne Dialekt. Auch in seinem Provinzgymnasium fiel er, der vaterlose Junge aus der Siedlung, positiv auf. Den endgültigen Durchbruch hatte er mit dem Börsenspiel in seiner AG, wo ein Mentor die Schüler in die Geheimnisse des Kapitalmarktes einführte. Nebenbei investierte er etwas Taschengeld und konnte auf Anhieb eine ordentliche Summe einstreichen. Das war seine Basis für einen Studienbeginn nach Maß in der Hauptstadt, wo Moritz die Enge seines bisherigen Lebens zurückließ, ohne sich einmal umzuschauen.

Seine Mutter und seine Schwester himmelten ihn an, denn sie hofften, er würde aus der Hauptstadt als Retter zurückkommen. Seine Mutter schickte ihm trotz ihrer mageren Einkünfte jeden Monat etwas Geld, denn Bildung war für sie der Schlüssel zu einem guten Leben.

Moritz hat in Otterschwing und im Wahlkampf keine Details über seine Jugend preisgegeben. Auch mit Informationen aus seiner Studienzeit in Berlin ist er äußerst sparsam umgegangen, allerdings hat er immer gerne auf seinen sehr guten Uniabschluss an der FU Berlin hingewiesen. Auch eine Anstellung im Deutschen Bundestag erwähnte er immer wieder. Dass diese Anstellung lediglich ein kurzes Praktikum gewesen war, verschwieg er.

Vor etwa einem Jahr wurde Moritz in Otterschwing vorstellig. In der CSU-Fraktion in Berlin hatte er mitbekommen, dass im beschaulichen Otterschwing ein neuer Bürgermeister gesucht wurde, da es wohl keine geeigneten Kandidaten aus den eigenen Reihen gab. Flugs hatte Moritz sich in den Besoldungstabellen für hauptamtliche Bürgermeister über das mögliche Einkommen informiert und war positiv überrascht gewesen. Und das Beste: Nach noch nicht einmal zwei vollen Amtszeiten, nach zehn Jahren, war es möglich, bereits seinen Pensionsanspruch zu genießen. Man musste nur den Gemeinderat überzeugen, die Pension gleich zu gewähren, nicht erst, wenn man schon alt und grau war. Da würde ihm schon etwas Glaubwürdiges einfallen, dachte Moritz.

Vor Ort stellte sich bei einem Sondierungsbesuch heraus, dass er gleich eine Nummer höher einsteigen könnte, denn auch der Posten des Landrates wurde neu vergeben, da der bisherige Amtsinhaber von der CSU nicht mehr antrat. Die Erste, die Moritz Lang auf seine Seite zog, war die verwitwete Bürgermeistersgattin Marlene Hirsch, in deren Ferienwohnung er bei seinem ersten Erkundungsbesuch Quartier bezogen hat. Allerdings ist damals diese Rosenberger aufgetaucht und hat ihn mit neugieren Fragen überzogen. Diese Journalistin hält er lieber auf Abstand. Deshalb hat er es auch vorgezogen, sich eine kleine Wohnung in Otterschwing zu nehmen, die Marlene ihm vermittelt hatte. Zum Glück wohnt die Rosenberger jetzt ja nicht mehr in der Nähe, aber für seinen Geschmack taucht sie noch deutlich zu oft auf.

Moritz hört vom Ufer her auch jetzt schon wieder ihren Namen. Offenbar will Marlene die Journalistin über sein Abtauchen informieren, aber Franzi widerspricht ihrer Mutter energisch: »Das würde den Mors in ein schlechtes Licht rücken! Bestimmt druckt sie das gleich in ihrer Vermischten-Rubrik.«

Marlene wundert sich, dass ihre sonst so stille Tochter Franzi sich so engagiert. Offenbar ist zwischen dem Moritz und der Franzi doch mehr gelaufen, als beide zugegeben haben.

Marlene zieht eine Augenbraue hoch und schaut ihre hübsche Franzi an, die ein ganz anderer Typ ist als die schwarzhaarige Josie mit ihrer blassen Haut und den blauen Augen. Die Franzi dagegen sieht ihrem Vater, dem flotten Theo, ähnlich mit ihren braunen welligen Haaren, den gesunden rosigen Wangen und den vollen Lippen.

Der Theo hat seine beiden Mädchen, die Franziska und die zwei Jahre jüngere Anna, nach Strich und Faden verwöhnt, trotzdem sind beide bodenständig geblieben. Besonders die Franzi ist Marlene eine große Hilfe bei der Bewirtschaftung der drei Ferienwohnungen auf dem Hölzle-Hof. Die drei Frauen sind nach dem Tod vom Theo eng zusammengerückt, sodass sie kaum Geheimnisse voreinander haben. Der Theo hätt sicher spöttisch etwas von einer »Weiberwirtschaft« gesprochen, denkt Marlene bei sich.

Und in dieser Weiberwirtschaft hat sich der Moritz Lang von Anfang an sehr wohlgefühlt. Marlene hatte das Gefühl, einen Ziehsohn bekommen zu haben, und ihren Töchtern gegenüber benahm er sich äußerst ritterlich. Aber Franzi sieht wohl weit mehr im Moritz als einen großen Bruder.

Der Theo jedenfalls hat es mit der Treue nicht so genau genommen, und Marlene muss immer noch an sich halten, um seiner letzten Verflossenen, der Metzgereifachverkäuferin Tina, nicht eine Watschen zu verpassen, wenn die beiden Frauen sich zufällig im Ort treffen. Die Tina ist doch glatt monatelang in schwarzer Kleidung herumgelaufen und hat wegen des schlimmen Traumas, das der Tod vom Theo ihr zugefügt hat, nicht mehr arbeiten können. Ganz so, als wollte sie im Dorf zeigen, dass sie und nicht Marlene die wahre Liebe vom Theo gewesen ist. Diese Flitschen!

»Sucht eigentlich die Polizei nach dem Moritz?« Josie reißt Marlene aus ihren Gedanken.

»Offiziell nicht, aber sie halten die Augen offen«, entgegnet Marlene. »Ein Erwachsener kann jederzeit seinen Aufenthaltsort ändern, deshalb braucht man eine gute Begründung, wenn man ihn als vermisst melden will. Und für seinen neuen Posten muss er auch noch nichts Amtliches machen. Er hat in der Wahlnacht gleich sein Amt angenommen. Amtsantritt ist am zweiten Mai.

Offiziell ist die Wahlnacht der letzte öffentliche Auftritt von Moritz, der nach der erfolgreichen Stichwahl auch dem Fernsehen Interviews gegeben hatte. Mit seinen achtundzwanzig Jahren war seine Wahl die Sensation im Politikbetrieb, und so schaffte er es beim ersten Wahlgang auch in die ARD-Tagesthemen. Danach hat er eine Flut von Nachrichten bekommen und viele Glückwünsche. Einige davon auch aus seiner Vergangenheit, aber die ignorierte er. *Das wirbelt zu viel Staub auf*, hat ihn eine innere Stimme gewarnt.

Jetzt hat Moritz Lang genug vom Gespräch der drei Frauen. *Josie ist doch schon auf der richtigen Fährte!*, denkt er. Seine Hoffnung, dass ihn eine der drei entdeckt, schwindet, als sie sich wieder vom Ufer entfernen. Wie lange soll er hier noch wie eine Alge hin und her geworfen werden? Er will raus aus seinem nassen Grab, und er wünscht sich eine schöne Beerdigung, die die bislang größte von Bürgermeister Theobald Hirsch noch in den Schatten stellt.

Angestrengt denkt er darüber nach, wie er überhaupt in dem kalten Ammersee gelandet ist. Aber es will ihm nicht einfallen. *Amnesie*, denkt Moritz. Gut kann er sich noch an das Händeschütteln, die vielen Gratulanten und die bewundernden Blicke am Wahlabend erinnern. Die Mango kam stilecht mit einer eisgekühlten Flasche besten französischen Champagners. Danach war da nur noch gähnende Leere, ein tiefes blickloses Loch, in das er nicht zu steigen vermochte …

Vielleicht fällt es ihm bald wieder ein, wenn er in einem warmen, mit königsblauen Samt ausgepolsterten Eichensarg liegt und nicht mehr in dieser nassen Kältekammer.

KAPITEL 2

Redaktion Münchner Postille

In München ist die Luft an diesem Montagmorgen bei der Wochenkonferenz im Besprechungsraum der *Münchner Postille* schon etwas stickig. Petra Rosenberger ist nicht bei der Sache, denn Marlene Hirsch hat sie vorhin unter der Hand informiert, dass es wieder einen Vermissten in Otterschwing gibt. Natürlich bemerkt auch ihre kritische Chefin, Caroline Morgenstern, dass Petra sich bislang wenig beteiligt hat und seltsam blass wirkt.

»Petra, möchtest du uns an deinen Gedanken teilhaben lassen?«, fragt sie schnippisch. »Oder hast du gar eine gute Idee für das Journal? Offenbar brauchst du mal wieder frische Luft.«

Petra versucht, eine Antwort zu geben, aber da redet die Morgenstern gleich weiter: »Öko-Fisch ist total im Trend. Und natürlich am besten regional. Kann man die Fische aus dem Ammersee als Bioprodukt vermarkten?«

»Wenn du die Ammersee-Renke meinst, dann würde ich schon sagen, dass das ein Naturprodukt ist. Aber ob die in den bayerischen Seen schwimmenden Fische ein Extra-Label brauchen? Ich glaube eher nicht, denn das ist ja ein jahrhundertealtes Handwerk«, meint Petra.

»Super, dann mach doch gleich eine Reportage über den Fischfang! Und vergiss den Öko-Aspekt nicht«, befiehlt ihr die Morgenstern in einem Ton, der keinen Widerspruch duldet.

Dass Petra eher eine gute Wurstsemmel zu schätzen weiß, hat ihre Chefin sehr wohl mitbekommen. Mit Fisch hat Petra bislang bei der *Münchner Postille* wenig zu tun gehabt, außer bei einem Bericht über den Fang eines Wallers in Fischau im letzten Jahr, den sie für ihre Vermischten-Seite gut verwenden konnte. Petra kann sich auch noch gut an die Sommerreportagen beim *Seekurier* erinnern, mit denen das Sommerloch alljährlich gestopft werden musste.

Nachdem es beschlossene Sache ist, ruft Petra nach der Konferenz ihren ehemaligen Kollegen Rainer Ortlieb vom *Seekurier* in Fischau an. Er scheint sich zu freuen, dass sich Petra bei ihm meldet. Bevor sie zu Wort kommen kann, erzählt er ihr schon den neuesten Aufreger in Fischau. »Stell dir vor, die Dings, die Freie aus Frausching hat doch tatsächlich einen Regionalkrimi vom Ammersee veröffentlicht! Und dazu noch in einem Hamburger Verlag! Wie das gegangen ist, würd' mich brennend interessieren.« Rainer Ortlieb schimpft noch eine Weile und endet dann mit den Worten: »Eigentlich bin ich ja der bessere Autor, wenn ich endlich dazu kommen würde, einen Roman zu schreiben. Aber anderseits – wer braucht schon einen Krimi, in dem der Sonnenaufgang am Ammersee beschrieben wird?«

Petra kann die Haltung ihres Kollegen nicht nachvollziehen. Sie selbst hatte auch mal schriftstellerische Ambitionen, war aber bei ihren Schreibversuchen nie über Seite vierzig hinausgekommen. Nach dem dritten Romananfang hat sie es aufgegeben, aber seither weiß sie die Leistung der Autoren besser zu würdigen. Diplomatisch sagt sie zu Rainer:

»Da freue ich mich doch jetzt schon auf deinen Roman, der wird sicher ein Bestseller. Rainer, mal ganz was anderes, ich komme bald beruflich zu euch an den See raus. Ich bräuchte mal eine Info, wer von den Fischern in Fischau der Presse zugetan ist.«

»Der Wagner Sepperl ist ein Netter und auch recht fotogen«, meint Ortlieb und diktiert Petra die Telefonnummer. Sie verspricht, auch bei Rainer Ortlieb in der Redaktion vorbeizukommen und mit ihm einem Kaffee zu trinken. Dabei kann sie ja dann auch gleich in den Krimi der Kollegin reinlesen, vielleicht wär das ja auch was für die *Postille?*

Ortlieb zieht sie bei jedem Treffen damit auf, dass sie bei der *Münchner Postille* im Bereich Vermischtes gelandet ist. »Na, was macht der Otter, eh, Bieber?«, fragt er jedes Mal mit einem breiten Grinsen im Gesicht, wenn es um Berufliches geht. Denn Petra sieht sich eigentlich als politische Journalistin und ist nach den Vorfällen um die Pilsen-Therme Knall auf Fall vom *Seekurier* in Fischau nach München gewechselt. Dort hieß es aber schon bald, dass Petra Rosenberger im Maximilianeum, dem Sitz des Bayerischen Landtages, nicht erwünscht sei und deshalb dem Resort Panorama, Vermischtes und Wochenendjournal zugeordnet werde. Einem Ressort, mit dem Petra ihre liebe Mühe hat. Weder kann sie sich die Namen der Handtaschenhunde der It-Girls merken, noch erkennt sie teure Accessoires auf Anhieb. Und es interessiert sie nicht die Bohne, welcher Prominente sich mal wieder so danebenbenimmt, dass ihm oder ihr nur mehr der Ausweg Entzugsklinik bleibt. Immerhin hat sie ganz gute Kenntnisse bei den europäischen Adelshäusern, die zum Glück auch recht aktiv sind und ständig für die *Hochzeiten des Jahres* sorgen und mit der nächsten royalen Schwangerschaft aufwarten. Da wird selbst die Einschulung der kleinen Prinzen und Prinzessinnen zum Aufmacher.

Insgeheim sehnt sich Petra nach ihrem alten Posten beim *Seekurier* zurück und ruft in den Sommermonaten täglich die Webcams auf, die auf den Ammersee zeigen. Eine örtliche Segelschule in Fischau hat einen Panoramablick auf ihrer Webseite, die auch noch gleich die Wetterdaten und die Wassertemperatur mitliefert. Petra klickt auf das Lesezeichen in ihrem Webbrowser. Am Steg der Segelschule hängen schon ein paar Boote, aber jetzt zu Beginn der Saison sind vor allem die Jollen noch nicht im Wasser. *Wassertemperatur: 13,5 Grad*, liest Petra. Das ist ja noch eisig! Hoffentlich entfaltet die Maisonne bald genug Kraft, damit sie zu Pfingsten im See schwimmen kann. Petra liebt die Schwimmrunden im warmen Ammersee mit Blick nach vorn auf Andechs und dem Alpenpanaroma zur Seite. Dann und wann kommt ein Dampfer vorbei, und die beiden Schaufelraddampfer der Ammersee-Flotte machen schöne Wellen. Wie am Meer. *Ach, wär doch immer Sommer!* Petra seufzt.

Ihre Kollegin Miri spricht sie von der Seite an: »Schaust dir wieder die Seebilder an? Kann man schon baden gehen?«

»Das dauert noch«, meint Petra. Bei vierzehn Grad Wassertemperatur hält man es nicht lange unbeschadet im See aus. Sie ruft eine Informationsseite im Internet auf und erfährt, dass ein Schwimmer bei zehn Grad warmem Wasser nach einer Stunde bewusstlos wird und maximal bis zu drei Stunden überleben kann. Bei fünfzehn Grad Wassertemperatur verdoppelten sich die Zeiten schon. Petra hofft, dass sie nicht mit dem Fischer in ein wackliges Fischerboot steigen muss, sondern die Reportage vom Land aus machen kann. Die Gegend um den Ammersee ist noch halb im Winterschlaf, und die Wasserwachten sind noch nicht im Dauereinsatz. Dann könnte es eine Weile dauern, bis jemand sie findet, sollte das Boot kentern oder Petra aus reiner Ungeschicklichkeit ins Wasser fallen. Petra wird außerdem schnell seekrank, aber hier in der *Postille* darf sie nicht so mimosenhaft wirken, deshalb behält sie ihre Befürchtungen für sich.

Zum Glück reißt ihre Kollegin Miri sie jetzt aus ihren Gedanken und geht mit ihr zum Mittagessen in die Kantine, wo es eins von Petras Lieblingsgerichten gibt: Fleischpflanzerl mit Kartoffelsalat.

Frisch gestärkt ruft sie anschließend beim Wagner Sepperl in Fischau an.

»Grüß Gott, Fischverkauf Wagner Josef«, brummt eine männliche Stimme.

»Grüß Gott, Herr Wagner, hier ist die Petra Rosenberger von der *Münchner Postille*. Wir kennen uns aus meiner Zeit beim *Seekurier*«, säuselt Petra ins Telefon.

Zum Glück ist der Sepperl sofort bereit, sich auf die Reportage einzulassen. Am liebsten sei es ihm, wenn Petra über Nacht in Fischau bleibe, denn er starte schon um halb fünf Uhr in der Früh zum Fischfang. Und da muss Petra mit dabei sein, bestimmt er.

Petra plant bei ihrem Besuch am Ammersee auch gleich ein, mit ihrer Mutter Gertraud neue Sommersachen und Sandalen einzukaufen. Damit liegt ihr Gertraud schon seit Ostern in den Ohren. Und übernachten will Petra bei Marlene Hirsch in Otterschwing. Zunächst erreicht sie niemanden, aber dann ruft Marlene sie in der Redaktion zurück.

»Das Gästezimmer steht bereit«, sagt sie, »oder brauchst du eines der Ferienapartments?«

»Nein, ich bleib nur eine Nacht und muss dann auch sehr früh raus«, meint Petra und kündigt ihr Kommen für Mittwoch an. Dann hat sie genügend Zeit, den Artikel bis zum Redaktionsschluss am Freitag um fünfzehn Uhr zu schreiben. Auch ihrer Mutter sagt sie Bescheid, dass sie sie am Donnerstagnachmittag für den Einkaufsbummel abholt. Am Mittwochvormittag will sie dann noch bei Rainer Ortlieb vorbeischauen. Petra erstellt laut den neuen Spesenrichtlinien der *Postille* einen kurzen Plan ihrer Fischereireportage und schickt ihn ihrer Chefin zum Abzeichnen. Und es gibt Neues vom Bieber. Sein am Flughafen zurückgelassener Affe wird Papa! Den nächsten Tag will sie schon mal zur Recherche über den Fischfang auf dem Ammersee nutzen.

Am Abend hat Petra ein After-Work-Treffen mit ihrer Freundin Birgit geplant. Dabei erfährt sie immer Birgits neue Dating-Katastrophen vom Wochenende. Birgit ist bei zwei Portalen angemeldet, denn sie versucht schon seit geraumer Zeit, den richtigen Partner zur Familiengründung zu finden. Lang will Birgit nicht mehr warten, denn sie geht schon stramm auf die Vierzig zu. Petra kann den drängenden Kinderwunsch ihrer besten Freundin verstehen, fühlt sich aber selbst noch nicht so unter Druck, obwohl auch sie die Fünfunddreißig schon hinter sich gelassen hat.

Als Petra zum verabredeten Lokal an der Münchner Freiheit kommt, sieht sie Birgit draußen sitzen und eine Zigarette rauchen. Kein gutes Zeichen!

»So schlimm?«, begrüßt sie ihre Freundin mit einer Umarmung.

»Nächste Station – Samenspende!«, antwortet Birgit mit einem schiefen Lächeln.

Dabei hat sie am Freitag noch so hoffnungsvoll geklungen, denn der Kandidat des Wochenendes war ein solider Handwerker aus dem Allgäu. Aber wie sich herausstellte, sucht der nette Kemptener auf keinen Fall eine Frau, die noch Kinder will.

»Ich weiß bald nicht mehr weiter. Sobald das Thema Kinder aufkommt, ist Sense! Von ›Leben genießen‹ und ›Ruhestand mit fünfundfünfzig‹ ist dann die Rede, ganz so, als wollten sich die Herren von den Damen für den Rest ihres Lebens aushalten und von vorn bis hinten bedienen lassen«, jammert Birgit. Petra hat bei ihren wenigen Dating-Versuchen, die sie vor allem Birgit zu verdanken hatte, zwar einige sehr nette Männer kennengelernt, aber keiner eignete sich als fester Partner. Und dann gibt es ja auch noch einen ganz speziellen Kollegen aus ihrer Zeit als Volontärin …

Am Mittwochmorgen bricht Petra zeitig auf. Ihren praktischen VW Polo hat sie behalten, auch wenn die Parkplatzsuche in München sie jedes Mal Zeit und Nerven kostet. Wenn Petra einen guten Parkplatz ergattert, überlegt sie es sich zweimal, ob das Auto wirklich bewegt werden muss. Zur Arbeit fährt sie sowieso mit der Tram, die in der Nähe ihrer kleinen Zweizimmerwohnung hält und sie ohne Umsteigen in die Redaktion der *Postille* bringt. Dass ihre Wohnung keinen Balkon hat, stört Petra gewaltig. In Fischau hatte sie eine schöne Terrasse, auf der sie im Sommer gerne saß, aber sie muss froh sein, nun diese Wohnung gefunden zu haben, die ihr eine Kollegin zugeschanzt hat. Ihre ersten drei Wochen in München verbrachte sie auf der Gästecouch ihrer Freundin Birgit, und danach hat sie ein WG-Zimmer für einen Monat Zwischenmiete bezogen. Dann kam dann das Angebot der Kollegin, und jetzt zahlt Petra jeden Monat eine Stange Geld für die Miete. Schön ist ihr neues Viertel, die Maxvorstadt, zweifellos, und sie fühlt sich wohl. Aber trotzdem überkommt sie immer wieder die Sehnsucht und das Heimweh nach dem Ammersee.

Schon bei der Abfahrt von der Lindauer Autobahn Richtung Ammersee-West merkt Petra, wie ihr Gute-Laune-Pegel steigt. Die grüne Landschaft, die prägnanten Kirchen mit ihren weithin sichtbaren Kirchtürmen, das Blau des Sees und drum herum das Alpenpanorama – Petra jauchzt innerlich vor Glück.

Aber der sentimentale Anfall ist schnell vorbei, als sie mit ihrem kleinen Polo von einem dicken BMW geschnitten und gleich drauf von einem anderen SUV angehupt wird. *Mama-Taxi on tour* steht auf dem Heck.

In Fischau angekommen, parkt Petra auf dem großen Parkplatz in Seenähe. Bevor sie zum Fischer Sepperl geht, schaut Petra bei der Redaktion vom *Seekurier* vorbei. Rainer Ortlieb begrüßt sie mit großem Hallo.

»Bist du wegen Moritz Lang hier?«, fragt Rainer. »Hast ja schon Übung im Lösen von Vermisstenfällen«, neckt er Petra und spielt auf den Vermisstenfall Adi Schmidt an, den Petra in ihrer Zeit beim *Seekurier* aufgeklärt hat.

»Nein, nein, deswegen bin ich nicht da«, wehrt sie ab. »Mit solchen Fällen will ich nichts mehr zu tun haben. Da wirst du bedroht, und am Schluss will dir die Kripo noch was anhängen, und die Wahrheit interessiert eh keinen.« Den letzten Halbsatz fügt Petra wegen Ortlieb an, der über die Geschichten vom verschwundenen Adi Schmidt, den toten Bürgermeister Theobald Hirsch und die im Rohbau den Hang hinuntergerutschte Pilsen-Therme den Mantel des Schweigens gebreitet hat. Ortlieb versteht die Anspielung sofort und zuckt auch gleich zurück. Petra fragt, wie er die Situation um den verschwundenen Moritz Lang einschätzt. Ortlieb vermutet, dass der junge Bursche Muffensausen vor seinem neuen Amt bekommen haben könnte, aber bestimmt bald wie Phönix aus der Asche wieder auftauchen und in Landsthal die Geschäfte übernehmen wird.

»Ein wirkliches Talent, dieser Moritz!«, setzt Ortlieb nach und drückt seine Bewunderung mit einem hochgestreckten Daumen aus. Zum Thema Fischerei druckt Ortlieb ihr einen Artikel zum traditionellen Fischerjahrtag Peter und Paul aus. Nachdem er den neuesten Klatsch aus Fischau erzählt hat, versorgt Ortlieb Petra noch mit den neuesten Exemplaren des *Seekuriers*.

Sie verlässt die Redaktion und geht weiter zum Fischgeschäft Wagner. Der Sepperl erwartet sie schon und führt sie erst mal durch seinen Betrieb. Der Fang sei ganz passabel gewesen, meint er und deutet auf eine Plastikwanne mit silbrigen toten Fischen. Siebzig Renken habe er heute gefangen, erzählt er.

Zum Interview geht's in die Küche, natürlich auch hier: überall Fisch. Petra nimmt ein Halsbonbon aus ihrer Tasche, so viel Fisch ist fast zu viel für sie. Zum Glück wird ihr bald ein starker Kaffee serviert und dazu ein paar Kekse.

Der Sepperl spricht langsam, aber viel, und fängt erst mal mit der Historie an. Organisiert sind die Fischer in einer Fischereigenossenschaft, und der Zunftbrief wurde im Jahr 1691 ausgestellt. Damals wurde auch noch mehr auf die Etikette geachtet. Wenn die Zunftmitglieder fluchten oder dem anderen Geschlecht außerhalb der Ehe körperlich zu nahe kamen, waren Strafzahlungen in Form von Geld oder Wachs fällig. Heute ahne man eher berufliche Verstöße, beispielsweise ein Nichtbeachten der Schonzeiten oder Netze mit zu engen Maschen auszuwerfen, erzählt Sepperl. Freilich konnten schon früher die Fischer nicht vom Fang alleine leben. Pilgerüberfahrten nach Andechs unterstützten damals den Lebensunterhalt der Fischerfamilien, heute ist es der Bootsverleih.

»Wir ham auch ein paar Tretboote und ein paar Ruderboote, da vorn am Steg«, sagt der Sepperl. »Für Ihre Geschichte lernen S' jetzt aber erst mal, wie man so einen Fisch ausnimmt«, bestimmt er und macht sich bereit zum Arbeiten. Petra bekommt auch eine Gummischürze und Handschuhe sowie ein Häubchen für die Haare.

Die silbrige Renke ist noch feucht vom Vorwaschen und schaut sie mit einem Auge an. Geschickt schuppt der Sepperl den Fisch, schneidet in auf und nimmt ihn aus. Dann wird die Renke noch mal gewaschen und landet in einem Edelstahlbehälter.

»Der ist für das Restaurant Ammerhof«, sagt der Fischer und nickt Petra aufmunternd zu. Sie bemüht sich redlich, aber beim Schuppen und Ausnehmen muss der Sepperl helfen.

»Bleib lieber beim Schreib'n«, kommentiert er ihre Arbeit

und schüttelt den Kopf. »Komm morgen früh um vier ans Bootshaus, das dritte von links an der Promenade, und zieh dich gscheid an. Jetzt muss ich noch meine Arbeit machen«, schließt er die Diskussion ab.

Petra macht noch ein paar Fotos vom Sepperl bei der Arbeit, bis es ihm reicht und er sie mit einer Handbewegung rausscheucht.

Jetzt braucht Petra auch dringend frische Luft und geht zur Seepromenade hinunter. Auch wenn man den See nicht so intensiv riecht wie das Meer, so verändern sich doch der Geruch und die Luft am Ufer. Ein leichter Ostwind weht Petra entgegen. Leise klatscht das Wasser an die Ufermauer. Die Wasservögel, Schwäne, Gänse, Möwen und Enten, sind auch schon zahlreich versammelt, und Petra muss aufpassen, damit sie nicht in Vogelkot steigt.

Nach ein paar Minuten wird es ihr zu kalt, und sie geht zur Bäckerei und holt ein paar Stücke Kuchen und Gebäck. Diese sind für den Kaffeeklatsch mit Marlene Hirsch gedacht. Die Bürgermeisterwitwe Marlene und Petra sind sich vor allem beim Versuch, den Bledschneider Sepp aus der Psychiatrie zu holen, nähergekommen. Die letzte Pressekampagne hat zumindest für eine Lockerung gesorgt, und der Sepp darf jetzt immer wieder tageweise aus der Klinik. »Alltagserprobung« nennt sich das.

In Otterschwing fährt Petra zuerst zum Friedhof, um das Grab ihres Vaters Justus zu besuchen. Auch bei Theo Hirsch und Adalbert Schmidt schaut sie vorbei und trifft dabei Johann Schmidt, der gerade das Unkraut um das Grab herum auszupft. Der alte Mann kann sich kaum bücken.

»Kann ich helfen?«, fragt Petra.

»Ja Madl, schön, dass du da bist. Die Gemeinde hat mir geschrieben, ich muss des Unkraut wegmachen. Mit Frist!«, empört sich der Johann. »Haben die keine anderen Sorgen? Zu meiner Zeit hätt's so was net gegeben«, setzt er nach.

Petra denkt praktisch und sagt: »Wenn du mir die Handschuhe gibst, mache ich für dich weiter. Dann holen wir noch Kies, und schon sieht es wieder gut aus.«

Nach einer guten halben Stunde schweißtreibender Arbeit sieht es um das Grab herum wieder gepflegt aus.

Jetzt hat Petra Hunger, und sie kommt um einen Besuch bei der Metzgerei Meier nicht herum. Zwei Wurstsemmeln und eine Wiener auf den Weg, das ist nach dem ganzen Fisch erst mal das Richtige. Dann fährt sie weiter zum Hölzle-Hof, wo Marlene im Garten werkelt. Beim Kaffeetrinken tauschen sich die beiden Frauen aus, und Petra beruhigt sie wegen dem Moritz.

»Der Rainer meint, dass der Moritz bald wieder auftaucht.« Als Petra sich danach ins Gästezimmer zurückzieht, macht sie sich schon mal daran, einen Teil der Reportage zu schreiben. Sie will früh ins Bett, denn sie muss sich den Wecker schon auf halb vier Uhr stellen, damit sie pünktlich zum Fischen kommt. Vor dem Wagner Sepperl will sie sich keine Blöße geben, der macht das schließlich schon ein paar Jahrzehnte.

Nach einer viel zu kurzen Nacht schreckt Petra hoch. Leise zieht sie sich an und ist froh, noch eine dicke gefütterte Jacke, Schal und Mütze mitgenommen zu haben. Die gute Marlene hat ihr eine Thermosflasche voller Kaffee hingestellt und zwei

Müsliriegel dazugelegt. Dankbar nimmt Petra einen Schluck heißen Kaffee. Dann geht es nach Fischau, und weil sie spät dran ist, parkt sie direkt am See. *Um vier Uhr früh kontrolliert bestimmt keiner*, denkt sie.

Der Sepperl erwartet Petra schon und gibt ihr noch eine dicke Schwimmweste zum Überziehen, womit sie sich ziemlich unbeweglich fühlt, denn die Weste muss straff am Körper sitzen. Aus dem Rucksack nimmt sie ihre Kamera und hängt sie sich um. Der Sepperl bedeutet ihr, in das Aluminium-Boot zu steigen, sich hinzusetzen und gut festzuhalten. Dann manövriert der alte Seebär das Boot geschickt rückwärts aus dem Bootshaus, fährt eine Kurve und gibt Gas. Vor dem Fischfang will er Petra noch die »Kinderstube« der Renken zeigen. Kleine Nadelbäume hat er aneinandergebunden und in der seichten Bucht im Wasser drapiert. Irgendein Spaßvogel habe einen der Bäume mit Kugeln dekoriert, erzählt ihr der Fischer. Dabei bringt er die frischen Bäume bereits Anfang Oktober ins Wasser. Er ist mächtig stolz auf seine kostengünstige Idee, denn der Bestand an Renken ist arg zurückgegangen, und das Gewicht der gefangenen Fische ist geringer geworden. Schuld seien der Kormoran und das zu saubere Wasser, erklärt er Petra.

Nach drei Minuten Fahrt nähern sie sich den Christbäumen unter Wasser. Das fahle Dämmerlicht verschwindet fast, weil sich eine dicke Wolke vor den Mond schiebt. Das Seewasser nimmt einen tiefen, fast schwarzen Blauton an. Hinter sich hört Petra ein lautes Geräusch und zuckt zusammen. Dann drosselt der Fischer den Motor und lässt das Boot ein paar Meter durch das dunkle Wasser gleiten.

»Da hängt was in den Bäumen«, murmelt er.

Petra starrt angestrengt ins Wasser und sieht neben den algenbesetzten Bäumen rotbraune Haare schwimmen.

»Eine Perücke?«, meint sie noch. Der Sepperl macht ein erschrockenes Gesicht und sagt dann trocken: »Da schwimmt eine Leiche.«

»Nicht schon wieder!«, entfährt es Petra, denn angesichts der Haarfarbe ist ihr sofort klar, wer hier schwimmt.

Der Sepperl ist ein erfahrener Fischer, und das ist nicht seine erste Wasserleiche. Mit einem Ruder bringt er das Fischerboot in eine angemessene Entfernung und zieht sein Handy aus der Tasche. Der erste Anruf gilt der Polizei, dann wird die Wasserwacht verständigt. Dann warten sie an Ort und Stelle.

»Kannst du mich nicht an Land bringen? Mir ist ganz flau«, bittet Petra den Sepperl. Der schüttelt den Kopf.

»Das wird schon wieder«, sagt er nur. Petra kommt die Wartezeit vor wie eine Ewigkeit, der sonst so gesprächige Fischer schweigt.

Als Erstes trifft die Wasserwacht ein, dann kommt ein Polizist ans Ufer. Etwas länger dauert es, bis das Polizeiboot da ist. Jetzt dürfen der Sepperl und Petra wieder fahren. Der Fischer muss gleich noch mal raus zu seinem Netz, aber Petra geht mit zittrigen Knien an Land. Sie setzt sich erst mal auf eine Bank im Bootshaus und reißt sich die Schwimmweste herunter. In ihr kommen viele Erinnerungen hoch. Immer noch hat sie manchmal Albträume vom toten Bürgermeister Hirsch.

Diesmal halt ich mich aus den Ermittlungen heraus, das geht mich schließlich gar nichts an. Ich bin Redakteurin beim Vermischten!, sagt sie zu sich. Als sie sich ein wenig gefangen hat, geht sie zu ihrem Auto und holt die Thermoskanne mit dem Kaffee und die Müsliriegel. Obwohl sie keinen Appetit hat, zwingt sie sich, den Riegel, der nach Sägespänen schmeckt, zu essen. Dann macht sie noch ein paar Bilder vom See und vom Bootshaus für die Kollegen bei der *Postille*.

Petra überlegt gerade, ob sie jetzt wieder fahren kann, da parkt ein Polizeiwagen neben ihrem Polo.

»Sind Sie die Reporterin?«, fragt ein Polizist aus dem Auto heraus. Petra nickt.

KAPITEL 3

Polizeiwache Fischau

Petra sitzt auf der unbequemen Holzbank im Eingangsbereich der Polizeiwache von Fischau. Zuvor musste sie ihren Personal- und ihren Presseausweis abgeben. Als sie mit ihrer Redaktion telefonieren will, merkt sie, dass ihr Handy keinen Empfang hat. Auf ihre Bitte hin, das Dienststellentelefon benutzen zu dürfen, bekommt sie die Auskunft, man sei doch keine Telefonzelle, und überhaupt komme der Kommissar gleich. Als dieser dann endlich eintrifft, begrüßt er Petra ruppig: »Sie schon wieder!«

Es ist Kommissar Edi Schuster, genannt der barsche Edi. Petra hat ihm seinerzeit die Ermittlungsergebnisse der SOKO Benedictum im Vermisstenfall Adi Schmidt zukommen lassen, aber die Zusammenarbeit war eher ein Zweckbündnis gewesen. In der Folgezeit sind Petra und Marlene Hirsch immer wieder wegen dem Bledschneider Sepp bei dem barschen Kommissar vorstellig geworden. Dass der Sepp keiner Fliege etwas zuleide tut, weiß in Otterschwing jeder. Warum der Sepp also so gefährlich sein soll, dass er in der Geschlossenen im Allgäu sitzen muss, finden nicht nur die beiden Frauen komisch. Zudem hat es dem Ermittler gar nicht gepasst, dass Petra mit ihrer Seniorentruppe aus dem Benedictum, einem gehobenen Altersruhesitz in Fischau, selbst ermittelt hat.

Und jetzt das: Petra findet eine Wasserleiche! Und dann noch eine so prominente.

Der Kommissar verzieht keine Miene.

»Kennen Sie den Toten?«, herrscht er sie an.

»Ja, natürlich. Das ist Moritz Lang, der Landratskandidat aus Otterschwing«, sagt Petra. »War ja im Wahlkampf kaum zu übersehen, an jedem Gartenzaun hingen Plakate von ihm.«

»Der gewählte Landrat von Landsthal«, korrigiert der Kommissar spitz. »Warum wussten Sie, dass die Leiche dort aufzufinden ist? Das ist jetzt schon die zweite Leiche über die Sie ›ganz zufällig‹ stolpern. Wenn ich es genau überlege, sogar die dritte. Das sind schon ziemlich viele Zufälle.«

Petra ist empört. Der Edi Schuster will ihr da wohl etwas anhängen.

»Werde ich verdächtigt? Edi, Sie verdrehen die Tatsachen. Das ist die erste Leiche, die ich gefunden habe, und ich bin jetzt noch ganz erschüttert.« Als der barsche Edi sie weiterhin ungerührt mustert, fährt sie fort: »Bei dem Adi Schmidt und dem Theobald Hirsch war ich doch beruflich am Tatort. So wie heute auch. Das wissen Sie doch alles! Ich war auf dem See, weil ich eine Reportage über den Alltag der Fischer auf dem Ammersee für die *Münchner Postille* machen soll. Das können Sie sich von meiner Chefin, der Frau Morgenstern, bestätigen lassen.« Petra hat sich in Rage geredet und funkelt den Kommissar an.

»Das sagt ja gar nichts aus. Die Reportage können Sie ja selbst vorgeschlagen haben«, entgegnet er und setzt mit einem süffisanten Lächeln nach: »Und für Sie, liebe Frau Rosenberger, immer noch Kriminalhauptkommissar Schuster. Das Du habe ich Ihnen nicht angeboten.«

Petra weiß gar nicht recht, wie sie jetzt reagieren soll. Außerdem hat sie selbst im Sitzen noch zittrige Knie. Sie stöhnt auf. *Das kann der Edi doch nicht ernst meinen!*

»Fragen Sie halt den Fischer Wagner und die Marlene Hirsch aus Otterschwing«, schlägt sie nach einer Weile vor.

»Ach, die Frau Hirsch hängt auch wieder mit drin!«, entgegnet Edi und setzt wieder sein Haifischgrinsen auf.

»Das wird ja immer besser. Wahrscheinlich ist der Herr Bledschneider da auch nicht mehr weit. Dann wären ja wieder alle Verdächtigen beisammen!«

In Petra rotiert es. Es könnte tatsächlich möglich sein, dass sich der Sepp Bledschneider in Otterschwing und Fischau aufhielt. Sie muss mehr in Erfahrung bringen. Petra atmet zweimal tief durch und ist kurzzeitig wieder im Journalistinnen-Modus.

»Wenn ich einmal eine Bemerkung machen darf … das sah mir aber schon danach aus, dass der Moritz Lang bereits etwas länger im Wasser lag als eine Nacht. Wurde der Todeszeitpunkt denn schon ermittelt? Dann kann ich Ihnen sicher ein Alibi nennen. Soweit ich weiß, ist Moritz Lang seit der letzten Wahlnacht verschwunden.«

Der Kommissar mustert Petra. »Sie denken mit, Frau Reporterin!« Dann schweigt er, schaut zu Boden und grübelt vor sich hin.

Petra versucht derweil, den Anblick des toten Mannes aus ihren Gedanken zu verbannen. Das Schrillen der Türglocke reißt sie aus ihrer Konzentration. Draußen steht ihre Chefin von der *Münchner Postille* mit einem Fotoreporter. Lauthals verlangt sie im Flur, dass Petra auf der Stelle entlassen wird, und rasselt ein paar Paragrafen herunter.

Petra bekommt kurz darauf ihre Ausweise wieder und darf tatsächlich gehen. »Aber Sie halten sich zu unserer Verfügung. Am besten Sie bleiben in der Gegend, bis ich Ihnen grünes Licht gebe. Und keine eigenmächtigen Ermittlungen mit der Seniorentruppe!«, ermahnt sie der Kommissar. Petra hätte in diesem Moment alles versprochen, sie will nur raus aus der Wache. Aber die Sache mit den Ermittlungen kann sie ohne schlechtes Gewissen versprechen, sie hat nicht vor, sich noch einmal in so was hineinziehen zu lassen.

»Danke. Ich brauch jetzt erst mal einen starken Kaffee und etwas Süßes, denn ich bin kurz vorm Umkippen«, sagt sie zu ihrer Chefin, Caroline Morgenstern, die heute wie für eine schicke englische Landparty gekleidet ist und mit dem Kollegen vor der Tür der Wache steht. Petras blasse Gesichtsfarbe und ihre nervösen Bewegungen versetzen die Chefin in Sorge. Zielstrebig steuert sie mit Petra im Schlepptau das nächste Café an und bestellt schon beim Reingehen einen Schokoladenkuchen und Cappuccino für Petra und einen Kräutertee, handgepflückt in Bioqualität, für sich. Ihren Fotoreporter hat sie instruiert, beim Pressesprecher der Polizei die offiziellen Infos einzuholen und dann zum Seeufer zu fahren. Vielleicht kann er noch ein Foto mit dem Leichenwagen machen?

»Kannst du bestätigen, dass die Leiche Moritz Lang ist?«, fragt sie Petra, die es sich auf einem roten Plüschsessel bequem macht und jetzt nickt.

»Aber das dürfen wir noch nicht schreiben, die Information ist noch nicht freigegeben«, sagt sie ihrer Chefin.

»Was hast du für uns?«

»In meinem Auto unten am See ist noch meine Kamera. Von der Ausfahrt auf dem Fischerboot mit dem Sepperl habe ich Fotos gemacht. Aber den Toten habe ich nicht fotografiert, diese Bilder löscht die Polizei eh«, sagt Petra.

»Und mit dem Handy?«, hakt die Chefin nach.

»Das hatte ich nicht dabei.« Petra kann die Minuspunkte, die sie gerade bei ihrer Chefin sammelt, förmlich sehen. Aber als Sensationsreporterin hat sie sich noch nie gesehen.

»Gut, wenn du dich ausreichend gestärkt hast, können wir ja zu deinem Auto fahren. Da du in die Sache involviert bist, werde ich die Geschichte dem zuständigen Kollegen vom Polizeiressort übergeben.« Sie blickt säuerlich und ärgert sich über die verpasste Exklusivchance. Nach einem Schluck Tee spricht sie weiter: »Ansonsten kannst du froh sein, dass der Fischer uns verständigt hat. So wie es aussieht, hält der Kommissar dich für verdächtig. Am besten bleibst du jetzt erst mal in diesem Kaff und berichtest uns dreimal täglich den neuesten Stand.«

Morgenstern packt ihre Jacke und zahlt die Rechnung am Tresen. Petra fühlt sich wie ein Schulmädchen, das sich beim Ausflug verlaufen hat und wieder eingesammelt werden musste.

Weil es in Fischau zu lange dauern würde, bis das einzige Taxi des Ortes kommt, gehen die beiden Frauen zu Fuß zum See. Petra beginnt in ihrer dicken Jacke und der warmen Hose zu schwitzen, während Caroline Morgenstern mit ihren Sling-Pumps in hellem Wildleder zweimal fast ins Stolpern kommt. Endlich bei ihrem Polo angekommen, erwartet Petra die nächste unangenehme Überraschung: Ein Strafzettel wegen Falschparken in Höhe von vierzig Euro! Ausgestellt von demselben Polizisten, der sie mit auf die Wache genommen hatte. *So eine Frechheit!,* ärgert sich Petra. Hoffentlich kann ihr Bekannter bei der Polizei da noch was machen. Ihre Chefin hebt nur eine Augenbraue und verlangt die Kamera. Sie sieht sich die Bilder an und überträgt ein paar auf ihr Handy. Dann trippelt sie davon und sucht den Kollegen.

Petra setzt sich erst mal ins Auto. Wohin jetzt? Wenn sie zu Marlene Hirsch fährt, muss sie ihr die Nachricht überbringen, dass der Moritz Lang tot ist. Also vielleicht doch erst zu ihrer Mutter ins Benedictum? Oder soll sie schauen, ob der Sepp Bledschneider vielleicht zuhause ist, und ihn schon mal vorwarnen?

Petra bleibt eine Entscheidung erspart, denn ihre Mutter Gertraud ruft sie auf ihrem Handy an.

»Petra, wo bleibst du denn? Ich warte schon fast eine ganze Stunde auf dich! Aus den Augen, aus dem Sinn«, sagt Gertraud vorwurfsvoll.

Himmel, bei dem ganzen Durcheinander hat Petra vergessen, dass sie mit ihrer Mutter den versprochenen Sommereinkauf erledigen wollte.

»Mutter, ich bin gleich bei dir, aber das Shoppen muss heute ausfallen. Es ist was passiert«, sagt Petra.

»Was denn? Etwas mit Julian oder den Kindern?«, stammelt ihre Mutter.

»Nein, nein, bei der Arbeit hat es Komplikationen gegeben. Alles halb so wild. Ich bin in einer Viertelstunde da«, beruhigt sie Gertraud. »Kannst du auch Herrn Günther dazuholen?«

Petra fährt los zum Benedictum. Auf dem Besucherparkplatz ist in der hintersten Ecke noch ein Platz frei. Sie rangiert in die Lücke und sucht dann nach sommerlicherer Kleidung. Kurz entschlossen schlüpft sie am Kofferraum stehend in ein lockeres T-Shirt, leichte Jeans und zieht die Turnschuhe an. Für Mutter Gertraud fährt sie sich noch mit den Fingern durch die mittelbraunen lockigen Haare.

Im Benedictum, einer Seniorenresidenz für gehobene Ansprüche, ist alles wie immer. Es riecht leicht nach Kohl, und die Uhren drehen sich langsamer. Petra nimmt heute den Fahrstuhl. Auf dem Etagenflur zum Apartment ihrer Mutter trifft sie Herrn Günther, der sie offenbar abpassen will.

»Hallo Petra, alles in Ordnung mit dir?«, fragt er sie und nimmt sie in den Arm.

»Ich bin ein bisschen wackelig auf den Beinen. Ich hab einen Toten gefunden«, bringt Petra heraus.

»Ist es jemand, den wir kennen?«, fragt Herr Günther.

Inzwischen hat Mutter Gertraud schon die Tür geöffnet und winkt die beiden herein.

»Petra, was ist denn los? Komm, setz dich erst mal.« Gertraud weist auf ihren bequemen Sessel. Dankbar nimmt Petra Platz, während Herr Günther ihrer Mutter erklärt, was passiert ist.

»Es ist der Moritz Lang. Ziemlich sicher«, sagt Petra den beiden.

»Wie, der Moritz? Das kann doch gar nicht sein!«, sagt Gertraud. Herr Günther stößt einen langen Seufzer aus.

Petra ist über die erschrockene Reaktion der beiden schon ein wenig verwundert und hakt nach: »Kennt ihr den Moritz näher?«

Gertraud will schon loslegen, da wird sie von Herrn Günther gebremst. »Ja, wir kannten den Moritz aus dem Wahlkampf und haben ihn unterstützt. Der hatte so ein tolles Projekt für Senioren geplant, das hat uns gefallen.«

Aus dem Augenwinkel sieht Petra, dass er die Hand von Gertraud drückt. Dunkel erinnert sie sich daran, dass Marlene Hirsch ihr schon mal eine Broschüre zu dem Projekt gezeigt hat. *Was hat meine Mutter damit zu schaffen?* Das kann Petra noch nicht richtig einordnen, und sie wechselt das Thema.

»Ich muss noch in der Gegend bleiben. Der Kommissar verdächtigt mich aus irgendeinem Grund«, sagt Petra leise.

Herr Günther reagiert sofort. »Ich frage sofort an der Rezeption, ob eines unserer Gästeapartments frei ist.«

Petra denkt nach. Das Benedictum verfügt zwar über einige kostenpflichtige Gästeapartments für die Angehörigen der Senioren, aber sie fühlt sich dort nicht sonderlich wohl, und schnelles Internet gibt es auch nicht. Gertraud und ihr Verehrer sind seit geraumer Zeit nicht mehr recht glücklich in der Seniorenresidenz, denn ihre Beziehung wird dort nicht gern gesehen. »Das schickt sich nicht«, bekamen die beiden mehr als einmal zu hören. Sie haben sich deshalb nach alternativen Wohnformen erkundigt und halten ein Mehrgenerationenhaus für das richtige Konzept.

»Da könntest du uns dann auch jederzeit besuchen«, hat Gertraud zu ihrer Tochter gesagt, als sie ihr das erste Mal von dem Projekt erzählt hat. Dass ihre Mutter sich das wünscht, hat Petra schon gefreut, denn ansonsten hält sie ihr immer vor, wie toll Petras Bruder Julian sein Leben meistert und welche Vorzeigefamilie er gegründet hat. Dass ihr Bruder nur alle Jubeljahre bei seiner Mutter vorbeikommt, tut der Begeisterung von Gertraud keinen Abbruch, schließlich ist dem Buben der weite Weg aus Nordrhein-Westfalen nicht zuzumuten.

Aber jetzt kommt das Angebot von Herrn Günther, ein Apartment im Benedictum zu nutzen, Petra gerade recht, denn sie spürt, dass ihre Knie immer noch weich sind. Jetzt noch einmal ins Auto zu steigen, das ist ihr zu viel. Sie nickt Herrn Günther zu.

»Am besten, du kommst gleich mit zur Rezeption«, schlägt er vor. Auf dem Weg nach unten ist die Stimmung angespannt. Zum Glück bekommt Petra gleich einen Schlüssel und kann, nachdem Herr Günther die Formalitäten erledigt hat, gleich in das Apartment. Dort reißt sie als Erstes das Fenster auf, denn es riecht abgestanden. Fast bereut sie ihre Entscheidung, aber ihr fehlt die Kraft, jetzt Marlene über den Todesfall zu informieren, und so testet sie das Bett, das eine gute Matratze hat. Sie will sich nur mal schnell hinlegen und kurz in Ruhe ihre Gedanken sortieren. Bei Marlene kann sie morgen vorbeischauen.

Petra wacht davon auf, dass das Fenster scheppert. Es ist Wind aufgekommen. Beim Blick auf die Uhr sieht sie, dass sie zwei Stunden geschlafen hat. Mittlerweile ist es schon früher Abend. Sie holt schnell noch ihren Weekender aus dem Auto. Auf dem Handy sind einige Nachrichten eingegangen, darunter drei verpasste Anrufe von Marlene Hirsch.

Petra schenkt sich ein Glas Leitungswasser ein, schließt das Fenster und macht sich daran, die Nachrichten zu beantworten. Schließlich ruft sie doch noch Marlene an, die inzwischen vermutlich schon über den Leichenfund informiert wurde.

»Hallo Marlene, hier ist Petra. Es gibt schlechte Nachrichten«, sagt sie.

»Stimmt es also doch, dass die Wasserleiche aus Fischau der Moritz ist?«, sprudelt es aus Marlene heraus.

»Ja, leider. Ich habe ihn bei meiner Ausfahrt mit dem Fischer gefunden.«

»Das ist ganz schlimm, aber irgendwie hatte ich es im Gefühl. Das war gar nicht seine Art, sich nicht mehr zu melden. Weißt du schon was über die Umstände?«

Petra kann Marlene dazu noch gar nichts sagen und bittet sie, die Nachricht noch nicht weiter zu verbreiten.

»Ist der Sepp eigentlich gerade in Otterschwing?«, will Petra noch wissen.

Marlene weiß es nicht genau, aber hält es durchaus für möglich. In letzter Zeit sei er wieder öfter daheim in seinem Häuschen gewesen. Aber telefonisch sei er gerade nicht erreichbar.

Petra seufzt. Dann muss sie wohl direkt nach Otterschwing fahren. Aber es hilft nichts, sie muss den Sepp möglichst vor dem Kommissar sprechen.

In der Seniorenresidenz sind Geschirrgeklapper und Stimmengewirr aus dem Speisesaal zu hören. Die Eingangshalle ist gänzlich leer, und so schlüpft Petra unbemerkt hinaus. Sie fährt die Abkürzung nach Otterschwing und steht bald darauf im Uferweg. Der Sepp sitzt auf der Bank vor dem Haus und macht Brotzeit.

Petra ruft gleich am Gartentor: »Hallo Sepp, hast noch einen Platz frei bei dir auf der Bank?«

»Servus Petra. Magst auch ein bisserl was mitessen?«, fragt er und macht eine einladende Handbewegung. Jetzt erst merkt Petra, dass sie einen ziemlichen Hunger hat. Auf dem Tisch steht ein mit dreierlei Käse beladener Teller. Dazu Schalen mit geschnittenen gelben Rüben und eingelegten Gurken sowie goldgelbe Butter und ein halber Bauernbrotlaib auf einem Holzbrett.

»Ja, gerne«, sagt sie und nimmt auf der Holzbank Platz.

Der Sepp holt ihr noch einen Teller und Besteck, dazu ein großes Glas Leitungswasser. Erst einmal essen die beiden schweigend. Der Sepp ist kein großer Redner und braucht immer etwas Zeit.

»Was ist eigentlich mit deinem Handy?«, fragt sie ihn.

»Mir ist das Geld ausgegangen und jetzt ist die Karte g'sperrt«, sagt er. »Strom hab ich auch nicht mehr, deshalb gibt's nur noch kalte Küche. Mei, in der Klapse verdienst halt nix«, sagt der Sepp.

»Warum hast du denn nichts gesagt? Ich könnte dir etwas leihen«, meint Petra.

»Ich war noch nie ein Bittsteller«, entgegnet ihr der Sepp.

Das Thema ist für ihn beendet, aber Petra nimmt sich vor, mit Marlene darüber zu reden. Vielleicht gibt es ja eine schnelle unbürokratische Hilfe?

Jetzt muss Petra aber erst mal das Thema auf den Moritz Lang lenken und behutsam herausfinden, wann der Sepp in Otterschwing war.

»Warst schon am See?«, fragt sie ihn. Der Sepp nickt und deutet auf sein Fernglas, das am Fensterbrett steht.

»Die Bekassinen brüten, da muss man wieder Patrouille fahren.«

»Und seit wann bist du wieder dabei?«, fragt sie ihn.

Dem Sepp reicht das jetzt, er steht auf und sagt betont: »Warum fragst du mich das alles? Willst du mich jetzt auch noch kontrollieren? Reichen die Auflagen vom Gericht nicht?«

Petra legt die Karten auf den Tisch und sagt ohne Umschweife: »Es ist etwas passiert am See. Es gibt wieder eine Leiche. Und der Kommissar Schuster hat mich nach dir gefragt.«

Der Sepp zuckt zusammen. »Suchen sie wieder einen Deppen? Wer ist es denn?«

»Es ist Moritz Lang. Aber mit dem hast du doch kaum etwas zu tun gehabt, oder?«, fragt sie hoffnungsvoll.

»Der Mors. Das konnte ja nicht gut gehen«, erwidert der Sepp.

Petra sieht förmlich den Kommissar vor sich, wie er ihm die Handschellen umlegt.

»Sepp, du musst mir jetzt einen Plan schreiben, wo du wann und mit wem warst, und zwar vom Wahlabend an. Das ist ganz wichtig! Woher kennst du den Moritz?«, insistiert Petra.

»Er hat nur eine Auskunft zum Thema Naturschutz von mir gebraucht«, murmelt der Sepp. Für ihn ist das Gespräch beendet, denn er räumt die Teller nach drinnen und lässt Petra draußen sitzen.

»Ich hol die Liste morgen Vormittag«, ruft Petra ihm durch die offene Haustür nach. *Hoffentlich geht das gut!*

Sie fährt zurück nach Fischau und parkt auf dem großen Parkplatz. Im Radio wird das Auffinden einer Leiche im Ammersee gemeldet, aber der Name noch nicht bekannt gegeben. Offenbar ist der Moritz immer noch nicht offiziell identifiziert worden. Im Radio ruft die Polizei dazu auf, verdächtige Vorgänge am und auf dem See in den letzten Wochen zu melden. Offenbar tappt Kommissar Schuster komplett im Dunkeln.

Petra meldet sich bei ihrem Kontakt bei der *Münchner Postille*. Der Kollege wartet auch noch auf die Freigabe des Namens und bittet Petra, doch noch mal bei der Polizeiwache vorbeizuschauen und Druck zu machen.

Petra will eigentlich nicht wieder zur Wache, deshalb ruft sie erst einmal an, ob der Kommissar dort ist. Ein Beamter sagt ihr, dass sie in einer halben Stunde kommen soll, denn der Kriminalhauptkommissar habe noch Besuch.

In der Zwischenzeit geht Petra zum Seeufer und schaut den dunklen Wellen zu, die an die Ufermauer klatschen. Ein paar Gänse schwimmen heran und trollen sich bald, als sie merken, dass Petra kein Futter für sie dabeihat. Außer einem Spaziergänger mit Hund ist niemand weit und breit zu sehen. Der sommerliche Trubel liegt noch in der Ferne.

Schließlich macht Petra sich auf den Weg den Berg hinauf zur Polizeiwache. Als sie gerade einparkt, kommen eine Frau und ein Mann aus der Tür. Die Frau kommt Petra bekannt vor, der Mann ist ein ortsbekannter Anwalt. Weil sie nicht darauf kommt, wer die Frau ist, spricht Petra sie einfach an. »Entschuldigung, Frau … Ach, jetzt ist mir Ihr Name entfallen, wir kennen uns doch!« Petra macht eine Pause.

»Mareille von Langodamm«, sagt die flotte Fünfzigjährige und streckt ihr die Hand hin. Jetzt weiß Petra sofort wieder, wen sie hier vor sich hat. Mareille von Langodamm war ebenfalls Kandidatin um das Amt als Landrätin und ist ein angesehenes Mitglied im Libellenclub, einer losen Vereinigung geschätzter Persönlichkeiten, konservativer Politiker und verdienter Unternehmer.

»Sie sind doch vom *Seekurier*, oder?«, reißt die Mango, wie sie hinter vorgehaltener Hand genannt wird, Petra aus ihren Überlegungen.

»Petra Rosenberger, jetzt *Münchner Postille*, früher *Seekurier*«, sagt Petra und drückt der blonden Frau die Hand. Ihr Begleiter stellt sich als der Anwalt Franz Zierner vor.

»Sind Sie wegen der Leiche hier?«, fragt Petra direkt und bringt die beiden in Verlegenheit. Schließlich sagt Frau von Langodamm, dass sie bei der Polizei eine Aussage habe machen müssen und es jetzt eilig habe.

Im Flur der Polizeistation stößt Petra fast mit dem barschen Edi zusammen, gerade noch kann sie dem Kommissar ausweichen.

»Hoppla, wohin so eilig?«, fragt sie.

»Das werde ich Ihnen bestimmt nicht verraten, und jetzt aus dem Weg, es gibt einen Verdächtigen«, antwortet der Kommissar und ist schon aus der Tür draußen.

Petra steigt rasch wieder ins Auto und folgt dem Kommissar. Als es nach Otterschwing Richtung Uferweg geht, ist alles klar: Der barsche Edi will den Sepp einkassieren. Und Petra kann ihn gar nicht warnen. So ein Mist! Weil sie nicht noch mehr Wirbel verursachen will, bleibt sie vor der Metzgerei

Meier stehen und ruft Marlene Hirsch an: »Marlene, der Sepp wird schon wieder abgeholt! Was sollen wir machen?«

Und während sie noch telefoniert, sieht Petra, wie zwei Polizeiwagen wieder an ihr vorbei zurück nach Fischau fahren. Offenbar war der Sepp daheim.

Petra fährt zur Marlene, die schon in der Tür des Hölzle-Hofes steht. »Jetzt geht das Ganze wieder von vorne los. Wenn sie den Sepp wieder einsperren, weil sie einen Sündenbock brauchen, des packt der nicht!«

Petra hat ähnliche Befürchtungen, aber erst einmal müssen die beiden herausbekommen, was der Kommissar gegen den Sepp Bledschneider in der Hand hat.

»Wir brauchen den Anwalt«, sagt Petra, und Marlene greift zum Telefonhörer.

KAPITEL 4

Der Kommissar hat für Freitagvormittag eine Pressekonferenz in Fischau im Sitzungssaal der Gemeindeverwaltung angesetzt. Das erfährt Petra von ihrem Kollegen bei der *Münchner Postille*. Er will selbst nach Fischau kommen, und Petra sagt auch gleich als Begleitung zu. Sie ist inzwischen wieder ins Benedictum gefahren und will die Geschehnisse für sich sortieren. Marlene hat den Anwalt informiert, der sich gleich auf den Weg nach Fischau gemacht hat. Inzwischen ist es ruhig geworden im Benedictum, denn die meisten Senioren gehen nach dem Abendprogramm im Fernsehen zu Bett. Petra ist ganz überrascht, als es nach zehn Uhr noch an ihrer Tür klopft.

Davor steht Herr Günther, der Verehrer ihrer Mutter.

Ein bisschen verlegen wirkt er, als er Petra, die sich schon bequeme Sachen übergezogen hatte, um ein kurzes Gespräch bittet.

»Nur herein!«, sagt Petra und öffnet dem Kavalier alter Schule die Tür. Sie hat es in der kurzen Zeit bereits geschafft, alle freien Stühle im Apartment mit ihren Sachen zu belegen. Rasch räumt Petra einen davon frei.

»Was möchtest du mit mir besprechen?«, fragt sie den Staatsanwalt a. D. direkt.

»Weißt du, deine Mutter Gertraud und ich, wir haben

heute miteinander gesprochen und sind übereingekommen, dass wir dir etwas zum Moritz sagen müssen«, antwortet Herr Günther etwas kleinlaut.

»Was heißt das denn? Geht es um große Wahlkampfspenden oder sonstige Geldgeschenke?«, rät sie ins Blaue hinein. Herr Günther zuckt zusammen. Treffer!

»Um wie viel Geld geht es? Und ist das Ganze offiziell?«, hakt sie nach.

»Schau, Petra, du weißt ja, dass deine Mutter und ich uns hier im Benedictum nicht mehr so recht wohlfühlen, aber nicht alleine zusammenleben wollen. Du hast doch sicher schon von Mehrgenerationenprojekten gehört.« Herr Günther wartet ab, bis Petra nickt. Sie weiß, dass die bedächtige Erzählweise von Herrn Günther sich durch nichts beschleunigen lässt. Trotzdem zehrt es an ihrer Geduld.

Herr Günther fährt fort: »So ein tolles Mehrgenerationenprojekt wäre für deine Mutter und mich ein Segen, und du könntest dort auch ein Zimmer bekommen, damit du uns besuchen kannst, wann immer du magst. Und der Moritz Lang hat sofort erkannt, dass wir mehr brauchen als nur aufgesetzte Freundlichkeit. Und er hat das Projekt gleich in seinen Wahlkampf aufgenommen. Aber das hat ihm nicht ausgereicht, der Moritz war ein Mann der Tat. Er hat auch schon drei Objekte in Planung gehabt, und dann kam eine Riesenchance, da musste er gleich zusagen. Deshalb haben wir als künftige Bewohner schon so etwas wie Optionsscheine sichern können. Und damit der Staat auch etwas dazugibt, hat er vorgeschlagen, dass wir ihm einen Teil als Wahlkampfspende geben, dann könnten wir über den Einkommenssteuerausgleich die Hälfte wieder aus Steuermitteln zurückbekommen. Also haben deine Mutter und ich gespendet und noch drei Optionsscheine gekauft. Das Geld hat der Moritz schon vor dem Notartermin gebraucht. Aber wir haben ihm vertraut. Meinst du, wir bekommen das Geld zurück?«

Petra kann gar nicht glauben, was sie da hört. *Optionsscheine? Das klingt genauso wie ein kürzlich auf der Vermischten-Seite erschienener Artikel über eine Betrugsmasche, die Anteile an einem riesigen Lotterie-Gewinn in Kolumbien versprochen hat.*

Wahrscheinlich war das noch nicht alles. Scharf sagt sie zu Herrn Günther: »Das darf doch nicht wahr sein! Günther, du als Jurist, du kannst dir deine letzte Frage sicher selbst beantworten. Die Wahlkampfspenden sind weg, und die sogenannten ›Optionsscheine‹ klingen verdächtig nach einem Scheingeschäft.« Sie schüttelt den Kopf und redet sich in Rage. »Wie konntet ihr nur so eine Geschichte glauben? Warum habt ihr mich nicht gefragt?«

Herr Günther macht ein betretenes Gesicht. »Das sollte doch eine Überraschung sein! Deine Mutter wollte dir eine Freude machen mit dem Zimmer.« Ganz gestelzt setzt er hinzu: »Aber selbstverständlich werde ich Gertraud den entstandenen Schaden ersetzen, wenn es dir darum geht.«

Petra denkt nach. Nicht nur, dass die beiden Senioren hier wohl einem halbseidenen Geschäft aufgesessen sind und ein finanzieller Schaden entstanden ist, beunruhigt sie. Das Ganze würde oberflächlich gesehen ein Tatmotiv abgeben, zumindest in den Augen von Kommissar Schuster. Heute Abend will sie Herrn Günther aber nicht noch weiter beunruhigen.

»Es war richtig, dass du mir das gesagt hast. Jetzt schlafen wir erst einmal darüber, und morgen nach der Pressekonferenz setzen wir uns zusammen. Es wäre gut, wenn du dann die Unterlagen parat hast. Dann sehen wir weiter«, sagt sie ihm.

Kaum ist Herr Günther gegangen, klingelt Petras Handy. Ihre Freundin Birgit ist dran.

Petra meldet sich müde und hofft, dass Birgit ihr nur schnell ihren neusten Schwank aus der Partnerschaftssuche erzählen will. Weit gefehlt! Birgit schluchzt ins Handy, und Petra versteht erst einmal nur Bruchstücke. Irgendwann reimt sie sich zusammen, dass es um den toten Moritz Lang geht.

Von Birgits Seite kommt nur Geschluchze. Das hat so keinen Sinn. Petra versteht nicht, was mit ihrer Freundin auf einmal los ist. Eigentlich will sie am liebsten sofort zu ihr fahren, aber ihr ganzer Körper schmerzt bei der kleinsten Bewegung. Sie versucht, Birgit zu trösten. Irgendwann beruhigt sich die Freundin etwas. Petra sagt ihr, dass sie noch in Fischau ist und dort übernachtet.

Sie bleibt am Telefon, während Birgit sich aus der Küche ein Glas Wasser holt und ein paar Schlucke trinkt.

Dann ist Birgit immerhin so weit imstande, Petra anzukündigen, dass sie am nächsten Tag nach Fischau kommen wird.

»Ich muss dich sprechen. Dringend!«, kündigt sie an.

»Das klingt aber geheimnisvoll. Gut, dann komm am besten am späten Nachmittag nach Fischau, dann machen wir einen schönen Spaziergang«, verspricht Petra.

Sie ist inzwischen total erschöpft, aber ihre Gedanken kreisen weiterhin wie eine Achterbahn. Als Erstes schaltet sie ihr Handy aus, holt sich ein Glas kühles Leitungswasser und trinkt es in kleinen Schlucken. Langsam beruhigt sie sich und legt sich hin. Ein paar Seiten liest sie noch, dann versinkt sie in einen unruhigen Schlaf. Sie träumt von einem großen urtümlich aussehenden Fischpärchen, die beide rosa Handschellen tragen und um sie herum schwimmen. Sie sitzt auf einer Art Thron im Wasser, und am Schluss stößt der eine Fisch ein höhnisches Gelächter aus. Daran kann sich Petra noch erinnern, als sie mitten in der Nacht aufschreckt. *Fische können nicht lachen!*

Sie muss an Theobald Hirsch denken. Das Lachen klang fast so wie seines. Und jetzt noch ein Toter! Aber was hat sie selbst denn mit dem Ganzen zu tun? Den Moritz Lang hat sie nicht gut gekannt, sie hatte immer das Gefühl, das der junge Mann ihr absichtlich aus dem Weg ging, wenn sie in Otterschwing oder in Fischau zu Besuch war. Bedenklich findet sie aber, wie emotional ihr nahestehende Menschen auf die Todesnachricht reagieren. Was war an dem Moritz nur dran, dass er in der kurzen Zeit für so viele Menschen eine so große Bedeutung bekommen hat?

Dieses Rätsel wird sie heute Nacht nicht mehr lösen, und so wälzt sie sich noch eine Stunde schlaflos im Bett und lauscht auf die Nachtgeräusche im Benedictum.

Irgendwann muss sie wieder eingeschlafen sein, denn als sie von einem Klopfen wach wird, scheint bereits die Sonne ins Zimmer. Schon acht Uhr! Als Petra die Tür öffnet, steht ein Frühstückstablett davor. Zwei frische Semmeln, ein gekochtes Ei, der übliche Aufschnitt und eine Portion Kaffee.

Der Kaffee duftet himmlisch, allerdings merkt Petra beim ersten Schluck, dass er ziemlich dünn ist. Sie lässt sich das Frühstück schmecken und schaut danach schon positiver in den Tag.

Nach einer kurzen Dusche zieht sich Petra die letzten frischen Wäschestücke an, die sie dabeihat. Das bunte T-Shirt passt nicht zur Bluse, und wenn sie noch länger in Fischau bleiben soll, dann muss sie zumindest ein paar Sachen in die Waschmaschine stecken. Weil sie bald zur Pressekonferenz muss, schminkt sie sich dezent und steckt ihre Haare auf.

Danach versucht sie, sich mit ihrem Laptop in das WLAN-Netz des Benedictum einzuwählen, aber die Verbindung ist hier in dem Gästeapartment zu schlecht. Sie muss wohl in die Halle, wenn sie die Nachrichtenlage und ihre E-Mails checken will.

Petra nimmt Handy und Laptop, geht in die Eingangshalle und sucht sich einen Platz. Zuerst ruft sie die Seite der *Münchner Postille* auf. Hier wird über den Tod von Moritz Lang nicht als Headliner berichtet, die Nachricht ist schon ziemlich weit nach unten gerutscht. Beim *Seekurier* ist das natürlich anders, auch wenn der letzte Beitrag zu Moritz Langs Tod auch keine neuen Erkenntnisse für Petra bereithält. Zu der Verhaftung vom Sepp Bledschneider heißt es lediglich, dass eine verdächtige Person derzeit auf der Polizeiwache Fischau befragt werde. Die Amtsgeschäfte des Landrats übernimmt der noch zu wählende Stellvertreter, heißt es in Rainer Ortliebs Artikel. Innerhalb von drei Monaten muss ein neuer Landrat oder eine neue Landrätin gewählt werden. Dazu ein Bild von Moritz Lang aus dem Wahlkampf in Anzug und Sneakers in staatsmännischer Pose. *Der perfekte Schwiegersohn*, denkt sie.

Petra setzt auf ihre Liste der bevorstehenden Erledigungen auch ein Gespräch mit Rainer Ortlieb, den sie sicher auf der Pressekonferenz treffen wird. Ihre Chefin, Caroline Morgenstern, schreibt ihr eine E-Mail, in der sie fragt, wann Petra gedenke, den versprochenen Artikel über die Fischerei am Ammersee abzugeben. Daran hat Petra überhaupt nicht mehr gedacht. Sie entscheidet sich, erst einmal nicht zu antworten und das Ergebnis der Pressekonferenz abzuwarten.

Es sind nur ein paar Gehminuten vom Benedictum zum Sitzungssaal der Gemeinde, aber trotzdem kommt Petra fast zu spät. Ihr Kollege, den sie nur aus der Kantine der *Postille* kennt, hat ihr einen Platz neben sich freigehalten und winkt ihr zu. Sie zwängt sich durch die vollen Reihen. Sogar zwei Kamerateams sind da.

»Markus Mitterer«, sagt ihr Nachbar und schüttelt ihr die Hand. Dann geht es auch schon los. Zunächst spricht ein geschulter PR-Mann der Polizei in gesetzten Worten über die Auffindung des Toten und die bisherigen Schritte der Polizei. Bei ihm hört sich das so unwirklich an, dass Petra schon zweifelt, dabei gewesen zu sein.

»Der Verschiedene wurde von einem Fischerboot entdeckt, das mit zwei Personen besetzt war. Die eine Person verständigte unverzüglich die Rettungseinheiten und alarmierte die Polizei. Zum Einsatz kam unser Wasserschutzpolizeiboot WSP 7, das in Fischau stationiert ist.«

War ja klar, dass es wieder so dargestellt wird, als ob das Polizeiboot dringend und zwingend vonnöten gewesen wäre! Petra denkt an ihre Zeit beim *Seekurier,* als der geplante Bau eines schicken neuen Bootshauses für das Boot der örtlichen Polizeidienststelle hohe Wellen geschlagen hat. Bei der bayerischen Staatsregierung war man drauf gekommen, dass man einen wenig genutzten, aber dafür umso idyllischer gelegenen Dampfersteg mit einem hochmodernen Bootshaus ganz vorne dran anbauen könnte. Die Anwohner und Nutzer fürchten, dass der idyllische Dampfersteg nach einer kurzen Schamfrist sicherheitshalber gleich für die allgemeine Nutzung gesperrt werden wird. Der Streit um den Bootshaus-Neubau, der dann zukunftsorientiert gleich eine Nummer größer ausfällt, dauert immer noch an. In letzter Zeit ist es allerdings still geworden, auch der Fund seltener Armleuchteralgen hilft den Gegner nicht. Mit ein paar Tausend Euros kann sich die Staatsregierung beim Naturschutz freikaufen. Petra macht sich noch eine Gedankennotiz, die findigen Bootshausgegner wieder einmal zu kontaktieren.

Während sie mit ihren Gedanken abschweift, bekommt sie auf einmal von Michael einen Stupser. Es tut sich was auf dem Podium, denn jetzt kommt Kommissar Edgar Schuster, heute mit kariertem Jackett und blauer Krawatte. Die Krawatte hängt schief, und als Petra genauer hinschaut, erkennt sie das Muster: kleine Fische. Sie schmunzelt, so viel Humor hat sie dem Edi gar nicht zugetraut.

Nun legt er auch schon los. Aufmerksam wird Petra, als er über eine »höchst respektable Zeugin« spricht, die angeblich den schon aus früheren Ermittlungen bekannten Josef B., also den Sepp, in der Nähe des mutmaßlichen Tatortes gesehen haben soll. Dieser mutmaßliche Tatort sei ein Bootshaus etwa sieben Kilometer Luftlinie vom Auffindeort entfernt. Dann zeigt er PowerPoint-Folien mit Strömungsanalysen, wonach das Bootshaus als Tatort durchaus infrage komme. Den möglichen Todeszeitpunkt hält der Kommissar sehr vage. Petra raunt ihrem Kollegen zu, dass er hier nachhaken soll, denn dies wird für das Alibi vom Sepp eine große Rolle spielen.

Bei der Fragerunde lavieren die beiden Polizisten dann doch ziemlich herum. Auf die Frage, ob noch in andere Richtungen ermittelt wird, antwortet der Pressesprecher mit dem allgemeinen Hinweis, dass man allen Spuren nachgehe und für Hinweise aus der Bevölkerung weiterhin dankbar sei. Auch zum Todeszeitpunkt wird nur der Zeitpunkt des letzten öffentlichen Auftrittes plus drei Tage angegeben.

»Es laufen noch Tests in der Pathologie«, sagt Edgar Schuster und blickt dabei zu Petra.

Die ist froh, dass sie aus dem allgemeinen Geschwurbel nicht einen spannenden Aufmacher stricken muss, und geht schon einmal vor die Tür, um noch den Klatsch der Raucher mit einzufangen. Auch ihr früherer Chef, Rainer Ortlieb, kommt vor die Tür und will schon davoneilen, da hält Petra ihn auf.

»Hallo Rainer«, ruft sie und fasst ihn am Ellenbogen.

»Hallo Petra, bist du immer noch in Fischau? Willst du wieder bei uns anfangen? Du, ich hab's ganz eilig«, ruft er, ohne eine Antwort abzuwarten, und sprintet davon.

»Wir telefonieren!«, schreit Petra ihm noch hinterher.

Inzwischen sind auch die Polizisten fertig und kommen mit einer Traube an Reportern aus dem Gebäude. Kommissar Edi winkt Petra zu sich heran und sagt: »Kommen S' bitte in einer halben Stunde auf die Wache, ich muss Sie noch ein paar Sachen fragen.«

Das passt Petra gar nicht, denn sie wollte ja mit Herrn Günther und ihrer Mutter über die Optionsscheine reden.

Die halbe Stunde reicht nicht, um noch einmal zum Benedictum zu gehen. Sie ruft ihre Mutter an.

»Mir ist noch etwas dazwischengekommen, und anschließend geh ich noch schnell in das kleine Bistro in der Fischerei Mittagessen. Wir sehen uns dann um vierzehn Uhr bei Herrn Günther.«

»Immer ist alles wichtiger, aber ich bin ja nur die alte Mutter«, jammert Gertraud.

»Das kann ich wirklich nicht aufschieben. Und du ruhst dich nach dem Essen doch sowieso immer ein wenig aus.«

»Du stellst mich immer hin, als ob ich eine uralte Dame wäre«, setzt Gertraud nach. Auch das noch, ihre Mutter hat wohl einen ihrer schlechteren Tage. Petra seufzt und sagt betont optimistisch: »Bis später dann, ich bring euch einen Kuchen mit zum Ausgleich.«

Sie legt schnell auf. Am besten besorgt sie gleich noch den Kuchen bei der guten Bäckerei in Fischau. Auf dem Weg nimmt sie sich noch zwei Wurstsemmeln mit. So ausgerüstet erscheint sie auf der Polizeiwache.

»Wollen Sie länger bleiben oder uns bestechen?«, meint Kommissar Edi.

»Das ist für später. Ich habe wenig Zeit«, stellt Petra klar. »Sie wollten mich sprechen?«

»Wir haben inzwischen auch die Wohnung des Opfers untersucht und dabei einige Auffälligkeiten gefunden. Einige Spuren weisen in Ihre Richtung. Familie und Freunde, also Ihnen nahestehende Personen, waren wohl mit dem Opfer bekannt oder hatten geschäftlich mit ihm zu tun«, sagt der Kommissar. *Die verdammten Optionsscheine!*, denkt Petra.

Sie nimmt ihren Kalender heraus und blättert die Tage

um den mutmaßlichen Todeszeitpunkt herum auf. An diesem Wochenende hatte Petra Dienst. Freitagabend war sie bei einer Krimilesung im Literaturhaus, Samstag war die Filmpremiere einer deutschen Produktion im Malthäser Filmpalast mit anschließender Party und Sonntag hat sie bis zwanzig Uhr in der Redaktion verbracht. Anschließend ist sie todmüde nach Hause gefahren und hat noch kurz mit ihrer Freundin Birgit telefoniert. Vom Festnetz, das ist nachprüfbar. Sie rattert die Daten herunter und empfiehlt dem Kommissar, ihre Alibis gern zu überprüfen.

Listig sagt er: »Das ist ja alles sehr schön. Einen Mord auf dem See hätte ich Ihnen bei Ihrer körperlichen Verfassung eh nicht zugetraut. Aber der Josef Bledschneider ist Ihnen doch noch einen Gefallen schuldig, oder?« Er grinst.

»Das ist unerhört! Das Gespräch ist hiermit beendet. Falls Sie nicht mehr auf der Pfanne haben als irgendwelche Hirngespinste, dann hat der Sepp recht, und Sie suchen doch nur wieder einen Sündenbock«, entgegnet Petra und packt ihre Einkäufe zusammen. *Das ist doch echt das Letzte! Jetzt soll sie auch noch einen Mord in Auftrag gegeben haben.*

Wütend läuft sie los und gelangt zur Seepromenade. Dort ist der Sommerkiosk schon geöffnet, und sie holt sich einen Cappuccino und ein Wasser und setzt sich auf eine Uferbank. Dazu isst sie die mitgebrachten Wurstsemmeln. Das leise Plätschern der Wellen, die sich heute nur ein wenig kräuseln, und der weite Blick über das blaue Wasser beruhigen sie. Nach einer halben Stunde ist sie bereit für weitere Aufgaben und holt ihr Handy heraus. Zehn verpasste Anrufe!

Ihre Chefin, Birgit, Marlene und Herr Günther, dazu noch ein paar unbekannte Nummern. Petra eilt ins Benedictum. In der Eingangshalle trifft sie auf Herrn Günther, der offensichtlich auf sie gewartet hat. Aber Petra braucht noch einen Moment für sich, zudem muss sie mit Marlene und der Chefin telefonieren. Mit Birgit hat sie sich inzwischen per WhatsApp für später verabredet.

Im Apartment geht Petra zuerst einmal durch, was sie schon zur Reportage geschrieben hat. Eigentlich müsste sie noch mal mit dem Fischer auf den See, denn das eigentliche Fischen hat sie ja wegen des Leichenfundes gar nicht mitbekommen. Aber in das Fischerboot will Petra nicht wieder einsteigen. Am besten redet sie noch mal mit dem Fischer oder man verschiebt die Reportage aus Pietätsgründen. Frau Morgenstern ist von dem Vorschlag nicht allzu begeistert, sieht aber ein, dass eine fröhliche Fischfangreportage in Kombination mit der Wasserleiche einen schlechten Nachgeschmack hinterlassen würde. Außerdem handelt Petra noch einen weiteren Tag in Fischau heraus, da ihre Anwesenheit noch vor Ort von der Polizei benötigt wird. Die Vorwürfe des Kommissars verschweigt sie, das ist ihr zu privat. Das Telefonat mit Marlene dreht sich dann vor allem um den Sepp. Petra bittet sie, Alibis für sich und den Sepp an den relevanten drei Tagen zusammenzutragen.

Dann ist es auch schon Zeit für das Kaffeetrinken. Petra geht zum Apartment von Herrn Günther und staunt nicht schlecht, als auch Altbürgermeister Johann Schmidt aus Otterschwing mit von der Partie ist. Herr Günther erklärt ihr, dass der Johann auch investiert habe und deshalb von ihm dazugebeten worden sei. Petra lässt sich die ausgestellten Optionsscheine zeigen. Das Papier wirkt zwar amtlich, ist aber sicher von Moritz Lang selbst entworfen worden und auf gutem Papier gedruckt worden. Ein Optionsschein war laut Aufdruck zehntausend Euro wert, die mit der Einlagesumme beim Mehrgenerationenprojekt »Rosengarten« in Otterschwing verrechnet wird. Eine Barauszahlung des Betrags ist explizit ausgeschlossen. Bauherr des Projektes ist eine Gesellschaft für modernes Altern, und als deren Geschäftsführer ist Moritz Lang ausgewiesen.

»Wo liegt das Projekt denn? Und wie viele Scheine habt ihr gekauft?«, fragt sie in die Runde.

Betretenes Schweigen. Dann sagt Gertraud, dass sie ja als Witwe nicht so viel Geld habe und deshalb nur zwei Scheine gekauft habe. Herr Günther hebt drei Finger hoch, und Johann Schmidt schließt sich ihm an. Also in Summe sind es dann achtzigtausend Euro, die Moritz Lang von den drei Senioren vorab und ohne jede Sicherheit kassiert hat. Dazu kommen noch zwanzigtausend für die Wahlkampfspenden. Die offensichtliche Scham der drei hält Petra davon ab, ihnen eine Standpredigt zu halten. Sicher hat die Polizei inzwischen die Konten von Moritz überprüft.

Die verlorenen hunderttausend Euro sind schon ein Motiv für den Kommissar, überlegt Petra. Sie muss den Dreien jetzt noch beibringen, dass sie unter Mordverdacht stehen oder eher der Anstiftung zum Mord bezichtigt werden könnten. Aber sie kommt gar nicht mehr dazu, denn an der Tür klopft es, und Kommissar Schuster steht vor der Tür.

Triumphierend blickt er erst auf die Kaffeetafel und dann auf Petra.

»Da haben wir ja gleich den Kreis der Verdächtigen zusammen. Gehe ich richtig in der Annahme, dass sie alle mit dem Mordopfer Moritz Lang bekannt waren? Dass sogar gemeinsame Sache gemacht wurde? Ist Ihnen das Projekt »Rosengarten« ein Begriff?« Der Kommissar wird auf die Papiere aufmerksam, die Herr Günther rasch unter einem Ordner zusammenschiebt. Für Gertraud ist das alles zu viel Aufregung, mit einem Seufzen sackt sie in sich zusammen.

Jetzt reicht es Petra. »Sie sehen doch, dass die drei keine Ganoven sind! Es wird sich alles klären. Ich bringe jetzt meine Mutter in ihr Apartment, und die beiden Herren werden Ihnen die Sachlage erklären.«

Petra setzt ihre Mutter in ihrem Apartment in den bequemen Sessel, holt ihr ein Glas Wasser, die Notfalltropfen und eine Decke. Nach einer Weile hat Gertraud wieder etwas Farbe auf den Wangen. Sie flüstert Petra zu: »Wir müssen etwas unternehmen, diese Verdächtigungen können wir nicht auf uns sitzen lassen.«

Petra versteht schon, was ihre Mutter mit Wir meint. Die SOKO Benedictum soll wieder ermitteln. Aber sie will nicht weiter in die Sache hineingezogen werden.

Laut sagt sie: »Aber ich wohne doch gar nicht mehr hier, und ich muss auch wieder zur Arbeit.«

Ganz überzeugt ist sie aber angesichts der neuerlichen Verstrickungen nicht, dass sie sich aus den polizeilichen Ermittlungen ganz heraushalten kann. Ein Blick auf die Uhr sagt ihr, dass sie zu ihrem nächsten Termin muss. Birgit!

Rasch geht sie noch in ihrem eigenen Apartment vorbei und nimmt sich eine wärmere Jacke und den Schal mit. Sicher will Birgit wieder draußen sitzen, denn als Münchnerin genießt sie jede Minute an der frischen Luft am Ammersee.

Diesmal fährt Petra mit dem Polo zum Seeparkplatz hinunter, denn zu Fuß hätte sie es jetzt nicht mehr geschafft. Birgit wartet schon am Bahnhof, sie ist mit dem Zug gekommen. Sie wirkt genauso blass und aufgewühlt wie ihre Mutter Gertraud vorhin. Petra umarmt ihre Freundin erst einmal schweigend.

Birgit schnieft verdächtig.

»Wollen wir ein paar Schritte laufen?«, fragt Petra.

Birgit nickt und sagt leise: »Aber bitte nicht dahin, wo du den Moritz gefunden hast.«

»Da kommen wir gar nicht vorbei«, sagt Petra und schlägt den Spazierweg Richtung Südufer zum Beobachtungsturm ein.

»Die Bekassine und der Große Brachvogel brüten wieder«, lockt sie Birgit, die sich für die Vögel sonst immer interessiert.

Zögerlich setzt sich Birgit in Gang.

»Bist du krank? Oder ist es Liebeskummer?« Petra ist jetzt ernsthaft beunruhigt. So hat sie Birgit in all den Jahren, in denen sie nun befreundet sind, noch nie gesehen. Birgit schüttelt zweimal den Kopf und geht langsam weiter.

Die frische Seeluft scheint ihr gutzutun, und als sie in den hölzernen Planken zum Turm gehen, gewinnt Birgit langsam die Fassung. Schweigend schlendern sie weiter und steigen auf den Turm. Der See liegt vor ihnen, und im Zwielicht hört man die Vögel rufen. Sie stehen nebeneinander und schauen auf das blaue Wasser, ein einzelnes Segelboot kreuzt in der Bucht. Noch sind die meisten Boote im Winterlager, aber langsam füllt sich das Bojenfeld.

Nach einer Weile sagt Birgit unvermittelt: »Ich bin schwanger.«

»Herzlichen Glückwunsch! Ein Baby, wie schön!«, versucht es Petra und freut sich sehr für ihre Freundin.

»Aber es gibt keinen Vater«, setzt Birgit nach.

»Das ist doch erst einmal unwichtig. Hauptsache das Kind ist gesund und munter, und du bist bestimmt eine super Mutter«, meint Petra aufmunternd. »Und ich bin ja schließlich auch noch da, ich werde der auf jeden Fall helfen.«

Birgit umarmt sie. »Schön! Dann will ich, dass du die Taufpatin wirst. In sechs Monaten ist es so weit.«

»Seit wann weißt du es denn schon?«, hakt Petra nach.

»Gedacht habe ich es mir schon länger, aber vorgestern war ich bei meiner Frauenärztin, und sie hat mir gleich den Mutterpass ausgestellt.«

»Aber du wünschst dir doch schon seit Jahren ein Baby. Jetzt kommt es halt nicht ganz so wie geplant, aber das ist doch nicht schlimm«, meint Petra und stößt einen lauten Juchzer aus. »Ich werde Taufpatin! Das ist die beste Nachricht des Tages!«

So ganz kann Birgit sich allerdings nicht mitfreuen. Das Schlimmste hat sie ihrer Freundin noch nicht gesagt.

KAPITEL 5

Zurück im Benedictum wird Petra gleich am Empfang aufgehalten. Sie muss das Gästeapartment morgen frei machen, denn es ist für den Samstag schon lange reserviert. Das passt Petra ganz gut, denn wenn sie noch länger hierbleibt, verschlingt sie der Strudel der Ermittlungen. Gefühlt steht sie schon mit einem Bein im Sumpf. Petra hat Mühe, nicht allzu oft an den im Wasser treibenden Leichnam mit den in den Bäumchen verwobenen Locken zu denken. Ein Bild, das ihr einen Schauer über den Rücken jagt. *München ist ja auch nicht aus der Welt, da braucht sich der Kommissar Schuster nicht so anstellen,* überlegt sie. Sie muss am Montag wieder zur Arbeit, ihre Chefin wartet schon auf Nachricht. Und sie kann ja auch von München aus die Truppe hier unterstützten, beruhigt sie sich. Das muss sie jetzt nur noch ihrer Mutter Gertraud beibringen, deshalb geht sie gleich zu deren Apartment und klopft. Keine Antwort. Petra geht zur Wohnung von Herrn Günther. Dort sitzen die beiden Senioren zusammen, der Johann Schmidt ist inzwischen wieder gegangen.

Herr Günther hat das Flipchart aufgebaut, mit dem sie auch schon im Vermisstenfall Adi Schmidt gearbeitet haben, und schon erste Hinweise aufgeschrieben. Ihre Mutter macht den Anfang.

»Schön, dass du da bist! Wir dachten uns, dass wir der Polizei bei ihren Ermittlungen helfen sollten. Du bist doch sicher auch dabei, nicht wahr, Petra?«

»Also der Kommissar Schuster hat eine Einmischung der – wie drückte er es aus? – ›Seniorentruppe‹ nachdrücklich verboten, und ich habe ihm das auch zugesagt. Lasst doch die Polizei ihre Arbeit machen, dann wird sich sicher alles aufklären. Ich muss am Montag wieder zur Arbeit, und morgen früh sowieso aus dem Gästeapartment ausziehen. Dann geht es zurück nach München, die Birgit braucht mich. Es gibt nämlich tolle Neuigkeiten!«

»Hat sie endlich den Richtigen gefunden?«, fragt Gertraud mit spöttischem Unterton.

»Viel besser. Sie bekommt ein Baby, und ich werde Taufpatin!«, sagt Petra und strahlt.

Bevor ihre Mutter nachfragen kann, wer denn der Vater ist, springt Herr Günther auf und schüttelt Petra die Hand. »Gratulation an die werdende Taufpatin. Wir brauchen dich aber auch«, sagt er und schaut sie hilfesuchend an.

Petra bleibt aber standhaft und sagt, dass sie sowieso erst einmal nach München in ihre Wohnung muss, da sie keine saubere Wäsche mehr dabei hat und auch die Blumen in der Wohnung versorgt werden müssen.

»Aber dann kommst du wieder, ja?«, sagt Gertraud.

»Schauen wir mal«, murmelt Petra abwehrend. »Was wollte denn der Kommissar Schuster?«, fragt sie nach.

Herr Günther berichtet, dass es um das geplante Mehrgenerationenprojekt ging und um die Optionsscheine. Der Kommissar habe auch angedeutet, dass das ganze Projekt eine Luftnummer sein könnte und er deshalb auch eine Motivlage für alle sehe, die dort investiert hätten. Er macht eine Pause und ringt dann mit den Händen. Aber das mit der Luftnummer könne gar nicht wahr sein, denn der Moritz habe ihnen fundierte Unterlagen gezeigt und auch das Grundstück in Otterschwing hätten alle schon besichtigt. Auch Marlene Hirsch sei damals mit dabei gewesen.

Petra setzt auf die Liste der zu prüfenden Dinge das Wohnprojekt. Sie schlägt ein neues Blatt am Flipchart auf und notiert mit Rot: *Mehrgenerationshaus »Rosengarten« – Status ermitteln*, und weil sie schon mal dabei ist, notiert sie auch gleich noch: *Alibi Sepp* und eine Zeile darunter *Informantin M. von Langodamm checken.*

Dann knurrt Petras Magen laut. Vor lauter Babyalarm hat sie noch nicht zu Abend gegessen. Sie bemerkt nicht, wie Gertraud ihrem Verehrer einen Wink gibt. Der geht kurz aus der Wohnung und kommt mit einer Platte schön garnierter Wurstsemmeln zurück. Genau das, was Petra jetzt braucht!

Nach einer weiteren unruhigen Nacht, in der Petra die Wasserleichen heimsuchten, packt sie in der Früh eilig ihre Sachen zusammen, räumt das Zimmer pünktlich um acht Uhr und gibt den Schlüssel ab. Die Rechnung für das Gästeapartment hat Herr Günther übernommen. Petra hat sich zum Frühstück bei Marlene Hirsch angekündigt, denn auch hier steht noch ein Gespräch aus, und danach will Petra in die Stadt fahren. Vorher will sie noch den Kommissar Schuster über ihre Abreise informieren.

Kurz entschlossen fährt sie zur Polizeiwache. Dort ist nicht viel los, ein Polizist hält sich gerade müde an einer Tasse

Kaffee fest, und auch der Kommissar ist nicht vor Ort. Ungewohnt mitteilsam erklärt ihr der Wachhabende, dass man in der Nacht mit zwei Streifen ausrücken musste, weil es nun wieder losgeht mit den ausufernden Feiern der Jugendlichen am See. Meist würden die erst um Mitternacht loslegen mit ihren großen Basslautsprechern, den mobilen Bars und dem lautstarken Gekreische. Petra kommen diese Beschwerden ziemlich bekannt vor, im Sommer hatte sie bei ihrer Zeit beim *Seekurier* ständig damit zu tun. Inzwischen reagieren die Seegemeinden mit Alkoholverboten, Betretungsverboten und Ähnlichem. Mehrere Orte haben einen Sicherheitsdienst angeheuert, der in den Sommernächten für Ruhe und Ordnung sorgen soll. Sie murmelt ein paar nichtssagende Worte und hinterlässt dem Polizisten ihre Handynummer für den Kommissar.

Dann fährt sie schnell hinunter zum Wochenmarkt, um beim Stand des örtlichen Biobäckers Semmeln, Brezen und Croissants für das Frühstück bei Marlene einzukaufen. Ein Cappuccino auf den Weg muss auch noch sein. In der Markthalle wird Petra mit großem Hallo begrüßt, und sie genießt die Herzlichkeit. Auf Nachfragen sagt Petra, dass sie nur zu Besuch da sei.

Bei Marlene in Otterschwing ist der Frühstückstisch schon reich gedeckt, auch die Eier von den eigenen Hennen warten schon unter kleinen selbst genähten Wärmehauben in den Eierbechern. Marlene holt rasch die Wurstplatte aus dem Kühlschrank. Petra langt kräftig zu und frühstückt mit Appetit, während Marlene nur ein Brezen-Stück auf dem Teller hin- und herschiebt.

»Hast du schon gefrühstückt?«, fragt Petra sie. Sie bekommt ein Kopfschütteln als Antwort und dazu ein zaghaftes: »Mir ist der Appetit vergangen.«

Hoffentlich nicht noch mehr Probleme …, denkt Petra.

Marlene wartet ab, bis Petra zu Ende gegessen hat und sich den dritten Kaffee einschenkt. Dann fängt sie an: »Ich mach mir da auch so meine Gedanken zu dem Tod vom Moritz. Irgendwie benimmt sich die Franzi so komisch, und auch die Josie läuft herum wie ein Zombie. Man könnt' ja fast meinen, dass beide Mädchen eine heimliche Liebesbeziehung mit dem Moritz hatten. Aber der Mors war doch so ein anständiger junger Mann, gar nicht so ein Hallodri wie mein Theo. Und jetzt ist der Sepp schon wieder eingesperrt, obwohl er bestimmt unschuldig ist! Was machen wir denn nur?«

»Du hast doch schon mit dem Anwalt gesprochen, der den Sepp vertritt. Was sagt der denn?«

»Ja, der sagt, dass die Lage schwierig ist, weil der Sepp ja eigentlich nur zur Alltagserprobung außerhalb der Psychiatrie war und das entscheidende Gerichtsurteil, das die Einweisung in die Psychiatrie komplett aufgehoben hätte, noch nicht ergangen ist. Und vermutlich jetzt, aufgrund der neuerlichen Tatverdächtigungen seitens der Polizei, auch nicht ergehen wird. Allerdings wird der Sepp nun als so stabil eingestuft, dass er zunächst in die normale Untersuchungshaft kommen wird«, erzählt Marlene. Dann schimpft sie los: »Um es kurz zu machen, das ist eine gewaltige Sauerei! Der Sepp soll das Bauernopfer geben.«

Da kann Petra nur nicken. Sepp gilt zwar als gesund genug für die U-Haft, darf aber offiziell nicht aus der Psychiatrie entlassen werden, weil er zu krank ist. Da scheint ein bürokratisches Knäuel erster Güte auf den Sepp zuzurollen. Eindeutig ein Fall für ihren Freund bei einem überregionalen Nachrichtenmagazin, Sebastian Eberdinger. Der liebt es, gordische Knoten zu entwirren.

Laut sagt sie zu Marlene: »Du, gib mir noch mal die Nummer von dem Rechtsanwalt. Vielleicht kann der Sebastian uns da weiterhelfen. Ich ruf ihn heute Nachmittag gleich mal an! Ich muss ihm eh noch den ganzen Schlamassel mit dem Moritz Lang berichten. Aber es gibt auch noch was Erfreuliches zu erzählen. Ich werde Patentante! Die Birgit ist schwanger!«

Petra strahlt Marlene an. Die reagiert aber gar nicht wie erwartet und verzieht das Gesicht. Nach einer gefühlten Ewigkeit sagt sie matt: »Herzlichen Glückwunsch an dich und an die Kindsmutter. Einen Vater gibt es wohl offiziell nicht dazu, oder?«

»Einen Vater wird es wohl geben, logisch, aber Birgit wollte da noch nicht ins Detail gehen. Das ist ja heute auch gar nicht mehr so wichtig. Oder ist das auf dem Land hier immer noch ein Problem? Schließlich war dein Mann doch auch ein nichteheliches Kind.«

»Stimmt schon. Aber die Leute haben ihn das immer spüren lassen, sogar als er schon Bürgermeister von Otterschwing war. Schön war das nicht.«

In die kurze Missstimmung der beiden Frauen platzt die Franzi, die mit fahler Gesichtsfarbe und fettigen Haaren an den Frühstückstisch schleicht. Sie setzt sich und blickt auf den Boden, ohne ein Wort zu sagen. Marlene zieht nur die Augenbrauen hoch und macht zu Petra gewandt eine Geste, die wohl sagen soll: *Siehst du, was ich meine?*

Marlene gießt ihr frischen Organgensaft ein und holt anschließend die Kaffeekanne. »Guten Morgen, Franzi, magst auch einen Kaffee?« Die Franzi schüttelt nur den Kopf und sagt kein Wort. Petra fühlt sich auf einmal unerwünscht. Sie will sowieso noch am Häuschen vom Bledschneider Sepp vorbei.

»Hast du eigentlich einen Schlüssel zum Haus im Uferweg?«, fragt sie Marlene. Die nickt und fragt: »Soll ich mitkommen? Ein paar Schritte würden uns jetzt guttun.«

Über Schleichwege führt Marlene sie durch Otterschwing, und nach zehn Minuten sind sie beim Häuschen vom Sepp. Die Haustür war versiegelt, aber das Siegel der Polizei ist nicht mehr intakt. Das kommt Petra seltsam vor. Nach den Polizisten war wohl noch jemand anders im Haus.

Sie macht Marlene ein Zeichen, ganz still zu sein, und lauscht an der Tür. Nichts. Auch ein Blick durch das Küchenfenster zeigt, dass niemand im Haus ist. Marlene zögert und will eigentlich lieber wieder gehen, aber Petra nimmt ihr den Schlüssel aus der Hand und sperrt auf. Drinnen ist es düster, das Licht lässt sich nicht anschalten.

»Der Strom ist abgestellt«, sagt Petra. »Wusstest du eigentlich von den finanziellen Schwierigkeiten vom Sepp? Offenbar ist er kurz vor der Pfändung. Gibt es da eine Möglichkeit, kurzfristig Geld aus einer Organisation zu bekommen?«

Marlene denkt nach. »Ich kenn da zwei private Stiftungen, die können unbürokratisch helfen. Weißt du, um wie viel Geld es geht?«

»Da müssen wir mal schauen, was wir an offenen Rechnungen finden«, meint Petra.

Die beiden Frauen schauen sich in dem kleinen Häuschen

um, aber die Briefe hat wohl die Polizei mitgenommen. Im Sekretär stehen alle Ordner, säuberlich beschriftet und die Belege ordentlich abgeheftet. Petra findet alte Kontoauszüge, die Marlene kurzerhand in einen Stoffbeutel steckt.

Petra macht ihre Handytaschenlampe an und sucht in dem kleinen Häuschen nach einem Zettel mit den Alibis. Sie ist sich sicher, dass der Sepp diesen versteckt hat, als die Polizisten kamen, um ihn abzuholen. Und tatsächlich, unter dem Polster der Eckbank liegt ein zerknautschtes Blatt Papier mit der Handschrift vom Sepp.

»Okay, wir sind hier drin fertig. Lass uns an die frische Luft gehen«, meint Petra und steckt sich den Zettel in die Hosentasche. Als sie auf dem Bankerl vor dem Haus sitzen, hält plötzlich ein Auto mit quietschenden Reifen vor ihnen. Kommissar Schuster und ein Polizeibeamter in Uniform kommen schnellen Schrittes auf die beiden Frauen zu.

»Was machen Sie hier?«, schnauzt der Kommissar sie an. »Die Wohnung ist doch verplombt, waren Sie drin?«

»Das Siegel ist durchschnitten und die Tür auf«, meldet der Polizist.

Marlene Hirsch sagt: »Wir sind beauftragt worden, uns um die finanziellen Angelegenheiten vom Herrn Bledschneider zu kümmern. Und ich habe ganz offiziell einen Schlüssel, außerdem war das Siegel schon beschädigt. Wir dachten, dass es kein Problem ist, denn der Sepp ist ja eh unschuldig.«

»Wer schuldig oder unschuldig ist, das wird sich noch herausstellen!«, antwortet ihr der Kommissar. Er schnappt sich den Stoffbeutel mit den Unterlagen und überfliegt kurz den Inhalt. »In Ordnung, das können Sie behalten. Haben Sie beide sonst noch was mitgenommen?«, fragt er nach.

Marlene schüttelt den Kopf, und Petra fühlt zwar den Zettel in ihrer Hosentasche, schüttelt aber den Kopf. Fieberhaft überlegt sie, ob es nicht besser wäre, den Zettel bei den Polizisten abzugeben, aber sie bräuchte erst eine Kopie davon.

Als der Kommissar und der Polizist im Haus verschwinden, zieht sie das Papier heraus und macht schnell ein Handyfoto. Dann geht sie den beiden Männern nach ins Haus und bückt sich unter den Tisch. »Schauen Sie mal, Herr Kommissar, ich glaub, ich hab da was«, sagt sie und hält ihm das Papier hin. »Sieht aus, als ob der Herr Bledschneider eine Art Terminplan geführt hat.«

Schuster lässt den Zettel eintüten. Während der Polizist noch etwas sucht, kommt der Kommissar mit Petra vor die Tür.

»Sie können jetzt beide gehen. Und wenn Sie noch etwas holen wollen, sagen Sie bitte auf der Wache Bescheid, dann begleitet Sie ein Kollege.«

»Übrigens fahre ich nachher wieder nach München. Das ist doch in Ordnung für Sie?«, fragt Petra.

»Das geht klar, wenn Sie auf Ihrem Handy erreichbar sind.«

Marlene und Petra machen sich auf den Rückweg. Im Büro von Marlene druckt Petra die Aufnahmen aus. Soweit sie das sehen kann, war der Sepp am Wahlabend tatsächlich in Sachen Vogelschutz am See unterwegs, aber die Brutflächen vom Großen Brachvogel und der Bekassine liegen nicht in der mutmaßlichen Strömungsrichtung der Wasserleiche. Wieder sieht Petra die im Wasser treibenden Locken vor sich. Deshalb hat sie es plötzlich ziemlich eilig, von Otterschwing wegzukommen.

In ihrer kleinen Wohnung in München ist es staubig, und der Mülleimer verströmt einen üblen Geruch. Außerdem wartet ein Berg von Kostenloszeitungen, Werbeflyern und Ähnliches in ihrem vollgestopften Briefkasten.

Kaum hat es sich Petra bequem gemacht, ruft auch schon ihre Mutter Gertraud an. Mit der Post ist eine offizielle Vorladung für sie und Herrn Günther gekommen. Dienstag um neun Uhr auf der Wache in Fischau.

»Wir müssen wieder ermitteln, Petra! Der Kommissar ist auf der ganz falschen Fährte. Und hier im Haus wird auch schon getuschelt.« Gertraud spricht immer leiser, dann schluchzt sie auf. »Die sperren uns noch ein, und was dann?«

Petra weiß gar nicht, was sie sagen soll. Eine Vorladung?

»Der Günther ist doch juristisch versiert, da musst du dir keine Sorgen machen. Das ist sicher nur eine Zeugenbefragung. Bestimmt etwas ganz Harmloses«, versucht sie, ihre Mutter zu beruhigen. Aber langsam wird auch ihr das Vorgehen des Kommissars zu bunt. Sie wird jetzt erst einmal mit ihrem Kollegen und Freund Sebastian Eberdinger sprechen.

»Ich muss auflegen, da kommt ein wichtiger Anruf rein.«

Der wichtige Anruf ist Marlene, die ebenfalls eine Vorladung bekommen hat, wie auch ihre beiden Töchter. Jetzt fehlt nur noch Birgit. Kaum hat sie diesen Gedanken ausgesprochen, da piept auch schon ihr Handy. Birgit.

Scheinbar hatten alle Menschen in Petras Umgebung eine mehr oder weniger intensive Verbindung zu Moritz Lang. Wenn die SOKO Benedictum wieder ermittelt, dann wird sicher das eine oder andere ans Licht kommen, was ihre

Freunde und Familie sicher lieber unterm Deckel gehalten hätten. Wie sie es auch dreht und wendet, sie kommt aus der Nummer nicht mehr raus. Aber wenn sie der Sache nachgehen will, muss sie vor Ort sein. Ihr steht noch jede Menge Urlaub zu, und sie schreibt eine Mail an ihre Chefin, die Petra umgehend anruft und von Personalknappheit und wichtigen Terminen erzählt. Erst als Petra durch die Blume zu verstehen gibt, dass möglicherweise mit Spätfolgen ihres traumatisch verlaufenden Reportereinsatzes am See zu rechnen sei, lenkt Caroline Morgenstern ein und genehmigt ihr zwei Wochen Urlaub.

»Aber keinen Tag länger!«, presst sie noch heraus.

Petra wird sich bei Marlene in Otterschwing in einer der freien Ferienwohnungen einmieten. Dort ist sie unabhängig und hat eine schnelle Internetanbindung. Als Stützpunkt der SOKO könnte der Hof von Johann Schmidt in Otterschwing dienen, da dieser offenbar nicht auf dem Radar von Kommissar Schuster aufgetaucht ist. Als Petra alles durchdacht hat, führt sie ein paar Telefonate. Alle aus der Truppe bekommen die gleiche Ansage: Treffpunkt SOKO Benedictum, Sonntag vierzehn Uhr auf dem Hof von Johann Schmidt. Jeder soll eine genaue Liste anfertigen, wo er oder sie sich an den drei möglichen Todestagen von Sonntagabend bis Dienstagabend aufgehalten hat. Auch alle Nachbarn sollen befragt werden, ob ihnen etwas Ungewöhnliches aufgefallen ist. Absolutes Stillschweigen über die Aktivitäten setzt Petra voraus. *Die SOKO Benedictum kann nur erfolgreich arbeiten, wenn alle ehrlich sind.* Diesen Gedanken gibt sie allen am Schluss mit auf den Weg.

Nachdem die Sache entschieden ist, macht Petra sich an die Hausarbeit und füllt ihre Waschmaschine. Dabei kommt ihr Moritz Lang wieder in den Sinn. *Wo ist eigentlich sein Leichnam? Die Pathologie müsste ihn doch langsam zur Beerdigung freigeben.* Petra kann sich noch gut an die pompöse Beerdigung von Bürgermeister Hirsch erinnern, bei der viele Bonzen anwesend waren, aber nicht alles nach Plan verlief. Wesentlicher schlichter war die Beerdigung vom Adi Schmidt, der ja quasi nur »umgebettet« worden ist. Eine kirchliche Bestattung hat der Johann Schmidt nicht für seinen Sohn erreichen können, denn angeblich hatte der Adi keine Kirchenbeiträge bezahlt. *Vermutlich ist der Moritz Lang auch nicht in der Kirche gewesen*, überlegt Petra. In diese Gedanken hinein platzt ein Anruf von Marlene.

Die Polizei habe sie darüber informiert, dass der Leichnam von Moritz Lang bald freigegeben werde, und angefragt, ob die Gemeinde Otterschwing die sterblichen Überreste dann übernehme. Die Angehörigen des Verstorbenen könnten aufgrund ihrer Mittellosigkeit keine Kosten übernehmen. Deshalb würde es nur eine Einsargung nach dem Sozialstandard geben, also den einfachsten Fichtensarg, keinen Blumenschmuck, keinen Trauerredner und ein einfaches Grab ohne Stein.

Marlene ist schockiert, denn ihr hat der Moritz gesagt, dass er aus einem wohlhabenden Elternhaus stamme, zu dem er aber den Kontakt abgebrochen habe. Er wolle es allein schaffen, hat ihr Moritz erklärt, und das hat der Marlene ziemlich imponiert. Dass es nun ein solches vermögendes Elternhaus gar nicht gibt, ist für sie ein harter Schlag. Sie sucht nach einer Lösung.

»Ich muss Kontakt mit den Eltern aufnehmen«, sagt sie.

»Hast du die Adresse?«, fragt Petra. »Denn den Nachnamen Lang tragen ja viele, das wird keine große Hilfe sein.«

»Nein, aber ich kann im Einwohnermeldeamt am Montag nachforschen lassen. Schließlich hat der Moritz sich ja angemeldet in Otterschwing.«

»Gute Idee«, lobt Petra. »Vielleicht kannst du ja auch noch ein bisschen Geld sammeln, damit es nicht ganz so schäbig wird. Aber hatte Moritz nicht genug eigenes Geld auf dem Konto?« Petra denkt an die hunderttausend Euro von den Senioren, davon müsste doch noch etwas da sein.

»Da ist totale Ebbe, der Wahlkampf hat wohl einiges gekostet, und auch sonst hat der Moritz ganz gut gelebt. Aber am Sonntag könnten wir ja in der Kirche eine Sonderkollekte für die Beerdigung machen.«

»Aber das wär ja ein gefundenes Fressen für die Boulevard-Presse«, sagt Petra.

Für sie ist die erfundene Geschichte vom wohlhabenden Elternhaus ein Hinweis, dass der junge Mann wohl noch einige Leichen mehr in seinem Keller hatte. Vermutlich wäre es lohnenswert, wenn sich die SOKO auch seine Vergangenheit näher ansieht, frühere Freunde, Schulfreunde und Kommilitonen befragen würde. Vielleicht würden sogar einige davon anreisen, um Moritz die letzte Ehre zu geben. Deshalb sollten sie auch seinen Heimatort und seine alte Uni in Kenntnis setzen. Petra macht sich eine entsprechende Notiz. Langsam erwacht wieder der alte journalistische Instinkt in ihr, den sie in ihrer Zeit beim Vermischten immer weiter in den Tiefschlaf geschickt hat. Vielleicht ist die Aufklärung des Todesfalls ja auch eine Chance für sie.

In der Gerichtsmedizin des Münchner Universitätsklinikums durchfährt es Moritz. Eben war ein grimmiger Kommissar bei dem Pathologen, der an ihm herumgesäbelt hat. Immerhin hat er ein grünes Tuch über ihn gelegt, aber dennoch bekommt Moritz mit, dass es um sein Begräbnis geht. Von einem Armengrab ist die Rede. Armengrab! Immerhin wird dann klar, dass es nach Otterschwing zurückgeht und nicht an den tristen Ort, an dem er aufgewachsen ist. Die Otterschwinger Frauen würden ihm ein schönes Begräbnis ausrichten, da ist sich Moritz sicher. Ob sich Josie noch an seine Wünsche erinnert?

Einmal, in einer besonders schönen warmen Nacht, waren sie draußen in der Hütte am Seeufer. Moritz hat Josies Hand gehalten, sie lagen auf dem Rücken, und als eine besonders schöne Sternschnuppe kam, drückte sie seine Hand ganz fest. Und weil ihm das zu nah wurde, hat er schnell das Thema auf etwas anderes gebracht: seinen letzten Abschied. Er erzählte ihr von dem mit königsblauem Samt ausgestatteten Sarg, einer Fülle von weißen Lilien, den beiden Tänzerinnen und dem Trompeter, der vom Kirchturm blasen soll. Außerdem soll Champagner ausgeschenkt werden, und die ganze Nacht sollen die Trauergäste tanzen und ihn feiern. Sein Abgang soll schließlich ein rauschendes Fest werden.

KAPITEL 6

Petra steht vor dem bewährten Flipchart. Um sie herum sitzen ihre Mutter Gertraud, Herr Günther, Altbürgermeister Johann Schmidt und seine Enkelin Josie in der guten Stube auf dem Hof von Johann. Dort ist alles noch genau so, wie Petra es von ihrem ersten Besuch kennt, nur die Staubschichten auf der Anrichte mit den Familienbildern sind heute weniger dick. Auch von der Josie steht jetzt ein schön gerahmtes Foto auf der Anrichte neben dem Bild von ihrem Vater Adi, den Josie nie kennengelernt hat. Manchmal denkt Petra, das einzig Positive der ersten Ermittlung der SOKO ist, dass Josie und ihr Opa Johann voneinander erfahren haben. Wie selbstverständlich ist Josie damals gleich bei Johann eingezogen und hat sich inzwischen ganz gut in Otterschwing eingelebt, wenngleich noch nicht ganz klar ist, in welche Richtung es für die junge Frau beruflich gehen wird. Ihren Punk-Look hat sie nur moderat angepasst, aber trotzdem wird sie im Dorf akzeptiert. Josie hat alle mit Kaffee und Getränken versorgt und sich dann wie selbstverständlich dazugesetzt. Aber sie wirkt sehr blass und fahrig.

Die SOKO Benedictum macht eine Bestandsaufnahme.

»Haben alle ihre Hausaufgaben gemacht?«, fragt Petra in die Runde. Eifriges Nicken. Einzeln werden alle abgefragt, und Petra macht sich daran, eine Timeline zu erstellen. Sie beginnt mit dem Sonntag, dem Tag der Stichwahl. Laut den Angaben der Polizei wurde Moritz Lang zuletzt um etwa einundzwanzig Uhr dreißig im Landratsamt in Fischau gesehen. Danach verliert sich seine Spur. Der Tod ist den Polizeiangaben zufolge zwischen Sonntag, zweiundzwanzig Uhr, und Dienstag gegen zweiundzwanzig Uhr eingetreten.

Als Erstes schreibt Petra die Alibis vom Sepp Bledschneider auf: Sonntagnacht: Brutbewachung im Vogelschutzgebiet bei Fischau, Montag: Fahrt zur Klinik, abends wieder Brutbewachung und am Dienstagvormittag Treffen mit den anderen Vogelschützern sowie eine weitere Brutbewachung.

»Wer will als Nächster?«, fragt sie in die Runde.

Herr Günther macht pflichtbewusst den Anfang und liest von seinem Zettel ab.

»Sonntag: *Tatort* geschaut, danach noch Nachrichten, dann das Ergebnis von der Landratswahl online abgerufen und so um elf Uhr schlafen gegangen.«

Petra unterbricht ihn. »So genau brauchen wir es nicht, ich notiere nur: Sonntagabend im Benedictum verbracht. Kann das jemand bestätigen?«

»Ich war so um kurz nach zehn Uhr noch schnell bei Gertraud und habe ihr die gute Nachricht von Moritz' Sieg erzählt und ihr dann noch einen Gute-Nacht-Kuss gegeben«, berichtet Herr Günther. Gertraud nickt und sagt verlegen: »Jeden Abend gibt es einen Gute-Nacht-Kuss und eine Umarmung, das ist unser Ritual.«

Verliebte Senioren sind fast so schlimm wie verliebte Teenager, denkt Petra und schreibt schon mal das Alibi ihrer Mutter auf die Timeline. »Ich nehme an, du warst auch in deinem Apartment?«, fragt sie. Gertraud nickt.

»Aber den *Tatort* schaue ich mir nie an. Es kam so ein toller Liebesfilm, der in Schweden spielte«, ergänzt Gertraud.

»Hast du mit jemanden telefoniert oder irgendetwas gesehen und gehört?«, hakt Petra noch mal nach.

Gertraud überlegt. Nach dem Abendessen ist sie im Speisesaal des Benedictums mit einer rüstigen Lehrerin ins Gespräch gekommen. Die hat ihr von ihrem Sonntagsauflug mit dem E-Bike erzählt. Ein junger Mann habe sie mit seinem großen Surfbrett fast vom Fahrrad geholt und sich nicht mal bei ihr entschuldigt, sondern er sei einfach davongerannt. Petra überlegt, ob das ungefähr an der Stelle gewesen sein könnte, an der Moritz Lang abgetaucht ist.

»Hast du eine große Karte vom Ammersee?«, fragt sie Johann.

Der holt aus der Küche einen alten Werbeplan, wie sie früher von den Gemeinden verteilt wurden. Petra klebt ihn auf ein Blatt am Flipchart und zeichnet die Stelle an, wo Moritz Langs Leiche gefunden wurde. Zwischen dem Fundort und der Stelle, an der Gertrauds Bekannte auf den jungen Mann getroffen ist, liegt das Seeholz, ein Naturschutzgebiet mit einem verwunschenen alten Baumbestand, und dann folgt eine Reihe Häuser direkt am See. Wo könnte man hier ins Wasser, wenn man keinen eigenen Steg hat? Hier kann Josie helfen, die gerne lange Spaziergänge mit ihrer Hündin macht. Sie zeichnet mehrere Stellen ein, darunter ein Bootshaus, das zu einem Seminarzentrum gehört. Petra schaut sie fragend an.

»Der Mors hat einen Schlüssel zu diesem Bootshaus organisiert und war gerne mal spätabends dort, um die Ruhe zu genießen«, erzählt Josie.

Petra kann sich gut vorstellen, was der junge Mann hier in aller Ruhe getrieben hat, und nach den roten Wangen von Josie zu urteilen, war sie selbst das eine oder andere Mal dabei. Aber vor ihrem Opa wird Petra sie darauf nicht ansprechen. Auch der Dampfersteg Holzi ist hier in Sichtweite, was Petra zu der Bürgerinitiative »Holzi forever« bringt.

Petra notiert: *Mögliche Einstiegsstelle Moritz: Bootshaus vom Seminarzentrum in etwa auf halber Höhe des Ammersees.* Darauf ist die Polizei sicher auch schon gekommen, oder? Sie versucht, sich an die komplizierten Strömungsberechnungen bei der Pressekonferenz zu erinnern. Aber der mögliche Tatort war nicht bekannt gegeben worden, nur dass es um ein Bootshaus ging. Sie schreibt auf die Liste:

- *Möglicher Tatort – Vor-Ort-Besichtigung und Abgleich mit der Polizei*
- *»Holzi forever« kontaktieren*

»Nehmen wir mal an, wir haben hier den Ausgangspunkt. Dann wäre es nun wichtig, für den Zeitraum Sonntag bis Montagmorgen Augenzeugen zu befragen«, sagt Petra. Sie schaut Gertraud an.

»Die Lehrerin frage ich noch mal genau.«

Und Herr Günther will sich im Benedictum umhören.

»Aber diskret bleiben!«, mahnt Petra.

Johann und Josie waren am Sonntag nicht am See unterwegs. Sie waren am Vormittag in Otterschwing im Gottesdienst, da der Johann eine Messe für den Adi lesen hat lassen. Danach sind beide auf dem Weg zum Gasthaus »Zum goldenen Hirsch« wählen gegangen, und nach dem üppigen Mittagessen hat der Johann sich ein wenig aufs Kanapee gelegt. Josie dagegen ist mit ihrer Hündin Caro zu Moritz' Wohnung gelaufen und wollte ihn besuchen. Entgegen der Abmachung war dieser aber nicht daheim.

Den Abend hatten beide zuhause verbracht, Josie hat auf die erlösende Nachricht von Moritz gewartet und mit Johann auf dem Bankerl vorm Haus sitzend ein paar Bier getrunken. Schließlich hat Moritz ihr eine schnöde WhatsApp geschickt und sie gebeten, nach Landsthal zu kommen, um mit ihm zu feiern. Aber sie hat vor lauter Aufregung zu viel Bier getrunken, sodass der Johann sie nicht mehr mit seinem Auto fahren ließ. Erst war Josie sauer, aber dann dachte sie an den Nachmittag und die geplatzte Verabredung, für die Moritz sich mit keinem Wort entschuldigt hatte, und schickte nur ein paar dürre Worte zurück. Was ihr jetzt leidtut, das war deutlich zu merken.

»Wann war das?«, fragt Petra.

»Um kurz nach halb zehn am Abend«, sagt Josie nach einem kurzen Blick auf ihr Handy.

Petra trägt die Uhrzeit in die Timeline ein. Das passt noch mit dem Zeitplan der Polizei überein.

»Wir müssen herausfinden, was Moritz ab dann gemacht hat und mit welchen Personen er unterwegs war«, sagt Petra. »Ich kümmere mich um die Internetrecherche und die sozialen Medien. Josie, hat dir der Moritz noch Bilder von der Wahlparty im Landratsamt geschickt?«

Josie schüttelt den Kopf. Sie flüstert: »Die Franzi, die ist immer online, die checkt alles.«

»Und du nicht? Du hast doch auch ein Handy«, scherzt Petra.

»Ja, schon, ich bin erreichbar, aber ich bin gegen diesen kapitalistischen Social-Media-Scheißdreck, das geht keinen was an, was ich mache und denke«, sagt Josie trotzig. »Und ich brauch auch keine Hab-Dich-Lieb-Videos oder schmusende Katzen oder so. Die sind nur dazu da, die Menschen zu verdummen und dir Viren aufs Handy zu schleusen.« Sie kommt richtig in Fahrt und hat ein Funkeln in den Augen. Petra wartet insgeheim darauf, dass sie noch mit dem Fuß aufstampft, aber Josie hat sich im Griff.

»Gehst du bitte mit mir ganz analog nachher zum Bootshaus und zeigst mir alles? Die Franzi übernehme ich, wenn ich nachher wieder auf dem Hölzle-Hof bin«, beendet Petra die Diskussion.

Mit Blick auf die Uhr löst sie die Versammlung auf und legt für den nächsten Tag, den Montag, das nächste Treffen fest. Für Dienstag sind die Vorladung für Gertraud und Günther, Marlene und die Mädchen bei der Polizeistation angesetzt, bis dahin müssen sie mehr herausfinden.

Weil Josie ihren Hund mitnehmen will, fahren sie und Petra mit Johann Schmidts Auto von Otterschwing zum Ammersee hinunter und parken auf dem Parkplatz des Seminargebäudes, da dort am Sonntag kein Betrieb ist. Es weht ein unangenehm frischer Ostwind, sodass kaum Spaziergänger unterwegs sind.

Rasch sind sie bei dem Bootshaus. Eine hölzerne Absperrung auf dem Steg verhindert normalerweise, dass das Haus einfach so genutzt werden kann. Josie aber schlingt sich akrobatisch um die Absperrung herum, verschwindet im Bootshaus und drückt den Summer. So gelangt auch Petra hinein.

Offenbar war die Polizei auch schon da, denn ein Rest des rotweißen Polizeiabsperrbands flattert an der Treppe zum Wasser hinunter. Die Hündin rollt sich unter einer festen Holzbank zusammen und jault.

»Was willst du hier eigentlich machen?«, fragt Josie, während sie nebeneinander eine Weile im kalten Wind stehen und die anrollenden Wellen anschauen.

»Wir wissen nun, dass das Bootshaus wichtig sein muss, da die Polizei hier schon Spuren gesucht hat«, sagt Petra und deutet auf die Plastikfetzen. »Und wir werden selbst noch mal alles gründlich absuchen.« Petra zieht zwei kleine, aber leistungsstarke LED-Taschenlampen aus der Tasche.

Schweigend suchen die beiden Frauen, aber in dem Bootshaus gibt es kaum Einrichtung. Das alte Holz knarrt im Wind, dazu klatschen rhythmisch die Wellen dagegen, und es riecht leicht nach Moder. Eigentlich ist es ja ein Badehaus und kein Bootshaus, stellt Petra fest. Vor der Hütte ist zur Seeseite hin ein schöner windgeschützter Platz. Wenn man sich flach auf den Boden legt, kann man vom Ufer aus nicht sehen, dass dort jemand ist.

Als für ein paar Minuten die Sonne herauskommt, machen es sich die beiden Frauen vor der Hütte gemütlich. Petra hofft, dass Josie von allein über ihre Beziehung mit dem Moritz redet. Aber als nichts kommt, geht Petra in die Offensive.

»War das hier euer geheimer Treffpunkt?«

Josie schluchzt auf. »Der Mors hat ab und zu bei mir auf dem Hof übernachtet und ist in der Nacht immer rausgeschlichen, damit der Opa das nicht mitbekommt. Einen geheimen Treffpunkt brauchten wir nicht, aber ab und zu waren wir hier verabredet. Dann haben wir hier gelegen und die Sterne angeschaut und geredet, und wir waren uns ganz nah!«

Für Josie sind das erstaunlich viele Worte. Sie verstummt wieder. Sie hat mehr mit ihrem Opa gemein, als sie denkt, stellt Petra fest. Der schweigt auch lange, um dann beinahe explosionsartig Sätze in den Raum zu schleudern, die ihm hinterher wieder leidtun. So war es beim ersten Zusammentreffen, als Petra eigentlich eine schöne Geschichte über das Leben der Altbürgermeister im Fünfseenland für den *Seekurier* schreiben wollte und mit einer Vermisstengeschichte wieder vom Hof ging.

»Wart ihr fest zusammen?«, hakt sie nach.

Josie antwortet mit einem Spruch: »Was du liebst, musst du loslassen, damit es zu dir zurückkommt.«

Petra nimmt das als Zeichen für eine lose Beziehung, bei der Moritz keine größeren Ambitionen hatte.

»Seit wann ging das schon so?«, stochert sie nach.

»Eigentlich seitdem der Moritz in Otterschwing war. Wir haben uns auf den ersten Blick verstanden.«

Josie scheint das Ganze zu viel zu werden. Sie steht auf, nimmt ihre Hündin an die Leine und geht los, ohne sich einmal umzusehen. Petra muss zusehen, dass sie hinterherkommt, denn Josie wäre um ein Haar ohne sie losgefahren.

Im Auto herrscht betretenes Schweigen.

Auf dem Hölzle-Hof bei Familie Hirsch wartet auf Petra die nächste junge Frau mit Liebeskummer. Franzi hängt bleich auf dem Sofa. Als Petra kommt, verlässt sie demonstrativ den Raum.

»Was hat die Franzi?«, fragt Petra bei Marlene nach. Die zuckt nur mit den Achseln.

»Gibt es Neuigkeiten?«, fragt sie stattdessen. Petra berichtet von den bisherigen Erkenntnissen der SOKO Benedictum und dass sie davon ausgeht, dass der Moritz an dem Bootshaus vom Seminarzentrum gewesen sein muss. Dort ist er vermutlich auch zu Tode gekommen.

Marlene erzählt, dass sie zweitausend Euro an Soforthilfe für den Bledschneider Sepp aufgetrieben hat und dass sie sich mit der Franzi auf dem Friedhof in Otterschwing schon mal nach einer Grabstelle umgeschaut hat. Ganz in der Nähe vom Familiengrab der Familie Hirsch wär ein schöner Platz für ein Einzelgrab, direkt unter einem Baum.

»Wann kommt denn die Leiche?«, fragt Petra.

Marlene will das noch ein wenig hinauszögern, bis sie die Modalitäten für das Begräbnis geklärt hat. Fest steht, dass die Franzi völlig ausgeflippt ist, als sie die Sache mit dem Armenbegräbnis hörte. Dann sagt Marlene, sie müsse Petra noch etwas Unangenehmes sagen.

»Worum geht es?«, fragt Petra alarmiert.

Marlene druckst herum. »Ich weiß nicht, wie ich es dir sagen soll, aber ich glaube, deine Freundin Birgit hatte auch ein Techtelmechtel mit dem Moritz Lang.« Sie macht eine bedeutungsvolle Pause und malt mit ihrer rechten Hand einen dicken Bauch in die Luft.

»Was soll das heißen?« Petra ist fassungslos. Birgit hat ihr zwar nicht gesagt, wer der Vater ihres Kindes ist, aber auf den jungen Moritz wäre Petra nie gekommen.

»Weißt du, die Birgit hat den Moritz bei der Silvesterfeier hier auf dem Hof kennengelernt, und die beiden haben sich gut verstanden. Vor einiger Zeit, und das könnte mit der Schwangerschaft passen, hat der Moritz sie mehrmals in München besucht. Aber die Franzi hat mir vorhin gesagt, dass es ihr merkwürdig vorkam, denn die Birgit sei ja gar nicht sein Typ gewesen. Deshalb ist sie auf dich sauer, weil die Birgit ja deine Freundin ist und du sie hier angeschleppt hast.«

Petra muss sich das Ganze erst mal durch den Kopf gehen lassen und dann mit Birgit sprechen. Die hat tatsächlich unverhältnismäßig emotional auf die Todesnachricht reagiert, aber Petra hat das auf die Schwangerschaftshormone geschoben.

»Du, ich muss jetzt mal an die Recherche gehen und auch noch mit dem Sebastian telefonieren«, sagt Petra ausweichend und geht auf ihr Zimmer, das gemütlich unterm Dach liegt. Hier hat auch Moritz während seiner Anfangszeit in Otterschwing gewohnt.

Die Sache mit Birgit lässt ihr keine Ruhe. Beim Telefonat mit ihrer Freundin versucht sie dann, das Thema Vaterschaft anzuschneiden, indem sie einen Witz über Samenspender macht.

Birgit antwortet kleinlaut: »Bei mir war es auch eine Art Samenspende.« Sie könne aber nicht sagen, wer der Vater sei, und überhaupt wolle sie darüber nicht so gerne reden. Petra versteht nicht, warum Birgit nicht versucht hat, auf normalem Weg schwanger zu werden. Ihre Freundin ist doch eine attraktive Frau, die viele Dates hat. Darüber lacht Birgit nur bitter.

»Man merkt echt, dass du nicht in der Dating-Szene unterwegs bist.«

Dann muss Birgit auflegen, denn ihr ist übel.

Das ist ja fast wie bei der Franzi, fällt Petra auf. Hoffentlich hat Marlenes Tochter nicht eine Überraschung ganz anderer Art für sie.

Bei der Internetrecherche geht Petra systematisch vor. Zunächst sucht sie alle verfügbaren Fotos von der Wahlparty im Landratsamt und speichert sie in einen Ordner. Ihr fällt auf, dass die Frau von Langodamm, die den Sepp Bledschneider belastet hat, immer in der Nähe von Moritz Lang herumsteht, obwohl sie ja für eine ganz andere Partei angetreten ist. Sie hat auf allen Fotos eine riesige Handtasche dabei. Petra vergrößert das Foto und sieht aus der Handtasche so etwas wie einen metallisch glänzenden Flaschenkopf herausragen. Champagner! Marke Pol Roget. Das erkennt sie dank ihrer Promi-Einsätze bei der *Postille* sofort. Keine übliche Marke.

Petra notiert: *leere Flasche am Seeufer suchen.*

Dann beschäftigt sie sich mit der Wahlkampfseite von Moritz Lang. Sie findet viele Veranstaltungstermine, dazu reichlich Fotos, die meisten in professioneller Qualität. Der junge Mann ist fotogen, stets passend angezogen und immer im Mittelpunkt. Petra stutzt, als sie auf einem Bild ihre Mutter und Herrn Günther erkennt. *Seniorenwohnen in der Zukunft – Projekt Rosengarten* steht darunter.

Dann sucht Petra nach Informationen zur Vergangenheit von Moritz und findet überaschenderweise so gut wie nichts. Selbst die Eckdaten nach Schulen, Universität oder Ausbildung sind nicht klar, genannt werden die Freie Universität Berlin und der Deutsche Bundestag sowie ein ehrenamtlicher

Dienst in einer Senioreneinrichtung in Berlin. Das ist ein Ansatzpunkt. Die Website der Senioreneinrichtung ist veraltet, und die Telefonnummer ist nicht mehr vergeben. Aber die Leiterin wird genannt. Zu ihr findet Petra einen Eintrag in einem sozialen Netzwerk. Petra schreibt sie an und hofft, dass sie antwortet. Dann beschließt sie noch, bei den beiden Verwaltungen in Berlin anzurufen, aber sie muss warten, denn am Sonntag wird sie niemanden erreichen.

Dafür hat Sebastian Zeit für ein kurzes Telefonat. Er steckt mitten in einer komplizierten Recherche, zu der er Petra gar nichts verraten darf, und wirkt abgehetzt. Im Moment sei er unterwegs und könne für den Bledschneider Sepp nicht so viel ausrichten. Aber zumindest will er eine Adresse von einem Gutachter schicken, denn ohne eigenes Gutachten wird der Sepp nicht so schnell auf freien Fuß kommen, befürchtet er. Das Geld für das Gutachten müsse Petra auftreiben, denn aus reiner Menschenliebe mache keiner der Gutachter auch nur einen Handschlag. Bei dem ungeklärten Todesfall Moritz Lang rät Sebastian ihr, den Wahlkampf und die Vergangenheit des Mannes kritisch zu durchleuchten. Dann muss er auch schon wieder los.

Petra schwirrt der Kopf von all den Eindrücken, und sie beschließt, in Ruhe den *Tatort* anzuschauen und morgen mit frischer Kraft noch mal alles zu durchdenken.

Am Montagmorgen versucht Petra es als Erstes im Deutschen Bundestag in der Personalabteilung. Dort gibt sie sich als Steuerberaterin von Moritz Lang aus und bittet um dessen Abrechnung für die Steuer. Eine Anstellung wird jedoch nicht gefunden. Petra will schon auflegen, da hat die Personalsachbearbeiterin noch eine Idee: Es könnte sein, dass Moritz Lang beim Faciltiy Management angestellt war. Anstandslos bekommt Petra die Nummer des Subunternehmers ausgehändigt. Dort erfährt sie, dass gar keine Steuern gezahlt wurden, da Moritz nur ein dreimonatiges Praktikum in der Poststelle gemacht habe. Bei der Universitätsverwaltung bekommt Petra telefonisch gar keine Auskünfte.

Als sie fast schon aufgeben will, meldet sich die Leiterin des Seniorenheims auf ihre Anfrage. Dort habe ein Moritz Lang einmal seine Sozialstunden abgeleistet. Er sei bei den Bewohnern sehr beliebt gewesen, da er wohl die eine oder andere Gefälligkeit erledigt habe.

Petra notiert alle neuen Informationen und seufzt.

Beim nächsten Treffen der SOKO Benedictum haben ihre Mutter Gertraud und Herr Günther einige der schmackhaften Torten aus der guten Konditorei in Fischau mitgebracht, und Johann hat einen starken Kaffee gekocht, den außer ihm selbst nur Petra zu schätzen weiß. Josie brüht noch einen Tee auf, dann verschwindet sie und beteiligt sich diesmal nicht an dem Treffen.

Petra schildert ihre Eindrücke und das bisher Ermittelte. Dass der Moritz Lang offenbar nicht die Person war, die zu sein er vorgegeben hat, versetzt den drei Senioren einen gehörigen Dämpfer, besonders Gertraud. Petra schlägt ihnen vor, wie sie weiter vorgehen sollten: Moritz Langs Vergangenheit sowie die Zeit, die er in Otterschwing verbracht hat, müssen gründlich durchleuchtet werden. Herr Günther schließt sich nach reiflicher Überlegung ihrer Einschätzung an. Nur

Gertraud verteidigt den Moritz noch und sagt, dass er gewiss ein anständiger junger Mann gewesen sei und Neider es auf ihn abgesehen hätten, indem sie solche Lügen verbreiten.

Petra wird stutzig, denn die Formulierung klingt ganz und gar nicht nach dem Vokabular ihrer Mutter. Sie fragt nach, ob der Moritz mal eine Andeutung in diese Richtung gemacht habe.

In der Runde nicken alle nur. Also hat der Moritz schon mal vorgesorgt, falls doch einmal kritische Nachfragen gekommen wären.

Nach einer guten Stunde löst sich die SOKO auf, und Herr Günther erzählt, dass die Vernehmung von Gertraud und ihm auf der Polizeiwache inzwischen abgesagt wurde. *Eine Sorge weniger*, freut sich Petra.

Um nachzudenken, fährt sie an den Ammersee und schlägt den Spazierweg am Ufer entlang ein. Als sie zur Stelle kommt, an der der tote Moritz im See schwamm, hält sie inne und überlegt. Sie muss in das kurze Leben von Moritz Lang eintauchen, damit sich das tiefe schwarze Loch lichtet.

KAPITEL 7

Ein Jahr zuvor

Moritz Lang kommt mit dem Bummelzug in Fischau an. Er hat nur einen auf alt gemachten Rucksack und einen mit allerlei Aufklebern verzierten großen Rollkoffer dabei. Er steht auf dem Bahnsteig. Die Gleise trennen die Seeseite von der Dorfseite. Den Charme, den der Ferienort an schönen Sommertag hat, kann er heute nur erahnen, denn der Himmel ist grau. Er kann den See riechen, denn der Wind bläst kalt aus Nordosten.

Sein Ziel ist Otterschwing, dort hat er sich auf dem Hölzle-Hof bei Marlene Hirsch eine kleine Ferienwohnung gemietet. Eigentlich soll ihn seine Zimmerwirtin am Bahnhof abholen, aber dann ist ihm in Augsburg wegen seines verspäteten ICEs aus Berlin der Regionalzug vor der Nase weggefahren, und er musste knapp eine Stunde auf den nächsten Bummelzug warten. Auf dem Bahnhofsvorplatz schaut er sich um. Da fällt ihm ein Mädchen auf, das irgendwie nicht ganz in das Voralpenglück passt. Ihre schwarzen Haare stehen vom Kopf ab, die schwarze Lederjacke ist abgetragen, und offenbar wärmt sie die Trägerin nicht, denn ein Schauer läuft durch ihren schlanken Körper. Als das Mädchen sich in den Windschatten vor dem Bahnhof stellt und aus ihrer Jacke eine krümelige Tabakpackung zieht, geht Moritz zu ihr und bittet sie um eine Zigarette. Sie schaut ihn an, und Moritz blickt in blaue Augen, die tiefer zu sein scheinen als ein Gebirgssee. Er merkt erst nicht, dass sie ihm den Tabakbeutel hinhält.

»Willst du rauchen oder nicht?«, fragt sie ihn.

Wortlos nimmt er ihr den Beutel ab, dreht sich geschickt eine Zigarette und streckt dann nur die Hand aus.

Wortlos lässt das Mädchen ein Feuerzeug in seine Hand fallen, dabei berühren sich ihre Fingerspitzen leicht. Er muss seine ganze Willenskraft aufbieten, um weiterhin lässig zu wirken, denn die zarte Berührung wirkt wie ein Stromschlag. Auch die junge Frau wirkt um Fassung bemüht, aber als sie ihm dann die schmale Hand hinstreckt und sagt:

»Ich bin die Josie« und er daraufhin seine feingliedrige Hand in ihre legt, schauen sie sich wieder fest in die Augen.

»Ich bin der Moritz und suche eine Mitfahrgelegenheit nach Otterschwing«, bringt er schließlich mit brüchiger Stimme raus.

»Du hast Glück«, sagt Josie und läuft los.

Moritz hebt sein Gepäck auf und eilt hinterher. Auf dem großen Parkplatz in Fischau schließt Josie einen alten Opel auf, der mit grauen Schonbezügen versehen ist. Moritz verstaut sein Gepäck auf der Rückbank, dann geht es schon los.

Als sie das Ortschild von Otterschwing erreichen, blickt Josie ihn an.

»Zum Hölzle-Hof von Marlene Hirsch«, sagt er.

Josie fährt ihn hin, hält aber bloß auf der Straße, sodass Moritz schnell aus dem Auto springt und sein Gepäck aus dem Opel wuchtet. Wortlos fährt sie weiter, dreht sich nicht einmal um, was Moritz umso neugieriger macht.

Am Hof empfängt ihn Marlene Hirsch und entschuldigt sich, dass sie ihn nicht abholen konnte. Aber nachdem er im vereinbarten Zug nicht saß, musste sie wieder nach Otterschwing zurückfahren. Moritz nutzt die Gelegenheit und erkundigt sich nach Josie.

»Das ist die Enkelin von Altbürgermeister Schmidt. Der wohnt in der Hauptstraße«, informiert ihn Marlene Hirsch.

Die kleine Ferienwohnung unterm Dach ist für Moritz hergerichtet, aber es ist etwas klamm. Er reibt sich die Hände, und Marlene bietet ihm an, dass er sich einen Korb Holz holen und den kleinen Schwedenofen einheizen könne. Moritz will gar nicht so viele Umstände machen.

»Ich will eh nachher einen Spaziergang machen, aber danke für das Angebot«, sagt er höflich.

Marlene wundert sich ein wenig über ihren Gast, denn er wirkt nicht wie ein Tourist auf sie. Aber er scheint sehr an einem Gespräch mit ihr interessiert zu sein, denn er fragt gleich, ob er denn später noch bei ihr vorbeischauen könne.

Marlene Hirsch nickt nur.

Gerade gesprächig sind die Menschen hier ja nicht, denkt Moritz.

Er geht als Erstes zur Gemeindekanzlei und stellt sich vor den Holzschaukasten mit den amtlichen Aushängen. Dort gibt es schon erste Anzeichen auf die bevorstehenden Kommunalwahlen, denn der Name des Wahlleiters wird hier bekannt gegeben: Es ist der bisher amtierende Bürgermeister Josef Hinterhuber. Jetzt hat Moritz die amtliche Bestätigung, dass in Otterschwing ein neuer Mann gebraucht wird, denn wer Wahlleiter ist, darf selber nicht kandidieren. Aufmerksam studiert er die restlichen Aushänge. Neben jeder Menge Fundanzeigen wird auf die Bürgerversammlung in einer

Woche hingewiesen. Sie findet im Gasthof »Zum goldenen Hirsch« statt. Moritz knipst die Ankündigung mit seinem Smartphone. Auf der Bürgerversammlung kann er bestimmt schon wichtige Kontakte knüpfen.

Dann spaziert er zur Kirche und dem Friedhof und inspiziert die Gräberreihen. Besonders interessiert ihn das Grab vom früheren Bürgermeister Theobald Hirsch, bei dem statt eines gravierten Grabsteines noch das schlichte Holzkreuz mit einem eingeschweißten Sterbebildchen hängt. Bei dem Versuch, das auch zu fotografieren, stürzt er fast aufs Grab.

»Was machen Sie da?«, ertönt es scharf vom Aufgang.

Vor Moritz steht eine schwarz gekleidete Frau, die aber nicht die Witwe sein kann, denn Marlene Hirsch hat er ja schon kennengelernt. *Die Geliebte*, kombiniert Moritz.

»Ich wollt nur ein Blatt entfernen, das das schöne Foto vom Bürgermeister Hirsch verdeckt hat«, sagt er selbstbewusst und schenkt der Frau ein gewinnendes Lächeln. Sie reagiert augenblicklich und macht intuitiv einen Ausfallschritt, sodass er ein Stück Haut und schwarze Spitze sehen kann.

»Mein lieber Theo, das war halt noch ein richtiger Mann!«, seufzt sie.

Moritz geht auf sie zu und streckt die Hand aus.

»Gestatten? Moritz Lang mein Name, und Sie sind die Frau Hirsch?«

»Ich bin die Tina«, sagt sie nur und wird rot.

Sie wendet sich von ihm ab und legt eine rote Rose aufs Grab. Diese Pause nutzt Moritz, um unauffällig zu verschwinden.

Er schlendert weiter, an der Metzgerei vorbei und zum Blumenladen. Dort kauft er einen hübschen, aber nicht zu teuren Blumenstrauß für Marlene. Sie soll seine Verbündete werden in Otterschwing. Er summt vor sich hin: *Bürgermeister Moritz Lang, das hat einen schönen Klang.*

Als langjährige Bürgermeistergattin kennt Marlene Hirsch sicher alle wichtigen Leute in Otterschwing. Interessant wäre auch, warum der frühere Stellvertreter vom Theobald Hirsch nicht mehr kandidieren will.

Zurück auf dem Hölzle-Hof klopft Moritz bei Marlene. Sie freut sich sehr über die Blumen und reagiert schon fast überzogen nett. In der guten Stube hat sie ein paar Happen bereitgestellt.

»Bier oder Wein?«, fragt sie. Moritz nimmt ein leichtes Weißbier, das er selbst mit perfekter Schaumkrone einschenkt. Marlene nickt anerkennend.

»Studentenjob im Gasthaus«, sagt Moritz nur.

Das imponiert ihr, merkt er gleich. *Am besten ich bringe gleich noch die Story vom Sohn aus gutem Haus, der beschlossen hat, es ganz alleine zu schaffen.*

Ganz gefühlig erzählt er Marlene vom strengen Vater und seinen Erwartungen, die ihm keine Luft zum Atmen lassen. Und nebenbei erwähnt er auch, dass er politisch sehr interessiert sei und auch schon im Deutschen Bundestag gearbeitet habe. Er würde sich gerne wieder in der Lokalpolitik engagieren, sagt er enthusiastisch. Mit gerade einmal achtzehn Jahren sei er beinahe in den Gemeinderat seiner Heimatgemeinde gewählt worden. Und jetzt sei es Zeit für einen neuen Versuch. Er wolle vor Ort die Menschen kennenlernen. »Schließlich machen Menschen die Politik und nicht die Parteien«, ruft er aus.

Moritz redet sich in Rage und merkt gerade noch rechtzeitig, dass er sich bremsen muss.

Marlene ist ganz beeindruckt von dem energischen jungen Mann. Sie sei zwar nur die Gattin eines Bürgermeisters gewesen, meint Marlene bescheiden, aber sie hätte ihrem Theo in vielen Fragen beratend zur Seite gestanden. Schließlich sei die weibliche Sicht auf die Dinge manchmal unverzichtbar, setzt sie nach. Nach einer Weile erzählt sie, dass im Landkreis Landsthal auch der altgediente Landrat abtritt und ihr Theo ja als Nachfolger vorgesehen war. Auch der stellvertretende Bürgermeister in Otterschwing, der unverhofft die Nachfolge vom Theo antreten musste, kandidiere nicht mehr.

»Der Josef war der beste Braumeister vom Freiherr Keltenbach, und nun will er zurück zu seinen Braukesseln und lieber wieder ein gutes Bier brauen. Und wenn man das hier so trinkt«, sie schaut auf die Flasche, »dann kann man ihm zu dieser Entscheidung nur gratulieren. Da haben wir alle was davon. Also zwei vakante Posten – welcher wäre etwas für dich?«

Moritz tut ganz überrascht, dass Marlene von sich aus die beiden Posten vorschlägt, und meint halbherzig, er wär für so wichtige Ämter vielleicht noch zu jung.

»Du bist im besten Alter, und frischer Wind kann gar nicht schaden. Und so wie die Dinge hier stehen, wäre jemand, der unbelastet von außen kommt, eh besser«, meint Marlene.

Moritz verzichtet darauf, hier nachzuhaken. Die Gerüchte um das Bauprojekt Pilsen-Therme sind auch in Berlin geflüstert worden, allerdings hinter vorgehaltener Hand.

»Ich fühle mich geehrt und muss erst einmal darüber nachdenken«, sagt er und verabschiedet sich von Marlene mit einem sehr warmen Lächeln.

Irgendwie erinnert der Moritz die Marlene an ihren verstorbenen Theo in jungen Jahren. Der hatte auch früh schon genau gewusst, was er im Leben erreichen wollte. *Ja, es hat auch schöne Zeiten gegeben mit dem Theo*, seufzt Marlene in sich hinein. Seine Affären allerdings, insbesondere seine letzte mit der Metzgereifachverkäuferin Tina, verzeiht Marlene ihrem Theo noch nicht. In der Metzgerei ist Tina gerade nicht beim Arbeiten. »Krankgeschrieben, irgendetwas Psychisches«, hat die resolute Frau Meier sie säuerlich lächelnd informiert, die nun wieder vermehrt selbst hinter der Theke stehen muss, obwohl sie die Krampfadern plagen. In Otterschwing geht die Tina nur noch als schwarze Krähe umher und hat sich mit einem Hut mit schwarzem Halbschleier und einer schwarzen Sonnenbrille ausgestattet, um ihren üblichen Marilyn-Monroe-Style auf Trauerfall zu trimmen.

Marlene und ihre beiden Mädchen machen nach Möglichkeit einen Bogen um sie und ignorieren die seltsamen Anwandlungen der Tina, die jeden Tag zum Grab von Theobald Hirsch geht und dort schon Berge von roten Rosen abgelegt hat. Marlene entsorgt diese nahezu täglich im Grünschnittcontainer auf dem Friedhof.

»Schade um die schönen Rosen«, sagt sie immer, aber das kann sie der Tina nicht durchgehen lassen.

Marlene denkt jetzt aber lieber wieder an den jungen Moritz und ruft den derzeitigen Bürgermeister Josef Hinterhuber daheim an. Sie erkundigt sich, ob die CSU-Ortsgruppe

Otterschwing schon einen Nachfolger im Visier habe. Hinterhuber ist ein Mann klarer Worte und antwortet Marlene, dass noch niemand seinen Hut in den Ring geworfen habe.

»Willst du es nicht machen? Du hättest die Erfahrung und kennst das Geschäft«, fragt Josef sie unvermittelt. Als Marlene darauf erst einmal nichts erwidert, setzt er nach: »Müsstest halt in die Partei eintreten, obwohl du dich ja bislang strikt geweigert hast.«

Nein, vor einen parteipolitischen Karren will sich Marlene nicht spannen lassen. Deshalb sagt sie nur: »Du, das ist sehr nett, dass ihr da an mich denkt. Aber das kommt jetzt überraschend, bislang waren die Frauen bei euch in der Partei ja nur recht zum Kuchenbacken und …«

»Marlene, wir meinen es gut, wo du doch jetzt nicht mehr so viel Geld hast«, unterbricht sie der Josef.

»Is scho recht«, sagt Marlene und legt auf.

Am nächsten Morgen setzt sich Marlene an den Schreibtisch und schaut sich die Kontoauszüge an. Irgendwie hat der Josef wohl einen heißen Draht zur örtlichen Bank, denn tatsächlich ist nicht mehr viel von der Lebensversicherung ihres verstorbenen Mannes übrig, und die drei Ferienwohnungen im Hölzle-Hof waren im Winter kaum vermietet. Otterschwing liegt halt leider nicht direkt am See, und selbst dort ist außerhalb der Sommersaison wenig Geschäft zu machen. Dem Moritz Lang will sie deshalb auch gleich mal die Miete abkassieren. Als sie bei ihm klopft, öffnet er in Jogginghose und Schlabbershirt.

»Es ist wegen der Ferienwohnung. Wie willst du die Miete bezahlen?«, fragt sie ihn direkt.

»Das hab ich schon angewiesen«, meint Moritz nur. »Du, das tut mir jetzt leid, aber ich erwarte ein wichtiges Telefonat wegen eines Jobangebotes.« Er macht pantomimisch einen Hörer nach und lässt Marlene stehen.

Am Mittagstisch mit ihren beiden Töchtern spricht Marlene das Thema Bürgermeisterin an. Franzi rollt nur die Augen und macht sich gar nicht die Mühe, einen ernsthaften Kommentar abzugeben. Anna meint zwar, dass ihre Mutter das Rathaus durchaus rocken könne, aber dass sie es gut findet, selbst nicht mehr so in der Öffentlichkeit zu stehen und auf Schritt und Tritt als Bürgermeistertochter angesprochen zu werden. Dann klopft es, und Franzi öffnet dem Moritz die Tür. Sie lädt ihn gleich zum Essen ein. Das ist Marlene eigentlich nicht recht, aber Franzi legt sich gleich richtig ins Zeug und schwänzelt um den Moritz rum. Hoffentlich spricht jetzt keiner das Thema Bürgermeister an, denkt Marlene und hat Glück. Aber Moritz kommt mit einem ganz anderen Anliegen. Er habe zwar einen super hochdotieren Job in Aussicht, sei aber im Moment ein wenig klamm und ob Marlene ihn nicht für ein paar Aushilfsarbeiten gebrauchen könne. Auf einem Hof gebe es doch für einen Mann sicher etwas zu erledigen. Marlene will schon ablehnen, als sie den bittenden Blick ihrer Tochter Franzi sieht.

»A bisserl was gibt es immer zu tun, gerade jetzt im Frühjahr könnte ich Hilfe im Garten brauchen und auch ein paar Anstriche wären zu machen. Aber mehr als einen Zehner die Stunde zahl ich dir nicht«, sagt Marlene.

Moritz hält ihr die Hand hin, und sie schlägt ein. Statt Geld zu bekommen, muss sie nun sogar noch was zahlen, aber tatsächlich könnte sie Hilfe durchaus gebrauchen, wo doch der Bledschneider Sepp, der ihr gerne zur Hand geht, noch eingesperrt ist.

Eine Woche später begleitet Moritz Lang Marlene zur Bürgerversammlung. Der Nebenraum im Gasthof »Zum goldenen Hirsch« ist schon gut gefüllt, doch Marlene wird an einen Tisch mit den Gemeinderäten gewunken. Hier sind noch zwei Stühle frei, auch Moritz bekommt dort Platz. Selbst nach acht Uhr werden noch fleißig Stühle aus dem Gastraum reingetragen, und der Saal ist überhitzt. Die Zuspätkommenden haben keine Chance, noch an ein Getränk zu kommen, denn die Bedienungen kommen nicht durch.

Mit zwanzig Minuten Verspätung eröffnet Josef Hinterhuber die Bürgerversammlung traditionell mit dem Gedenken an alle im letzten Jahr Verstorbenen, und alle erheben sich. Als sich alle wieder unter lautem Stuhlgeknarze gesetzt haben, fängt der amtierende Bürgermeister mit seinem Rechenschaftsbericht an und liest holprig seine Rede ab. Alle atmen auf, als er zum Ende kommt und seinen Verwaltungschef Georg Redlich auf die Bühne bittet. Redlich verkündet die Einwohnermeldezahlen mit Geburten, Sterbefällen und Hochzeiten. Dann leiert er die Haushaltszahlen herunter. Bei mehr als einem Bürger sinkt das Kinn bereits auf die Brust.

Je länger der offizielle Teil dauert, desto weniger Fragen werden später gestellt – eine Taktik, die Marlene von ihrem Mann schon kennt. Dann trifft noch der Landrat ein und hält selbstverständlich auch noch eine Ansprache. Er stellt seine Erfolge heraus und spielt die Sache mit der Pilsen-Therme mit einem Halbsatz herunter: »Manchmal spielt die Natur einem einen Streich.«

Außerdem kündigt er an, dass er nun in einem so hohen Alter sei, dass er Platz für einen Jüngeren machen wolle und deshalb auch nicht mehr kandidieren werde. »Bisher gibt es noch keinen Kandidaten«, sagt er und blickt in die Runde.

Danach wird laut an den Tischen diskutiert. Eine Frau beklagt, dass es zu wenige Stationen für Hundetüten gebe, und eine andere, dass in der Hauptstraße zu schnell gefahren werde.

»Wir kümmern uns«, antwortet Hinterhuber, und Redlich notiert die Punkte, wie in jedem Jahr davor.

Am Tisch von Marlene und Moritz wird zunächst auch nur über Bier diskutiert. Dann nutzt Marlene die Gelegenheit und stellt dem Hinterhuber den Moritz als vielversprechenden jungen Lokalpolitiker vor.

»Dann kommt nächste Woche mal beide in die Gemeindekanzlei«, meint er nebenbei.

Auf dem Heimweg mit Marlene denkt Moritz laut nach. »Du wirst Bürgermeisterin in Otterschwing, und ich werde Landrat von Landsthal.«

»So ein Schmarrn«, tut Marlene das nur ab. Aber insgeheim denkt sie schon, dass sie das Amt der Bürgermeisterin ebenso gut ausüben könnte wie der Theo. Und der Kredit vom Hölzle-Hof muss noch abbezahlt werden. Leider war die Renovierung und Einrichtung der Ferienwohnungen dann doch um einiges teurer als erwartet, und die Vermietungen laufen auch noch nicht so gut. Das Ganze war bislang ein Zuschussgeschäft, und bald würden die Mädchen eine ordentliche Unterstützung brauchen, wenn sie in München oder sonst wo studieren würden.

Als am nächsten Tag ein Telefonat wegen dem Bledschneider Sepp mit Petra Rosenberger ansteht, fragt Marlene sie um ihre Meinung. Petra rät ihr, eine Pro-Kontra-Liste anzufertigen. Ein paar positive Argumente liefert sie Marlene auch gleich: Der Name zählt! Es sei nicht das erste Mal, dass Witwen oder auch Kinder eines früheren Mandatsträgers kandidieren, so gut wie immer mit Erfolg. »Weißt du, die Leute sehen den bekannten Namen und kreuzen an. Man wählt, was man kennt«, sagt sie ihr.

Außerdem könnte Petra sich gut vorstellen, dass Marlene das Amt gut ausüben werde, und genügend Erfahrung habe sie auch und mit Verwaltungschef Redlich einen kompetenten Mann an ihrer Seite.

»Aber willst du wirklich in die Partei eintreten?«, fragt Petra. Als Marlene verneint, fährt sie fort: »Wenn du als unabhängige Kandidatin antrittst, dann brauchst du Unterstützerunterschriften und solltest außerdem Wahlempfehlungen von den Parteien bekommen. Oder du machst eine neue Gruppierung auf, das ginge auf dem Dorf auch.«

Petra muss eh bald an den Ammersee fahren und ihre Mutter Gertraud im Benedictum in Fischau besuchen. Und wegen dem Bledschneider Sepp müssen sie sich auch treffen.

Marlene findet die Idee, als unabhängige Kandidatin anzutreten, ganz spannend. Unterstützerunterschriften würde sie schon zusammenbekommen, und wenn der Hinterhuber sich hinter sie stellen würde, dann hätte sie das Amt so gut wie gewonnen. Sie muss einmal bei Georg Redlich vorbeigehen und sich nach den genauen Vorschriften erkundigen. Aber dann würde sie ja vielleicht gegen den Moritz antreten. Nein, das ginge nicht, dann würde sie dem jungen Mann den Vortritt lassen wollen. Wenn er allerdings als Landrat kandidieren würde, dann könnten sie sich tatsächlich gegenseitig unterstützen. Marlene Hirsch, Bürgermeisterin von Otterschwing! Das ist schon etwas anderes, als Tag für Tag nur im Haushalt und Garten zu arbeiten.

Wie gerufen, klopft Moritz bei ihr an die Terrassentür. Sie winkt ihn herein, und bald sitzen sie bei einer Tasse Kaffee am Küchentisch.

»Wie ernst ist es dir mit einer Kandidatur für ein politisches Amt?«, fragt Marlene.

»Sehr ernst, denn als Handwerker tauge ich wohl nicht so viel«, sagt Moritz lachend.

»Dann kannst du ja auch in die Wirtschaft gehen«, meint Marlene und schaut ihn direkt an. »Bürgermeister von Otterschwing oder Landrat von Landsthal?«

»Landrat von Landsthal, ganz klar, aber alleine schaff ich das nicht«, sagt Moritz.

Marlene blickt forschend in sein junges Gesicht. Moritz hat ein einnehmendes Wesen, gute Manieren, und er ist gebildet. *Das könnte gehen, aber das müssten wir sehr geschickt anstellen.*

»Wenn du Landrat werden willst, dann geht das am besten als Kandidat einer Partei«, stellt Marlene fest. »Aber du bist eigentlich nicht der Typ, den man sich in Trachtenjanker und Lederhose vorstellt«, meint Marlene und mustert ihn.

»Ich bin da nicht festgelegt. Die Inhalte müssen passen«, sagt Moritz diplomatisch.

»Gut, wenn du meinst, dass auch die CSU passen könnte, da kenne ich einige wichtige Personen. Aber zuerst bräuchtest du die Unterstützung aus der Heimatgemeinde. Wo willst du dich eigentlich niederlassen? Denn du brauchst ja einen Wohnsitz hier und eine Arbeit, damit du gewählt werden kannst«, sagt Marlene.

»Wegen der Heimatgemeinde habe ich mich schon entschieden. Mir gefällt es sehr gut hier in Otterschwing, und ich würde gerne hierbleiben. Über alles andere muss ich nachdenken, aber schon mal herzlichen Dank für deine Unterstützung«, antwortet Moritz.

Als sie wieder allein ist, beschließt Marlene spazieren zu gehen. Dabei kann sie am besten nachdenken. Ihr Weg führt sie zur alten Weide. Der angedachte Picknickplatz dort ist aus Pietätsgründen doch nicht gebaut worden. An den Adi Schmidt erinnert ein kleines Marterl, das Johann Schmidt für seinen Sohn selbst entworfen hat.

Hier ruhte lange Jahre mein geliebter Sohn,
er war so fern und doch so nah.

Dazu ist der Name eingraviert, und vor dem Marterl stehen eine Steinskulptur und eine leere Vase. Marlene schaut sich nach etwas Blühenden um und entdeckt ein paar gelbe Zweige. Sie schöpft ein wenig Wasser aus einer großen Pfütze in die Vase und arrangiert die Zweige. Noch immer ist Marlene wütend und schämt sich zugleich für ihren Mann, den flotten Theo, wegen der Vorfälle um die Pilsen-Therme. Und sie ist traurig wegen dem Adi, der vaterlosen Josie und dem Bledschneider Sepp, der nun in der geschlossenen Abteilung der Psychiatrischen im Allgäu eingesperrt ist.

Nach einer Weile wird Marlene ruhiger. Sie schaut sich um. Der eingestürzte Rohbau der Pilsen-Therme ist zwar komplett entfernt worden, aber die Schlammlawine hat eine Schneise in die liebliche Landschaft geschlagen. Die Wunde ist noch nicht verheilt, das würde noch ein paar Jahre dauern. Wie das Gelände weiter genutzt werden soll, war auch noch unklar. Die Wiesen gehören nun der Gemeinde Otterschwing, das war zur Schadensbegrenzung von den Investoren der Pilsen-Therme so ausgehandelt worden. Die Entsorgung hatte eine Stange Geld gekostet und ein Loch in das Gemeindesäckel von Otterschwing gerissen. Das würde eine der kommenden Aufgaben als Bürgermeisterin sein, sich über das Gelände Gedanken zu machen. Marlene spürt es ganz deutlich: *Ich bin gefordert.* Den Findling von früher gibt es nicht mehr, aber Marlene umarmt den großen alten Baum, die Weide, und sie ist entschlossen.

KAPITEL 8

Moritz schaut auf das kleine Häufchen Münzen und den einsamen Zwanzig-Euro-Schein. *Das ist alles an Kapital*, stellt er fest. Sein Bankkonto ist heillos überzogen, und er wagt es nicht, die Karte in den Automaten zu stecken. Er muss jetzt schnell zu Geld kommen, sonst kann er die ganze Sache mit der Wahl als Landrat komplett vergessen.

Mit den paar Handlangerdiensten bei Marlene kann er gerade mal mietfrei wohnen, aber auch das nicht mehr lange. Bald kommt die warme Jahreszeit, und damit auch zahlungskräftigere Feriengäste. Außerdem findet er es besser, wenn er nicht mit Marlene unter einem Dach wohnt, denn ihre Tochter, die Franzi, schaut ihn jeden Tag wie ein verliebtes Mondkalb an. Von ihr könnte er sich sicher etwas borgen, aber vorher braucht Moritz einen Plan für das große Geld.

Er surft ein wenig planlos im Internet und gibt als Suche ein: »große Rendite und Ehrenamt«. Er stößt auf die Seite eines Bürgerstiftes und vertieft sich in das Thema. Nachdem es längst dunkel ist, hat er die Idee: *Seniorenwohnungen im Mehrgenerationenhaus plus optionaler Betreuung und möglicher Erweiterung auf Kurzzeitpflege.*

Da braucht er nur eine Grundstücksoption, schöne Visitenkarten und eine bunt gedruckte Broschüre, dann kann es mit Optionsscheinen losgehen. Und das Ganze hat ja für alle Seiten Vorteile. Wenn er erst einmal Landrat ist, dann lässt sich das Projekt sofort umsetzen, und wenn es so weit ist, dann hat er das Kapital wieder aus seinen Bezügen angespart. Er braucht also nicht einmal ein schlechtes Gewissen zu haben, wenn er sich kurzfristig etwas borgt, denn er will schließlich das Gute damit erreichen.

Mit diesem Thema ist er vermutlich bei den Ökologischen am besten aufgehoben. Also plant er noch eine Ladestation für E-Bikes und E-Autos mit eigener Photovoltaikanlage dazu sowie einen Erlebnisgarten mit Imkerei, Fledermausnistplätzen und einem naturnahen Mehrgenerationenspielplatz dazu.

Eifrig arbeitet Moritz die Ideen aus und bestellt schließlich nachts um drei die Werbematerialien im Internet.

Als Marlene ihn am nächsten Morgen aus dem Bett klopft, ist Moritz immer noch euphorisch. Nach der anstehenden Gartenarbeit steht ihm jetzt gar nicht der Sinn, doch als er Marlenes Enttäuschung sieht, reißt er sich zusammen. Er schlüpft sogar in die alte Arbeitslatzhose, die sie ihm hingelegt hatte. So gräbt er fleißig die Beete um, als Josie vorbeikommt und am Zaun stehen bleibt. Moritz blickt sich verstohlen um, ob die Franzi in der Nähe ist.

»Hey Moritz«, ruft die Josie ihm zu und winkt mit dem Tabaksbeutel. Moritz schüttelt den Kopf.

»Ich habe gerade zu tun. Aber treffen wir uns doch später, bei dir vielleicht?«

»Um sechzehn Uhr bei der Kirche«, ruft Josie und geht eilig weiter.

Als Marlene ihn zur Brotzeit holt, langt Moritz kräftig zu. Dann lenkt er die Unterhaltung in die gewünschte Richtung.

»Wie steht es eigentlich mit dem Angebot für Senioren in Otterschwing und Umgebung?«

»Außer dem Benedictum in Fischau, das nur etwas für betuchte Senioren ist, und dem kreiseigenen Altenheim auf der grünen Wiese gibt es praktisch nichts auf dem Land. Dann gibt es noch ein paar private Seniorenwohnanlagen und ein paar Pflegedienste, die nach Hause kommen. Insgesamt könnte das Angebot gerade in Otterschwing um einiges besser sein«, sagt Marlene.

Moritz nickt und schwärmt von seinem Projekt »Rosengarten – Seniorenwohnen in der Zukunft«. Ob Marlene da ein geeignetes Grundstück wisse, am besten in Otterschwing?

Marlene kann sich da schon was vorstellen, will aber zuerst wissen, wie groß das Ganze eigentlich werden soll. Moritz hat auch das schon durchgerechnet. Starten möchte er mit fünfzehn bis zwanzig Seniorenwohnungen als Basis.

Marlene sichert ihm ihre Unterstützung zu, denn ein soziales Projekt ist auch für den Einstand als Bürgermeisterin genau das Richtige. Als Moritz wieder im Garten arbeitet, macht sie mit Georg Redlich einen Termin aus, und im Überschwang ruft sie auch gleich noch die Petra in der Redaktion in München an.

»Rosenberger, *Münchner Postille*«, meldet sich Petra sofort.

»Hallo Petra, hier ist Marlene. Hast du mal ein paar Minuten?«

»Ja klar, für dich hab ich doch immer Zeit.«

Marlene ist ganz aufgeregt, aber ihre Entscheidung steht, und nebenbei lobt sie noch den Moritz Lang in den höchsten Tönen. »Ein junger Mann mit großer Zukunft!«, sagt sie mehr als einmal. Petra gratuliert ihr zu ihrer Entscheidung und verspricht, ihr bei ihrer Wahlkampagne zu helfen.

»Wichtig wäre es halt, wenn der amtierende Bürgermeister dich empfiehlt«, rät sie Marlene.

So bestärkt und mit großen Plänen geht Marlene das erste Mal seit der unglückseligen Thermengeschichte wieder mit hoch erhobenem Kopf und geradem Rücken aus dem Haus und macht ihre Dorfrunde. In der Metzgerei Meier hängt ein Zettel aus: *Einliegerwohnung gegen Mithilfe in Haus und Garten zu vermieten.* Unauffällig reißt sie gleich den ganzen Zettel ab, um ihn später dem Moritz zu geben. Auf dem Friedhof entfernt sie wieder einmal die Rosen von der Tina und schmeißt sie in den Grüncontainer. Als sie vor dem Grab ihres Mannes steht, sagt sie laut zu ihm: »Jetzt werde ich eine echte Frau Bürgermeisterin, du wirst dich noch wundern!«

Dann geht sie gleich weiter zum Haus von Altbürgermeister Johann Schmidt. Josie, das blasse Mädchen, öffnet ihr die Tür und ruft nach dem Opa. Seit der Beerdigung vom Adi sind sich Marlene und der Johann eher aus dem Weg gegangen, deshalb ist er überrascht über ihren unerwarteten Besuch.

»Mir tut das so leid, mit dem Adi, und ich möchte mich bei dir entschuldigen«, sagt Marlene und hält ihm die ausgetreckte Hand hin.

Johann schaut ihr erst prüfend ins Gesicht und dann auf die Hand. Schließlich schlägt er ein. »Ist schon gut, Madl.«

Marlene nickt. Nach einer Pause sagt sie: »Ich wollte dich noch um Rat fragen.«

Johann dreht sich wortlos um, schlurft zur guten Stube und hält Marlene die Tür auf. Sie unterdrückt den Impuls, wegen der abgestandenen Luft ein Fenster aufzureißen, und setzt sich manierlich auf das Sofa.

»Was würdest du sagen, wenn ich als Bürgermeisterin antreten würde?«, beginnt Marlene und hält gespannt die Luft an. Johann sagt erst einmal gar nichts. »Bürgermeisterin?« Marlene nickt. Nach einer gefühlten Ewigkeit beginnt der Altbürgermeister von Otterschwing dann doch zu sprechen.

»Das wär eine gute Sache. Meinen Segen hast, aber geh net zur Partei.« Marlene nickt und ist sehr erleichtert.

»Dann würdest du für mich unterschreiben?«, fragt sie nach. Johann nickt. »Da könntest manches wiedergutmachen«, ergänzt er. Marlene versteht das als Aufforderung und erzählt gleich von dem neuen Seniorenprojekt »Rosengarten«. Johann hört aufmerksam zu und bekundet sein Interesse, denn er wisse schließlich nicht, wie lange die Josie noch mit ihm, dem alten Zausel, unter einem Dach leben wolle.

Nach der Absolution vom Altbürgermeister geht Marlene Hirsch ihr Adressbuch durch. Die Frau vom Hinterhuber ist neuerdings ganz engagiert bei den Asylbewerbern, die das Landratsamt in einem alten Haus untergebracht hat. Am besten sie bietet ihr gleich mal ihre Hilfe an. Aber Marlene, die dabei an einen Sack Altkleider gedacht hatte, soll nun einem jungen Syrer einen Minijob verschaffen, am besten gleich bei sich auf dem Hof. Marlene verspricht, das zu prüfen, aber im

Moment habe sie ja noch Hilfe. Marlene muss sich da dringend über den aktuellen Stand informieren, denn bislang hat sie die paar Asylbewerber gar nicht richtig wahrgenommen. Ab und an kommt ein Aufruf, dass dieses oder jenes gesucht wird, und der Pfarrer lässt manchmal sammeln für den Besuch der Kinder im katholischen Kindergarten. Da gibt Marlene aus Prinzip nichts, denn seit die Bistümer ihre Bilanzen veröffentlichen, wird man schwarz auf weiß über den immensen Reichtum der Kirche informiert. In Otterschwing gibt es auch noch eine Pfründestiftung aus alten Zeiten, die der Pfarrei eigenes Geld einbringt. Und mit der Anja Schwarz vom katholischen Frauenbund hat Marlenes Mann auch mal was am Laufen gehabt, da ist sie sich sicher. Vielleicht sollte sie ein Charity-Frühstück für Frauen machen und das Geld dann zur Hälfte an den Asylkreis und an den Frauenbund geben? In diese Überlegungen platzen ihre beiden Töchter. Franzi wirft einen Blick auf den Schreibtisch und schmollt. »Also doch, du willst tatsächlich Bürgermeisterin werden! Und denkst jetzt schon nicht mehr an deine Töchter.«

Marlene hat vergessen, das Abendessen zu richten. Mit vollem Magen diskutiert es sich leichter, denkt sie und scheucht die beiden Mädchen mit in die Küche.

Bald sitzen alle satt und zufrieden am Küchentisch. Marlene holt die Prosecco-Gläser heraus.

»Meine Lieben, ich will euch etwas erzählen: Nach reiflicher Überlegung und viel positivem Zuspruch habe ich mich entschlossen, als unabhängige Kandidatin für das Amt der Bürgermeisterin von Otterschwing zu kandidieren. Ich hoffe und wünsche mir, dass ihr mich dabei voll unterstützen werdet.«

Franzi sagt nur: »Jetzt redest du schon wie der Papa.« Und Anna kommentiert: »Auch ältere … äh … lebenserfahrene Frauen haben gute Chancen in der Politik und können sogar Kanzlerin oder Präsidentin sein.« Einen kurzen Moment ist es ganz still, aber dann fallen sie sich doch in die Arme und drücken sich fest.

Nun muss Marlene noch Moritz Lang den Weg ebnen. Sie schreibt ihm eine Nachricht, dass sie ihn morgen um zehn Uhr im Büro sehen will, und hängt ihm das Wohnungsangebot dazu.

Moritz, der nach seinem Date mit Josie nach Mitternacht heimgekommen ist, stellt sich den Wecker auf halb acht Uhr. Um acht Uhr hat er bereits für den Nachmittag einen Besichtigungstermin der Wohnung vereinbart. Mit dieser Nachricht punktet er bei Marlene, die sofort bereit ist, die Frau ebenfalls anzurufen und ihn zu empfehlen. Außerdem hat Marlene um elf Uhr ein Treffen mit dem Bürgermeister Hinterhuber ausgemacht. Moritz spurtet noch mal in die Ferienwohnung und zieht ein frisch gebügeltes Hemd über. Das neue Selbstbewusstsein von Marlene Hirsch fällt nicht nur Moritz auf, auch der Hinterhuber weiß gleich, dass was im Busch ist.

Marlene hält sich auch nicht lange mit Vorreden auf.

»Deinen Vorschlag, mich als Bürgermeisterin von Otterschwing aufstellen zu lassen, habe ich mir durch den Kopf gehen lassen. Ich bin zum Schluss gekommen, dass es geradezu meine Pflicht ist, Verantwortung für meine Heimat, mein geliebtes Otterschwing, zu übernehmen. Ich werde daher bei den anstehenden Kommunalwahlen kandidieren.«

»Bravo!« Bürgermeister Hinterhuber klatscht Beifall, was sich aber in der großen Amtsstube ziemlich verloren anhört.

»Nächsten Dienstagabend ist wieder ein Treffen bei der Vroni, dann kommst du dazu und unterschreibst den Antrag«, sagt er dann.

»Lieber Josef, ich habe mich entschlossen, als unabhängige Kandidatin zu kandidieren, würde mich aber sehr freuen, wenn die CSU eine Empfehlung für mich abgeben wird«, sagt Marlene ganz deutlich.

»Nicht in die Partei? Aber das wär doch viel einfacher!«, meint der Hinterhuber enttäuscht.

»Nein, denn die Partei hat meinem Mann kein Glück gebracht, und ich bin kein Vereinsmeier und werde auch nie einer sein. Wie du jedoch weißt, stehe ich fest zu den Traditionen und den christlichen Werten. Aber ich will auch als Person gewählt werden und nicht, weil die Partei mich ganz oben hinsetzt.«

Als Hinterhuber noch nicht ganz überzeugt wird, schaltet sich Moritz ein: »Das ist doch eine gute Sache, denn dann muss sich die Frau Hirsch nicht für frühere Parteientscheidungen rechtfertigen, und wenn sie mal im Amt ist, kann sie immer noch eintreten. Das sind doch nur Vorteile.«

Das leuchtet dem Hinterhuber ein, und er verspricht, das Ganze intern zu klären.

»Ist das dein Wahlkampfmanager?«, fragt er Marlene mit Blick auf Moritz. Marlene stellt Moritz noch mal vor und preist ihn als junges Politiktalent an, das für höhere Ämter vorgesehen sei. Und das Beste: Er sei noch in keiner Partei, würde aber für die Kandidatur des Landrates in eine eintreten, wenn die Inhalte passen.

Moritz stellt sich kurz vor und schwärmt von dem schönen Landkreis. Hinterhuber will daraufhin ein Treffen mit den wichtigen Leuten im Landkreis arrangieren, dann könne man sich ja über die »Inhalte« unterhalten. Dabei macht er eine zählende Handbewegung. Moritz nickt nur. Man versteht sich.

Marlene geht gleich weiter zu Georg Redlich, um sich das bayerische Wahlrecht erklären zu lassen und die Formulare für die nötigen Unterstützerunterschriften zu holen.

Als am Nachmittag der Kurier mit den Flyern für Moritz kommt, nimmt Marlene das Paket per Nachnahme an. Dieses Problem hat sich also wie von selbst gelöst, freut sich Moritz, bei dem immer noch Ebbe in der Kasse ist. Auch seine Wohnfrage ist geklärt, da er mit der neuen Vermieterin gleich handelseinig wurde. In zwei Wochen darf er einziehen. Die Einliegerwohnung im Souterrain ist zwar weder groß noch hell, aber sie hat einen separaten Eingang und einen Internetzugang. Auch die geforderte Arbeitsleistung liegt im Rahmen, wenngleich die alte Dame etwas sperrig zu sein scheint. »Übernachtungsbesuch ist nicht gern gesehen«, hat sie ihm mit spitzen Lippen erklärt. Moritz sieht das sportlich, schließlich will er ja bald im Seniorenbusiness verdienen.

Moritz überlegt, was die »Inhalte« denn sein müssten. Auf jeden Fall braucht er ein Auto für den Wahlkampf, ein großzügiges Werbemittelbudget und einen angesehenen Teilzeitjob, am besten als Unternehmensberater. Das macht sich auf jeden Fall gut in den Formularen. Am besten wäre noch ein Social-Media-Manager und natürlich ein Fotograf, der bei jedem Auftritt ein Blitzlichtgewitter zaubert. Moritz hat sich zudem informiert, wer denn bei den Ökos das Sagen hat und dort auch schon mal um ein Treffen gebeten. Die anderen Parteien lässt er erst mal außen vor, denn hier räumt er sich zu geringe Gewinnchancen ein.

Marlene bekommt gleich am Mittwochmorgen von Hinterhuber die Nachricht, dass die CSU in Otterschwing keinen eigenen Kandidaten aufstellen wird. Leider konnten sich die Herren nicht zu einer Wahlempfehlung durchringen. Aber, so sagt es ihr der Hinterhuber, er selbst sei ja immer noch sein eigener Herr und könne als Privatperson empfehlen, wen er für richtig halte. Er sei jedenfalls froh, wenn er wieder am Braukessel stehen könne und die Last des Amtes los sei. Inzwischen habe er schon Schlafstörungen entwickelt, die er Marlene ausführlich schildert. *Eine Werbung für das Amt ist des jetzt aber nicht*, wundert die sich. Für den Moritz hat Hinterhuber einen Termin am Freitag um zehn Uhr im Gasthof »Eberwirt« in Landsthal organisiert, das soll Marlene ihrem Pensionsgast ausrichten.

Für Moritz stellt sich dabei gleich das nächste Problem: Wie kommt er von Otterschwing nach Landsthal? Der Schülerbus um sieben Uhr ist eindeutig zu früh, und ansonsten sieht es düster aus mit dem öffentlichen Nahverkehr. Wenigstens hat er gleich mit achtzehn Jahren den Führerschein gemacht, auch wenn er bislang noch kein eigenes Auto und auch wenig Fahrpraxis hat. Marlene, die das Problem kennt, organisiert zumindest eine bequeme Hinfahrt mit der Franzi, die in der Stadt etwas zu erledigen hat. Zurück könne er ja mit dem Hinterhuber fahren, meint Marlene.

Zum Termin erwarten ihn fünf Herren im Nebenzimmer des Gasthofes. »Das ist ja noch ein Zigarettenbürscherl«, flüstert ein gewichtiger Herr gerade so laut, dass Moritz es hören kann. Er beginnt mit seiner Vorstellungsrede und kommt dann auf das Seniorenprojekt zu sprechen. Dann muss er vor der Tür warten. Als er wieder reinkommt, sind die Mienen streng. Man könne es sich vorstellen mit ihm als Kandidaten, aber mit dem sozialen Schmarrn könne man keine Wahl gewinnen. Ob er noch Projekte für die Wirtschaft habe, wolle man wissen, und sein Konzept für die zugewiesenen Asylbewerber und ihre Familien wolle man auch gern hören.

In diese Materie müsse er sich erst einarbeiten, aber klar sei, dass der Schutz der einheimischen Bevölkerung an erster Stelle stehe. Für ihn sei daher die dezentrale Unterbringung vor allem auf dem Land der richtige Weg.

»Das ist nicht die Parteilinie«, bekommt er gleich zu hören, da müsse er sich deutlich mehr an den Oberen orientieren. Außerdem gäbe es eine klare Sprachregelung und entsprechende Rhetorikkurse und Schulungen für Amtsinhaber und solche, die es werden wollen. Es sei obligatorisch, das ganze Programm zu absolvieren. Natürlich würde man sich auch erkenntlich zeigen und könnte einen gut dotierten Posten organisieren. Moritz nickt und erbittet sich Bedenkzeit. Auf eine Mitfahrt beim Hinterhuber verzichtet er und schaut sich stattdessen in der hübschen Kleinstadt einmal um.

Da erspäht er die Franzi, die in einem Café sitzt. Sofort winkt sie ihm und deutet auf den Stuhl neben sich. Er setzt sich, tastet aber dann in seiner Jackentasche und meint, er habe seinen Geldbeutel vergessen. Bereitwillig lädt sie ihn ein, und er bestellt zum Cappuccino auch gleich noch etwas zu essen dazu. Franzi will ihn unterhalten und erzählt ein paar geschichtliche Details der Stadt. Moritz schreibt nebenbei Nachrichten auf seinem Handy. Als sie immer noch nicht merkt, dass er kein Interesse an einer Unterhaltung hat, sagt er ihr, dass er jetzt zurückmüsse, und steht auf. Sie reagiert wie erwartet und bietet ihm an, ihn gleich mitzunehmen.

Bei Marlene ist Petra Rosenberger zu Besuch, die Journalistin aus München. Als Franzi und Moritz kommen, sitzen beide mit roten Backen vor einem Papierstapel und überlegen sich offenbar Wahlkampfslogans.

»Ihr könnt euch gleich nützlich machen«, meint Marlene, aber Franzi täuscht Kopfschmerzen vor und verzieht sich in ihr Zimmer. Moritz deutet an, dass er wenig Zeit habe, setzt sich kurz hin und hört sich die ersten Ideen an.

»Ganz nett«, meint er lahm. Petra mustert ihn auch gleich und fragt dann sofort, wo er studiert habe und wo er aufgewachsen sei. Solche Nachfragen kann er gar nicht gut gebrauchen und presst nur »Berlin« heraus, dann entschuldigt er sich bei den Damen, da er noch seinen Umzug vorbereiten müsse.

Stolz zeigt Marlene Petra die neuen Flyer zum Seniorenprojekt. Petra ist da eher skeptisch, denn aus ihrer Zeit als Lokalredakteurin weiß sie um die vielen Wenns und Abers, die mit einem solchen Projekt einhergehen.

»Soll das dann der Landkreis oder die Gemeinde bauen und betreiben?«, fragt sie nach.

»Also das haben wir noch nicht genau ausgemacht, aber die Gemeinde kann ein solch großes Projekt nicht alleine stemmen. Außerdem ist die Gemeinde gerade ziemlich pleite«, sagt Marlene.

»Also eher Kategorie Luftschloss?«, meint Petra und beschließt ihrer Mutter Gertraud nichts davon zu sagen. In letzter Zeit klagt diese oft, dass sie sich im Benedictum nicht mehr recht wohlfühlt und lieber in einer kleineren Anlage mit Herrn Günther Tür an Tür untergebracht wäre. Aber einen Umzug in eine gemeinsame eigene Wohnung schließen beide aus. Insgesamt geht es ihrer Mutter aber recht gut. Sie und Herr Günther unternehmen gelegentlich organisierte Busreisen. Selbstverständlich sind sie dann in getrennten Zimmern untergebracht, da Herr Günther angeblich laut schnarcht. Aber das ist dennoch ein großer Schritt für Gertraud, die der plötzliche Tod ihres Mannes Justus aus der Bahn geworfen hat. Jedenfalls ist Petra nun nicht mehr so oft in der Pflicht, seit Gertraud Herrn Günther kennt, was sie als willkommene Pause betrachtet.

Um Ideen für die Wahlkampagne von Marlene zu finden, schaut sie in der Redaktion des *Seekuriers* und bei ihrem früheren Chef Rainer Ortlieb in Fischau vorbei. Rainer freut sich, Petra zu sehen, und bietet ihr gleich ihre alte Stelle wieder an.

»So oft, wie du nach Fischau kommst – gib es ruhig zu, du hast Heimweh«, neckt er sie.

»Das sind nur die familiären Verpflichtungen, aber stimmt, es ist schon ein schönes Fleckchen Erde hier«, meint Petra.

»Weiß man denn eigentlich schon, wer der neue Landrat werden soll? Und in Otterschwing braucht's ja auch einen neuen Bürgermeister.«

Rainer Ortlieb ist gut informiert und sagt: »In Otterschwing will die Frau Hirsch wohl antreten, und obwohl sie eine Frau ohne bisherige politische Ämter ist, hat sie als Witwe vom flotten Theo gute Chancen. Beim Landratsposten wollen wohl alle Parteien jemanden aufstellen, aber so ein richtig guter Kandidat hat sich noch nicht hervorgetan. Das sollte ja der Theo Hirsch werden, aber wo der ist, das weißt du selbst am besten.«

Rainer Ortlieb vermutet immer noch, dass Petra indirekt auch ein wenig am Tod von Theobald Hirsch schuld gewesen sei, und reibt ihr das jedes Mal unter die Nase. Petra kennt das schon und entgegnet wie jedes Mal:

»Der flotte Theo hat sicher nichts g'macht, was er nicht wollte, und der Vorfall mit dem Adi Schmidt ist ja bis heute nicht aufgeklärt worden. Findest du es eigentlich richtig, dass der Bledschneider Sepp eingesperrt worden ist?«

»Ich hab gehört, dass der Waffen und Abhöranlagen bei sich daheim gebunkert hat, und manchmal hat er sich schon arg seltsam benommen. Aber das beurteilen ja schließlich Fachleute«, meint Rainer in einem Ton, der keine weitere Diskussion zulässt. Petra kennt auch das schon und schwenkt um: »Rainer, ich müsst noch schnell mal in eurem Archiv was nachschauen. Das ist doch in Ordnung?«

»Mach nur, aber bring nichts durcheinander«, ermahnt er sie, die unangefochten die inoffiziellen Top Ten des unordentlichsten Schreibtisches des Jahrzehntes beim *Seekurier* anführte.

Derweil treibt sich Moritz Lang in Otterschwing herum. Er braucht noch mehr Informationen, um sich gute Kampagnen auszudenken, und sucht das Gespräch mit seinen potentiellen Wählern. Ganz ergiebig wird die Diskussion am Friedhof und vor der Metzgerei, anscheinend die besten Umschlagplätze von Gerüchten. Wie er es so mitkriegt, sind die paar Asylbewerber kein großes Thema. Vielmehr ist es so, dass ganz selbstverständlich ein junger schlaksiger Afrikaner als neuer »Lehrbub« beim Metzger arbeitet und die Taufe der kleinen Angela der syrischen Familie ein großes Ereignis der katholischen Kirchengemeinde war.

Für immer wiederkehrende Aufregung sorgt dagegen die Situation der Pendler, besonders derer, die täglich nach München müssen. Der totale Stress! Kaum eine Woche vergeht ohne Zugausfall, Stau auf der Autobahn und Verspätungen an allen Orten. »Und jetzt will man auch noch die Pendler an den Parkplätzen an den Bahnhöfen draußen abkassieren!«, berichtet ihm wutschnaubend ein Mann.

Moritz zeigt sich sehr interessiert an den Problemen und gewinnt gleich neue Bekannte. Schon auf dem Weg nach Hause hat er ein paar gute Ideen für seine Wahlkampagne. Nach reiflicher Analyse will er für die Ökologischen starten. Da rechnet er sich die größten Chancen aus. Junge Partei – junger Kandidat!

KAPITEL 9

Zufrieden blickt Moritz auf sein neues Home-Office: ein antiker Schreibtisch, grazil auf geschwungenen und geschnitzten Beinen. Dazu hat er einen passenden gepolsterten Stuhl gekauft sowie einen Beistelltisch, auf dem der gebrauchte Laserdrucker platziert ist. Auf der Schreibtischplatte liegen sein flaches Notebook der Premium-Klasse, ein Notizblock, ein Füller und sein neues Handy, natürlich mit dem Apfel.

Die Möbel hat er günstig beim Sozialkaufhaus in Fischau ergattert, ebenso wie den Drucker. Den Tipp hat er von Josie bekommen. Mit dem alten Opel ihres Opas hat Josie ihn hingebracht und sich selbst als Interessentin ausgegeben, denn Moritz ist seine monetäre Lage zu peinlich. Aber das hätte er sich sparen können, denn vor der Tür des Sozialkaufhauses parken auch teure Autos, und die Schnäppchenjäger aus Nah und Fern durchkämmen das Angebot mit geübten Blicken.

Preise stehen nicht angeschlagen, die müssen bei der Aufsicht erfragt werden. Angesichts der Warentürme und des Geruchs nach Mottenkugeln und dem künstlichen Duft der Geruchsneutralisationssprays will Moritz schon wenige Meter nach dem Eingang kapitulieren. Josie lässt sich aber nicht beirren, sucht in aller Ruhe die Reihen ab und macht ihn schließlich auf den Schreibtisch aufmerksam. Dazu stellt sie ihm noch eine Küchengrundausstattung zusammen. Beim Handeln stellt sie sich geschickt an, und mit dem geliehenen Hunderter von der Franzi ist alles bezahlt. Die wichtigsten Möbel sind in der neuen Einliegerwohnung schon vorhanden. Alte Bettwäsche und Handtücher bekommt er von Marlene geschenkt, die ihm auch erlaubt, die Waschmaschine und den Trockner auf dem Hölzle-Hof weiter zu nutzen. Er fühlt sich ganz wohl in seinem neuen Heim.

Moritz' politische Karriere kommt langsam in Fahrt mit einer Besprechung mit den Ökologischen, die seit Kurzem einfach als »die Ökos« angesprochen werden wollen. Das Image wird poliert, und markige Aussagen von den Parteioberen weisen auf Erfolg durch Innovation, Klimamanagement und Digitalisierung hin. Die früheren Bienchen- und Blümchen-Slogans wandern in die Mottenkiste. Das passt gut zu einem jungen hippen Kandidaten. Das erste Treffen mit den grauen Eminenzen der Ökos verlief jedenfalls in den richtigen Bahnen, denn Moritz hatte vorher den Internetauftritt der Partei genauestens studiert und sich einige Reden angeschaut und den neuen Ton mitgeschrieben. Immer wieder hat er Halbsätze daraus in seine Rede eingeflochten. Nachfragen nach Persönlichem umschiffte er geschickt.

Zwei Runden hat er nun noch vor sich, und Moritz drängt auf eine baldige Nominierung, da er die Unterstützung des neuen Netzwerkes braucht. Zumindest eine gute Position bei einem Medienunternehmen, das in einem Ortsteil von Frausching in einem alten Gutshof residiert, hat er schon in Aussicht gestellt bekommen. Auf die Frage nach einem Wahlkampfauto wollen ihm die Vorstandsfrauen die Vorteile eines Lastenbikes mit Elektroantrieb schmackhaft machen, aber dann tut sich doch eine bessere Lösung auf: Der örtliche Händler einer großen bayerischen Automarke sitzt auf seinen Elektroautos wie auf sauer Bier und sucht einen Werbeträger, der viel im Landkreis herumfährt. Das passt! Und in der Gemeinde in Otterschwing gibt es neuerdings auch eine Ladesäule, wo Moritz vergünstigt Strom tanken kann. Viel genutzt wird die Lademöglichkeit noch nicht, da der kommunale Fuhrpark sich im Bereich E-Mobilität bisher auf ein einziges Dienstfahrrad beschränkt. Der Bürgermeister Hinterhuber hat das »unnütze Ding«, wie er es gerne tituliert, auf Drängen der grünen Rita angeschafft, die sein Büro mit Briefen und Besuchen überschüttet hat. Hinterhuber hat kapituliert und das Innovationsprojekt zusammen mit dem örtlichen Energielieferanten schnell umgesetzt. Nun fehlt ein Parkplatz vor dem Rathaus, und die Säule steht flankiert von bunten Werbeschildern wie ein Mahnmal herum. Moritz empfiehlt daher Marlene, gleich im Wahlprogramm darauf hinzuweisen, dass die zusätzlich zum Bürgermeistergehalt gewährte Fahrtenpauschale für ein E-Auto von ihr genutzt wird, um mit gutem Beispiel voranzugehen.

Moritz, der bald den schicken E-Flitzer aus dem Autohaus abholen darf, weist außerdem gerne darauf hin, dass er darauf achte, dass seine Kleidung nicht von kleinen Kinderhänden in Bangladesch genäht werde. Sicherheitshalber schneidet er alle Etiketten aus seiner Kleidung. Er beschäftigt sich viel mit dem richtigen Style und ahmt das Auftreten der Parteioberen nach, besonders ein Landjunker aus Norddeutschland gefällt ihm sehr. Offen Sympathie für das Gegenüber zu zeigen, ist eines der Merkmale.

Gestärkt geht Moritz freundlich und bodenständig auf die Parteileute zu. Im Hinterzimmer wird es festgemacht, in geheimer Abstimmung bekommt er die Mehrheit. Nun soll er sich noch an der Basis vorstellen, dann folgt die offizielle Aufstellung, und dann geht es richtig los. Für Moritz läuft alles wie am Schnürchen, wie erwartet flutscht es, und am Ende wird er mit einer Quote von fünfundneunzig Prozent gewählt. Er bekommt sein lang ersehntes Blitzlichtgewitter, denn aus der Parteizentrale aus München sind zwei Fotografen angereist, auch einige Pressevertreter sind da. Allerdings nur die lokale Presse, wie Moritz bemerkt, als sich Rainer Ortlieb vom *Seekurier* bei ihm vorstellt. Man sei an einem exklusiven Interview interessiert, lässt Rainer Ortlieb ihn wissen. Die Pressestrategie muss er noch mit den grauen Eminenzen besprechen, offenbar gibt es da auch einen genauen Plan, wie taktisch vorgegangen wird. Kaum etwas wird dem Zufall überlassen. Zwischendurch denkt Moritz an die geschönten Stellen in seinem Lebenslauf. Einer der Parteistrategen hat ihn auf eine Diskrepanz angesprochen. »Ja – war geil!«, hatte er mit einem breiten Lächeln die Bedenken weggewischt und dabei verschwörerisch sein Gegenüber angesehen. Aber sein Gegenüber, ein erfolgreicher Mittfünfziger, ließ nicht so schnell locker und bohrte nach. Moritz erfand schnell eine Auszeit bei Internationalen Hilfsprojekten, an der er noch Urlaub drangehängt habe. Man sei ja nur einmal jung. Der lenkte schließlich ein. Aber Moritz merkt sich schon mal die Person, die es aus dem inneren Kreis zu drängen gilt. Nachfrager kann er nicht gebrauchen.

Es trifft sich gut, dass Moritz bei der zugeschanzten Stelle nur einmal in der Woche auftauchen muss. Er hält sich ein wenig im Büro auf und macht sich wichtig. Am liebsten spielt er im Büro Quizspiele auf dem Rechner, damit er dann mit neuem Sonderwissen wieder seine Bildung zeigen kann. Dass man mit einem Spritzer Essig den Wollpulli im letzten Spülgang wieder wie neu bekommt zum Beispiel, oder dass man sich in Lateinamerika am 28. Dezember Streiche spielt. In den sozialen Netzwerken ist Moritz nicht vertreten. Offiziell sagt er, dass er zu viel Einblick in die Datenkrake habe und er schon einmal Opfer eines virtuellen Stalkers geworden sei. Über diese Sache wolle er nicht mehr reden, erklärt er dann pathetisch.

In Wahrheit hat Moritz vor einiger Zeit seine Konten selbst gelöscht oder zumindest stillgelegt. Aber auf der Webseite seiner neuen Partei wird er natürlich vertreten sein. Eine Werbeagentur will ihm nun Wahlkampfmaterial auf den Leib schneidern, und Moritz freut sich schon auf das Foto-Shooting mit den Fotografen. Weil natürlich auch Bilder in der Natur entstehen sollen, fragt er Marlene nach den besten Stellen. Außerdem sollen für das Mehrgenerationsprojekt noch ein paar Senioren aufs Foto. Marlene bittet Johann Schmidt dazu, der wiederum Petras Mutter Gertraud und Herrn Günther einlädt.

Als der Fotograf mit seiner Entourage anreist, scheint schon kräftig die Sonne, und Marlene hat die Wiese an der alten Weide ausgesucht. Der Baum hat frisches Grün angesetzt und leuchtet. Moritz hat ein paar bunte Tulpensträuße dabei, die die Frauen in die Hand bekommen. Zuvor lockert der Fotograf die Stimmung mit einem kleinen Umtrunk auf und macht allen Komplimente. Auch Marlene geht mit aufs Bild, und mit Moritz sind dann wirklich drei Generationen versammelt. Bei Gertraud Rosenberger und ihrem Verehrer, dem Herrn Günther, weckt das Projekt Mehrgenerationenwohnen große Begeisterung. Gertrauds Wangen beginnen zu glühen. Sie drückt verstohlen die Hand von Herrn Günther und wirft ihm einen tiefen Blick zu.

»Genau dort wollen wir wohnen!«, ruft sie dann und schüttelt Moritz begeistert die Hand. »Wo können wir uns anmelden?«

Moritz wittert seine Chance, die Optionsscheine an den Mann zu bringen, aber jetzt ist nicht der passende Zeitpunkt. Er notiert sich die Telefonnummern der drei Senioren und verspricht ihnen, dass er sie als Erste informiert, wenn das Projekt konkreter wird. *Das wird ein leichtes Spiel*, denkt er und erhöht gedanklich noch die Preise für das Projekt.

Für das zweite Foto fahren sie ein Bootshaus am Ammersee-Ufer an. Der Zutritt ist mit einem Schloss gesichert. Der Fotograf organisiert den Schlüssel, und dann geht es richtig los. Der See gibt sich heute in einem mittleren Blauton die Ehre, es zeigt sich ein bayerisch-blauer Himmel, und die Sonne scheint. Das Bootshaus ist eigentlich ein Badehaus, deshalb kann Moritz in Ruhe in die verschiedenen Outfits schlüpfen, die der Tross aus München mitgebracht hat. Auch geschminkt wird er nun.

Dieser Ort ist perfekt für romantische Stunden zu zweit,

denkt Moritz zwischen all den Aufnahmen und bietet sich gleich an, den Schlüssel wieder zurückzubringen. Das macht er auch, verwendet dafür aber den häuslichen Garagenschlüssel, denn den anderen will er sich erst noch nachmachen lassen. Moritz weiß auch schon, mit wem er das Badehaus einweihen will.

»So eine Verwechslung kann ja immer mal passieren, denn die Schlüssel sehen ja nahezu gleich aus«, erklärt er am nächsten Tag der Dame an der Rezeption des zugehörigen Seminarhauses, als er den richtigen Schlüssel wieder gegen seinen Garagenschlüssel tauschen will. Außerdem ist er nun mobil, da für die Aufnahmen auch das neue Wahlkampffahrzeug gebraucht wurde. Die feierliche Schlüsselübergabe wurde von den Fotografen schön in Szene gesetzt.

Marlene läuft sich erst mal die Hacken ab, um die geforderten Unterschriften zusammenzubekommen. Eine Frau als Bürgermeisterin? Das ist auch in Bayern nicht so ungewöhnlich, aber in Otterschwing wäre es das erste Mal. Und auf Frauensolidarität kann Marlene bislang nicht setzen. Erst als die Unterschriften von Altbürgermeister Johann Schmidt und Bürgermeister Josef Hinterhuber oben auf dem Zettel stehen, ändert sich die Richtung. Erschwerend kommt dazu, dass die Bürger im Rathaus direkt unterschreiben müssen, und dort ist nur vormittags geöffnet. Marlene regt deshalb Sonderöffnungszeiten für die Unterschriftenliste an. Das einzig Positive bei ihren vielen Besuchen im Ort ist, dass Marlene gleich erfährt, womit sich die Leute in Otterschwing beschäftigen. In der einen Straße wartet man sehnlichst darauf, dass die lumpige Straße endlich instand gesetzt wird. Weil nun endlich die Straßenausbaubeitragssatzung, die auch in Otterschwing galt, abgeschafft wurde, müssen die Häuserlbesitzer auch nicht mehr fürchten, dass sie dreißigtausend Euro und mehr für eine neue Straße bezahlen müssen. *Die Straßen von Otterschwing sanieren*, notiert Marlene sich dann auch gleich als ein Ziel. Natürlich müsste man da erst einmal eine Prioritätenliste erstellen lassen, am besten von einem Ingenieurbüro, dann hat man immer einen Sündenbock zur Hand. Diese Regel hat Marlene von ihrem Mann gelernt.

Ein weiterer wichtiger Punkt ist das Bauen. Die einen wollen Wiesen zu Bauplätzen machen, die anderen fordern Bauplätze für die Einheimischen, die nächsten wollen kleinere Grundstücke, damit in ihrem Vorgarten noch ein Häuschen gebaut werden kann. Marlene hält sich zu diesem Thema eher bedeckt, da nach ihrer Auffassung keine Sonderregeln für Einzelne geschaffen werden sollen. Das sorgt nur für eine ungute Stimmung im Ort.

Diesen Punkt will sie mit Petra Rosenberger einmal durchdiskutieren, damit sie hier auf einen guten Wahlkampfslogan kommt. Und der Dauerbrenner in der Gemeinde ist das Thema Verkehr, beziehungsweise der fehlende öffentliche Nahverkehr. Hier hat Marlene schon zwei Ideen von Moritz Lang übernommen. Einmal einen Zuschuss in Höhe von fünfhundert Euro für jeden, der mit dem E-Bike zur Arbeit fahren will, und dazu als Zuckerl ein Gratis-Jahr Akkuladen an der Säule am Rathaus. Zum Zweiten eine Mitfahrerbank, die vor der Metzgerei Meier aufgestellt werden soll. Hier kann mit Schildern angezeigt werden, wohin es gehen soll – Fischau, Landsthal oder zur S-Bahn-Haltestelle.

Daheim bekommt Marlene von ihrer Tochter Anna noch eine Idee dazu: In den Nachtstunden soll ein Anrufsammeltaxi fahren. Als Mutter findet Marlene das auch sehr vernünftig.

Besonders im Gedächtnis bleibt ihr eine Begegnung mit einer früheren Schulkameradin. Die Elke öffnet ihr mit fahlen Wangen, fettigen Haaren und glanzlosem Blick die Tür. Im Gang hört sie schon die Mutter brüllen.

»Demenz«, sagt Elke entschuldigend und will Marlene abwimmeln. Die sagt aber schnell: »Du, Elke, ich hab Zeit genug und kann auch in der Küche warten.«

Dort sieht es in einer Ecke der Küchenzeile aus wie in einem Krankenhaus, alles voll mit Medikamentenschachteln und Geräten. Aufgestapelt warten neben der Tür Windeln auf ihren Einsatz. Marlene räumt sich einen zweiten Stuhl frei und wartet. Nach einer Viertelstunde hastet Elke herein und lässt sich erschöpft auf ihren Platz fallen.

»Hast du Hilfe?«, fragt Marlene nach und wagt es dann noch zu fragen, wie es ihr persönlich geht und was sie sich wünschen würde. Elke schwankt zwischen Wut und Heulen. Einerseits hängt sie an ihrer Mutter, aber die Pflege sei kaum zu schaffen und das Geld von der Pflegekasse reiche vorn und hinten nicht. Ihr Mann sei vor Jahren schon davon, und die Kinder ließen sich auch kaum mehr blicken. Am liebsten würde sie die Mutter in einer guten Tagespflege unterbringen, aber in Otterschwing gibt es keine, und in Fischau hat man keine Plätze für Auswärtige mehr frei. Marlene verspricht, falls sie Bürgermeisterin wird, sich darum zu kümmern, und erzählt auch gleich, dass ein Mehrgenerationenprojekt kommen soll, wo ja auch eine Tages-

und am besten noch eine Kurzzeitpflege installiert werden sollen.

Von Elkes Schicksal ist Marlene berührt, denn die einst so fröhliche Frau ist nur mehr ein Schatten ihrer Selbst, und ihre Situation lässt wenig Spielraum für Lichtblicke. Irgendwas muss Marlene doch schon jetzt für Elke machen können! Da fällt ihr Anja Schwarz vom Frauenbund ein, die Erfahrung mit der Seniorenbetreuung hat.

Zum ersten Frauenfrühstück bei ihr auf dem Hölzle-Hof ist die Anja nicht gekommen und hatte wegen »dringender Verpflichtungen« abgesagt. Eine weitere Einladung würde vermutlich nichts bringen, deshalb geht Marlene direkt zu Anja nach Hause. Jetzt, kurz vor Mittag, ist sie auch daheim und öffnet mit umgebundener Schürze.

»Marlene, was kann ich für dich tun?«, säuselt sie.

»Anja, du wirst ja schon wissen, dass ich mich um das Amt als Bürgermeisterin bewerbe. Das ist ja auch ganz im Sinne vom Theo, den du ja auch ganz besonders geschätzt hast«, sagt Marlene. »Wär schön, wenn du im Rathaus eine Unterstützerunterschrift leisten würdest.«

Anja wird nicht einmal rot. »Der Theo war schon ein ganz besonderer Mann und so großherzig! Immer ein offenes Ohr für Bürgerbelange.«

»Ja, dann werden wir ja auch gut zusammenarbeiten, denn ich habe auch ein offenes Ohr. Und ich habe da auch noch ein spezielles Anliegen: Könnt ihr der Elke bei der Pflege ihrer dementen Mutter unter die Arme greifen? Wenigstens einen freien Nachmittag in der Woche braucht die Frau! Die ist eh nur mehr Haut und Knochen«, sagt Marlene.

Anja nickt. Aus der Küche zischt es. Sie flötet: »Ich kümmer' mich.« Dann fällt die Tür vor der Marlene ins Schloss. *Diese Person ist wirklich unverschämt*, denkt sie auf dem Nachhauseweg.

Offenes Ohr – so wie Marlene ihren Theo kannte, sollte das eher *offene Hose* heißen. Sie schimpft halblaut noch ein wenig vor sich hin, aber dann überwiegt die Erkenntnis, dass sie ohne Anja Schwarz im Ort nicht weiterkommen wird.

Als sie vor dem Flurspiegel steht und ihr Spiegelbild betrachtet, sagt sie zu sich: »Ich bin jetzt eine Amtsperson und stehe über den Dingen.«

Der Eintrag ins Wählerverzeichnis kommt ein paar Monate vor der Wahl. Marlene will aber früh genug mit den Vorbereitungen anfangen, deshalb ist Petra Rosenberger bei ihr. Sie will mit Marlene noch die Wahlkampfbroschüre durchgehen, denn Marlene kann sich keine Werbeagentur leisten. Petras ehemaliger Praktikant vom *Seekurier* studiert inzwischen Fotografie und hat sich schon mal mit Marlene zusammengesetzt. Schließlich entdeckt Petra ein Bild, das als großes Werbefoto brauchbar ist. Marlene, mit Jeans und Blazer, vor der Dorfkirche und mit entschlossener Mimik und grader Haltung. Wunderbar! Als Slogan soll dabei stehen: *Marlene Hirsch – eine Bürgermeisterin für alle!* Schließlich ist sie unabhängig von Parteilinien und anderen Ansprüchen. Bei den Punkten orientieren sie sich an allgemeinen Aussagen und konzentrieren sich lieber auf den Abschnitt mit Persönlichem.

Als Witwe des früheren Bürgermeisters Theobald Hirsch und als Otterschwinger Bürgerin in fünfter Generation weiß ich um die Belange der Bürgerinnen und Bürger im Ort. Als unabhängige Kandidatin unterstützten mich schon viele Otterschwinger. Ich bin für Sie da! Marlene Hirsch, 48 Jahre, verwitwet, zwei Kinder, selbstständige Unternehmerin mit Herz.

Das mit der Unternehmerin ist Petras Vorschlag, schließlich vermietet Marlene Ferienwohnungen. Marlene geniert sich ein wenig dafür, schließlich lebt sie in der Hauptsache von der Witwenrente. Aber es ist auch nicht falsch, denn sie hat ja ein Gewerbe anmelden müssen. Und als Nächstes steht eine Spendenaktion für pflegende Angehörige an. Einen Ausflug stellt sich Marlene vor, und die Pflegebedürftigen sollen derweil von Freiwilligen und Pflegekräften zu Hause oder im Gemeindezentrum betreut werden. Dazu will Marlene ihre erste Wahlkampfveranstaltung nutzen. Petra Rosenberger, die ja schon einige solcher Veranstaltungen als Reporterin besucht hat, schlägt vor, einen Experten einzuladen und eine Fragerunde zu machen. So könnte Marlene auch an Selbstvertrauen gewinnen, und die Kompetenz des Experten würde auf sie abfärben.

Im Alter gut versorgt sollte das Thema lauten und würde von der bezahlbaren barrierefreien Seniorenwohnung bis zur Pflege alles umfassen. Da könnte Marlene auch gleich mit dem Mehrgenerationenwohnen punkten, das in Otterschwing als Landkreismodell realisiert werden könnte. Als Marlene vorschlägt, dann auch gleich Moritz Lang als Landratskandidaten vorzustellen, rät Petra ihr allerdings ab.

»Dann könntest du auch gleich im Ort für die Ökos kandidieren, denn dann wirst du in die gleiche Schublade gesteckt.«

»Aber das ist doch seine Idee«, wendet Marlene ein.

»Aber du willst doch, dass das Projekt in Otterschwing

umgesetzt wird. Hast du eigentlich schon einen Platz, wo das gebaut werden soll?«

»Ein paar Ideen gibt es dazu, aber ich will jetzt noch nicht die Pferde scheu machen. Grundstücksverhandlungen sollten immer zuerst im Geheimen geführt werden.«

Petra grinst. »Perfekt! Du wirst sicher eine gute Bürgermeisterin, und deshalb solltest du dich nicht an den Moritz koppeln. Fällt er, fällst auch du, das muss dir klar sein. Vertraust du ihm?«

»Bei dem Moritz habe ich ein ganz gutes Gefühl. Er ist wirklich ein Politiktalent und noch dazu so gescheit«, meint Marlene.

»Trotzdem, sei vorsichtig, er kommt aus dem Nichts, und niemand weiß etwas über seine Vergangenheit«, warnt Petra.

»Du siehst Gespenster. Das ist ein junger Mann, was soll der schon für eine Vergangenheit haben, außer dass er in Berlin beim Studieren war?«, verteidigt Marlene ihren politischen Ziehsohn.

Wie aufs Stichwort klingelt es an der Tür, und Moritz Lang steht mit einem großen Sack Wäsche da. »Ich wollt nur Bescheid sagen, dass ich zwei Waschmaschinen waschen müsste. Passt das?«, fragt er Marlene.

»Ja klar. Wir planen gerade die Kampagne, magst du mal schauen?«

Moritz verspricht, später reinzuschauen, jetzt sei er in Eile, da er noch eine Besprechung habe.

Petra will noch bei ihrer Mutter im Benedictum vorbeischauen und mit ihr die Post durchsehen, aber dann läutet das Handy. Die *Münchner Postille*, ihre neue Chefin Caroline Morgenstern, ruft an Petras freiem Tag an.

»Ach, Frau Rosenberger, wir haben einen Promi-Alarm bekommen. Sie müssen einspringen. Wie schnell können Sie am Flughafen in Erding sein?«

»Normalerweise ist das von hier in einer guten Stunde zu machen.«

»Supi, das geht sich gerade noch aus. Terminal A, Gate 3, der Fotograf ist dann gleich vor Ort. Danke schön für Ihren Einsatz.«

»Äh … um wen geht es denn?«, will Petra noch fragen, aber da ist die Morgenstern schon wieder weg. Verdattert schaut Petra auf ihr Handy. Offenbar wird von ihr erwartet, dass sie sofort losfährt. Sie packt schnell ihre Sachen zusammen und verabschiedet sich von Marlene. Dann piepst wieder das Handy.

Ihre Mutter! Hoffentlich hat sie Verständnis. Petra nimmt das Gespräch an, während sie sich am Navi zu schaffen macht.

»Petra, wo bleibst du denn? Ich warte hier schon seit einer halben Stunde auf dich!«

»Mama, das tut mir ganz furchtbar leid. Ein Notfall in der Arbeit. Ich muss zu einem ganz wichtigen Einsatz. Promi-Alarm.«

»Kind, ist ein Terroranschlag passiert?«, fragt Gertraud, und dabei geht ihr Atem schneller.

»Nein, kein Bombenalarm. Ein Promi kommt! Ein berühmter Schauspieler oder so.«

Jetzt funkt das Navi dazwischen. Bei dem Versuch, die Lautstärke herunterzuregeln und gleichzeitig abzubiegen, schmeißt Petra ihr Handy aus der Halterung. Jetzt liegt es im Beifahrerraum, und ihre Mutter spricht ins Leere. Nach einer Weile merkt sie, dass Petra nicht mehr antwortet, und schimpft über diese unzuverlässige Tochter, bei der alles andere immer wichtiger sei als die eigene Mutter.

Petra überlegt, ob sie das Handy aus dem Fußraum angeln kann. Aber da auf der Autobahn reger Verkehr herrscht, müsste sie beim nächsten Parkplatz rausfahren, und dafür reicht die Zeit nicht. Sie kann sich keine Fehler mehr bei der *Münchner Postille* leisten. Petra gibt Gas. Ihre Mutter ist sowieso schon sauer auf sie.

KAPITEL 10

Während der ersten Wahlvorbereitungen hat der Hochsommer im Fünfseenland Einzug gehalten, und Marlene Hirsch hat im Juli und August mit der Vermietung ihrer Ferienwohnungen ziemlich viel um die Ohren. Jeden Tag brauchen die Gäste Betreuung, Ausflugstipps oder mal schnell Senf, Zucker oder Kaffee. Sie hat inzwischen einen Grundvorrat an Lebensmitteln in allen Wohnungen verteilt, muss aber feststellen, dass einige Gäste die Sachen inklusive Seife und Klopapier auch gleich bei der Abreise mit einpacken. Frei nach dem Motto: alles inklusive! Inzwischen hat sie einen der jungen anerkannten Flüchtlinge als Hilfe für die Ferienwohnungen angestellt. Es ist ein Syrer, der mit Marlene samstags die Bettenwechsel macht, denn unter der Woche geht er zur Schule und lernt Deutsch. Bei jedem Gast notiert sich Marlene besondere Gewohnheiten und auch, ob sie ihn für das nächste Jahr wieder aufnehmen würde, denn in so mancher Nacht macht Marlene kein Auge zu. Stundenlang schreiende Kinder, streitende Erwachsene, ausgiebig Feiernde und nicht zuletzt ausdauernde Liebhaber lassen die Nächte kurz werden. Hinzu kommt die diesjährige Mückenplage. Im Frühjahr war es ziemlich feucht, und in den Überschwemmungspfützen hat die kräftige Junisonne ganze Arbeit geleistet und die kleinen Mückenlarven ausgebrütet. In einer der Anliegergemeinden am Ammersee, der als »Mücken-Hot-Spot« gilt, wird die Forderung nach großflächigem Einsatz des biologischen Mückenbekämpfungsmittels Bacillus thuringiensis israelensis (BTI) laut. Sogar ein eigener Verein hat sich gegründet, der sich medial wirksam inszeniert. Aber Marlene hat Zweifel und hält hier eine neutrale Position, da Otterschwing ja nicht direkt am Ammersee liegt. Sie geht das Problem praktisch an und hat in jeder Ferienwohnung eine Auswahl an gängigen Mückensprays bereitgestellt und dazu ein Merkblatt mit wichtigen Tipps erstellt, zum Beispiel in der Nacht die Fenster zu schließen, wenn innen Licht gemacht wird. Abends lauschig am Ammersee-Ufer sitzen, geht derzeit nur in einer Antimückenspray-Duftwolke. Manche Gäste sind empört, wollen gar stornieren. Sie können natürlich abreisen, müssen aber voll bezahlen, denn so ist es halt mit der Natur.

Marlene bedauert sehr, dass der Bledschneier Sepp ihr nicht zur Hand gehen kann. Aber der Sepp sitzt ja immer noch in der geschlossenen Abteilung der psychiatrischen Klinik im Allgäu. Ihre Bemühungen mit Petra Rosenberger, ihn dort herauszuholen, haben bislang nicht gefruchtet. Franzi kommt auf die Idee, ein paar Mückennetze für die Betten zu kaufen. Mit dieser einfachen Lösung geht es dann auf dem Hölzle-Hof nahezu mückenfrei durch die Nacht. Aber die Anschaffung hat wieder ein kleines Loch in die Betriebskasse gefressen. *Hoffentlich klappt das mit der Bürgermeisterstelle*, denkt Marlene mit Blick auf das Konto. Franzi hat schon eine Zusage für einen Studienplatz in München bekommen. Marlene hat ihrer Tochter ein klares Limit für Miete in München gesetzt. Denn wenn im nächsten Jahr auch Anna studieren will, verdoppeln sich ja die Kosten. Da müssen die Töchter wenigstens im heimischen Betrieb mithelfen und dort als 450-Euro-Kräfte angestellt werden. So kann Marlene wenigsten einen Teil der Ausgaben wieder als Betriebsausgaben hereinholen, und die Töchter erwerben schon einmal Rentenversicherungsbeitragszeiten zum kleinen Preis.

In der Hitze des Sommers ist nicht die richtige Zeit, um Wahlkampf zu betreiben. Es sind sowieso die meisten am Ammersee beim Baden oder in der Landwirtschaft oder in der Touristik beschäftigt. Dazu kocht Marlene auch noch jede Menge Obst zu Marmelade und bietet den Gästen diese als kleine Mitbringsel an. Die Franzi hat schöne Etiketten mit dem Logo *Marlenes Marmeladen – Hausgemacht nach alten Rezepten* entworfen und sie dekoriert die Gläser mit einem hübschen roten Stoff, auf dem grüne Hirsche springen. Die Produkte kommen so gut an, dass auch andere Vermieter Marlenes Marmelade in Kommission nehmen. Aber ausweiten will sie diesen Geschäftszweig nicht, denn eine kleine Kalkulation wirft einen Stundenlohn von unter fünf Euro heraus. Sie müsste minderwertige Früchte nehmen, aber das geht gegen ihre Hausfrauenehre. *Hoffentlich bin ich als Bürgermeisterin besser*, denkt Marlene und seufzt. In Otterschwing haben sich inzwischen noch zwei weitere Bewerber gemeldet. Die Ökos und die Roten haben auch Kandidaten aufgestellt. Darunter einer von den Ökos, der im Ort kaum präsent ist, und ein Lehrer, der seit Jahrzehnten im Gemeinderat sitzt und immer wieder zur Wahl des Bürgermeisters antritt, obwohl er nie mehr als zehn Prozent der Stimmen bekam. Keine wirkliche Konkurrenz für Marlene Hirsch, zumal der amtierende Bürgermeister Hinterhuber Wort hält und kräftig für sie Werbung macht.

Anders sieht es bei dem Posten als Landrat aus. Neben Moritz Lang, der für die Ökos antritt, sind auch noch Mareille von Langodamm, Markus Birkländer und Fridolin Hoferer aufgestellt. Birkländer ist für Moritz die größte Konkurrenz, aber auch die Mango hat einen großen Bekanntenkreis und ist als Immobilienmaklerin im angesehenen Libellenclub fest etabliert. Moritz Lang schaut regelmäßig bei Marlene auf dem Hölzle-Hof vorbei, um sich mit ihr auszutauschen. Ab und an unternimmt er auch etwas mit der Franzi, die ihn auch auf Wahlkampfveranstaltungen begleitet. Seine Wäsche wäscht inzwischen die Josie, erzählt er der Marlene, die sich wundert, dass er nicht mehr mit seinen großen Taschen ankommt. Die Josie müsse sich etwas dazuverdienen, und er habe ja im Wahlkampf nicht mehr die Zeit, sich um so etwas zu kümmern.

Mit der Josie verbindet Moritz auch nach ein ganz anderes heimliches Vergnügen. Er ist schon in Vorfreude auf sein nächtliches Date mit ihr. Wobei er nie weiß, ob sie wirklich kommt, die kleine Wildkatze.

Gedankenversunken lächelt er in sich hinein und merkt gar nicht, dass Marlene schon längst beim Thema Wahlkampf angekommen ist. Sie hat einen Katalog mit Werbemitteln vor sich und dazu einen Taschenrechner mit Block.

Sie stupst Moritz an, als er nicht reagiert. »Was meinst du, Moritz, soll ich lieber die Eiskratzer bestellen oder die Einkaufswagenchips? Die gibt es als Anhänger oder lose.«

»Ein Eis wär mir bei der Hitze heute schon recht«, scherzt

er. »Für dich würden mir die Einkaufswagenchips besser gefallen, das hat so etwas Mütterliches.«

Das kommt bei Marlene aber nicht gut an. »Moritz, ich will nicht als Übermutti von Otterschwing gewählt werden, sondern als ernst zu nehmende Bürgermeisterin! Dieses antiquierte Frauenbild hätt ich dir nicht zugetraut!«

»Das ist aber doch genau das Image, das du mit den Einkaufswagenchips befeuern würdest. Soll ich mal im Katalog schauen, ob nicht was für strenge Bürgermeisterinnen dabei ist?«, neckt Moritz sie, und Marlene holt ihm dann doch wieder ganz mütterlich ein Steckerl-Eis, das sie für die Kinder der Feriengäste bereithält.

Moritz blättert eine Seite im Katalog um. »Da, schau, das wär doch etwas!« Er zeigt auf die neue grüne Linie mit Samenbomben in den Varianten *Wildblumen* oder *Bienenliebe*, die in hübschen Pappschachteln verpackt werden. Dazu passend kann man auch gleich Arbeitshandschuhe bekommen. Die sind Marlene zu teuer, aber die Idee mit der Bienenliebe findet sie ganz gut. Außerdem nimmt sie noch Reflektoren für Kinder, die an den Ranzen befestigt werden können, und natürlich jede Menge Bleistifte, Kugelschreiber und Luftballons. Als Grundfarben hat sich Marlene für einen dunklen Lavendelton und Aubergine entschieden, dazu eine weiße geschwungene Schrift gewählt mit einem weißen schraffierten Herz in einem Kästchen als Hingucker. Außerdem will sie noch zusammen mit ihren Mädchen jede Menge kleiner Lavendelkissen aus Stoffresten nähen für den Kleiderschrank.

»So ein Wahlkampf ist ganz schön teuer!«, klagt sie dem Moritz. Der nickt, dabei hat er einige große Spenden bekommen. Er selbst soll bald auch einen fünfstelligen Betrag beisteuern, was ihn wieder auf das Projekt »Rosengarten« bringt. Inzwischen hat er auf seiner Arbeitsstelle schöne Zertifikate designt und nach Dienstschluss ausgedruckt. Die will er bald an ausgewählte betuchte Senioren verkaufen. Die Adresse von Gertraud, ihrem Verehrer Günther und von Josies Opa hat er schon, auch seine ältere Vermieterin ist interessiert.

Seine Chancen in diesem Wahlkampf machen Moritz inzwischen Sorgen. Zwei der Gegenkandidaten werden als ziemlich stark eingeschätzt. Da muss er dringend etwas tun, damit sich das Rad auf seine Seite dreht. Beiläufig fragt er Marlene nach Mango und Birkländer.

Es wäre gut, etwas Munition gegen die beiden in der Hand zu haben, denkt er. Zur Mango fällt Marlene ein altes Gerücht über eine heimliche Schwangerschaft ein. Ob es dabei allerdings um die Mango oder eine ihrer Schwestern ging, weiß sie nicht mehr. Ansonsten sei die Mango viel in sogenannten besseren Kreisen unterwegs und als Prosecco-Lady bekannt. Bei Birkländer, den Marlene noch von ihrem Mann aus früheren Zeiten kennt, fällt ihr schon ein wenig mehr ein. »A oida Grapscher, der Markus!« Und als junger Mann sei er mit seiner 80er-Kracher wie ein Verrückter durch den Landkreis gefahren. Man munkelt auch etwas von illegalen Moped-Rennen und so.

Als Moritz daheim die Internetauftritte der beiden Konkurrenten studiert, notiert er sich die harten Fakten.

Bei der Mango ist als Familie nur ein Mann, ein leitender Betriebswirt, angegeben. Keine Kinder. Sie könnte das

Kind weggegeben haben, das würde sich nicht gut machen bei der konservativen Wählerschaft hier. Als Beruf steht auf der Seite »Eventmanagerin«. Moritz notiert sich als Fragen: *Kinderfeindlich? Feiert gern? Trinkt zu viel? Arbeitet nur auf dem Papier wegen der Steuer? Und auf wen ist das Immobiliengeschäft angemeldet?* Als er ihr Porträt vergrößert, fügt er *Schönheits-OPs?* Und *Motivation?* noch auf die Liste.

Bei Birkländer, der zünftig in Lederhose und Trachtenjanker abgebildet ist, scheint der Lebenslauf makellos. Ganz wie man es sich wünscht: Familienvater, verheiratet, zwei Kinder, Eigenheim, kleiner Familienbetrieb in dritter Generation. Da muss Moritz weiter in die Tiefe gehen. Oder reicht es vielleicht schon, den Kandidaten zu verunsichern? Eine Schmutzkampagne muss her.

Es wird langsam dunkel. Den besten Blick auf den Sonnenuntergang hat man von der Ostseite des Ammersees aus, aber Moritz macht sich daraus nicht so viel. Den See als Kulisse für romantische Stelldicheins schätzt er schon. Das Bootshaus vom Seminarzentrum, zu dem Moritz dank seines umsichtigen Handelns freien Zugang hat, wird nachts in der Regel nicht genutzt.

Moritz macht sich auf zu seinem Date unter freiem Himmel. Mit seinem schicken Elektro-Auto schnurrt er nahezu lautlos auf den Parkplatz einer benachbarten Badestelle und nimmt dann eine Decke und eine aufblasbare Isomatte aus dem Auto sowie eine kleine Kühltasche mit Bier und ein paar Snacks und ein großes Handtuch. Eine Badehose braucht er im Dunkeln nicht, und sowieso geht er lieber nackt baden.

Das warme seidige Wasser gleitet dann ungehindert an seinem schlanken Körper entlang. Am Steg vor dem Bootshaus sitzt schon eine kleine Gestalt, die er an den Umrissen sofort erkennt. Moritz' Herz schlägt schneller, aber dafür geht er jetzt betont langsam auf den Steg zu. Er wünscht sich, dass Josie aufspringt, auf ihn zuläuft und ihn küsst, aber die Gestalt bleibt stoisch sitzen, bis Moritz an ihr vorbeigeht und das Gatter aufsperrt. Schnell schlüpft sie auch durch die Tür, dann verschließt Moritz das Gatter wieder und hängt zusätzlich noch ein eigenes Fahrradschloss ein, sodass die beiden nicht gestört werden können. Während er im geschützten Vorraum ein Lager herrichtet, reißt Josie blitzschnell ihre Klamotten herunter und sprintet ins Wasser. Als das Wasser sie hüfthoch bedeckt, bleibt sie stehen und spritzt Wasser in seine Richtung.

»Komm!«, ruft sie ihn. »Das Wasser ist herrlich!«

Bald balgen sich die beiden im Wasser, und Moritz trägt Josie nach einer Weile zurück zum Bootshaus und trocknet sie ab. Das erledigt er sehr sorgfältig, und besonders die feuchte Stelle, verborgen durch dunkle Locken, hat es ihm angetan.

Josie ist in vielerlei Hinsicht anders. Wild und leidenschaftlich. Moritz hat große Mühe, an sich zu halten. Josie streicht wie zufällig über seinen stets glatt rasierten Intimbereich. Das reicht.

Als beide erschöpft auf dem Rücken die Sterne anschauen und das kühle Bier trinken, erzählen sie sich Geschichten. Sie haben ein Spiel erfunden: Abwechselnd darf einer ein Wort oder einen Begriff sagen, dann wird dazu eine Story erzählt. Ob wahr, halb wahr oder ausgedacht, das darf nicht gefragt werden. Josie erzählt gerne Fantasy-Geschichten. Manchmal wird es aber auch ganz ernsthaft, und sie erzählen sich wohlgehütete Gefühle.

An diesem Abend schmeißt Josie den Begriff Sarg ins Mondlicht.

Am Vormittag des nächsten Tages beschäftigt sich Moritz mit Angeboten aus dem Darknet, zu dem er noch aus früheren Zeiten Zugang hat. Verschiedene Dienstleistungen werden dort angeboten. Für Birkländer, der viel auf Facebook und Instagram unterwegs ist, eignet sich ein Angebot, bei dem Chat-Bots zu jedem seiner Äußerungen einen negativen Kommentar schreiben. Dazu will Moritz noch die gefakte Facebook-Identität einer jungen Frau kaufen, mit der er den Birkländer dann umgarnen will. Außerdem werden auch ganz analoge Bedrohungen angeboten; nächtliche Anrufe, lockere Radmuttern oder eingeschlagene Fensterscheiben gehören noch zum Harmlosesten. Moritz überfliegt die Preislisten. Erst einmal will er es auf die virtuelle Art probieren, und einen Stein kann er schließlich auch selbst schmeißen.

Um die Geschäfte abzuwickeln, fährt er nach München und nutzt ein Internetcafé in Bahnhofsnähe, das keine Videoüberwachung hat. Ein paar Klicks, dann ist das Geschäft gebucht und gezahlt. So schnell geht das!

Weil Moritz noch Hemden braucht, geht er auch zu einem bekannten Herrenausstatter in der Fußgängerzone. Weiße Hemden sind inzwischen ein No-Go bei den Ökologischen geworden. Daher ist Moritz auf Grau und Grün als Hemdfarbe umgeschwenkt. Er vermisst die weißen Hemden, die für ihn zu einem erfolgreichen Auftritt gehören und rein visuell eine weiße Weste suggerieren. Aber es hilft nichts, er muss sich an die inoffiziellen Kleidervorschriften halten. Als Casual-Look wird beispielsweise ein Kapuzenpulli aus schwerer Bio-Baumwolle empfohlen, wahlweise in Hell- oder Dunkelgrau.

Für seine Konkurrentin Mango denkt Moritz sich etwas anderes aus. Er macht Fotos von dem Immobilienbüro, wo ihm ein Foto der Mango groß aus dem Schaufenster zulächelt. Außerdem knipst er das großzügige Heim der von Langodamms, ein modernes Architektenhaus in Seenähe. *Leider kein eigner Steg*, stellt er fest. Im Netz entdeckt er eine schöne Aufnahme von der Mango mit Champagnerglas. Die Sache mit einem möglichen Kind lässt er im Gespräch bei Rainer Ortlieb fallen, der eine Interviewreihe mit allen Kandidaten macht. Vielleicht verplappert sich die Mango ja selbst? Moritz bastelt mit den Fotos und einem provokanten Text ein schönes anonymes Schreiben, das der Mango unterstellt, für ihre Eventagentur eine Baugenehmigung für ein Maritimes Hotel im Naturschutzgebiet erreichen zu wollen und zudem einen eigenen Steg mit Bootshaus für sich und ihre Familie errichten zu lassen. Außerdem lässt Moritz durchblicken, dass die Frau wegen ihres starken Ehrgeizes keine Kinder habe und über Leichen gehen würde, um ihre Ziele zu erreichen.

Bei Nacht verteilt er die Pamphlete in Fischau und lässt auch der Redaktion vom *Seekurier* eines zukommen. Die Nachrichten werden sich von Fischau aus sicher schnell verbreiten, und die Mango hat dann alle Hände voll zu tun, um die ganzen Anschuldigungen zu dementieren. Irgendwas bleibt immer hängen, und somit wäre diese Konkurrenz dann schon ausgeschaltet. Wenn Moritz dann noch das Kunststück schafft, die Sache mit den anonymen Briefen dem Birkländer in die Schuhe zu schieben, dann wäre es eine Win-win-Situation, die ihn in der Wählergunst direkt nach oben katapultieren wird.

Im *Seekurier* wird heftig debattiert, wie man mit dem eingeworfenen anonymen Brief umgehen soll. Ignorieren ist angesichts der Konkurrenzsituation keine Möglichkeit, aber Rainer Ortlieb will kein anonymes Geschreibsel abdrucken, auch nicht als Leserbrief. Vielmehr macht er sich daran, mit Frau von Langodamm eine Strategie auszuarbeiten, da diese sich verzweifelt über das Libellennetzwerk an Rainer Ortlieb gewendet hat. Ortlieb hat für anonyme Briefe gar kein Verständnis, das fußt für ihn nicht auf dem Boden der Demokratie. Außerdem bleibt immer etwas hängen, auch wenn die Anschuldigungen erstunken und erlogen sind. Denn vorstellbar ist ja nun mal alles. Er schreibt einen entsprechenden Kommentar für den *Seekurier* und entwirft mit der Mango einen schönen Artikel, bei der sie quasi nebenbei alle Vorwürfe ausräumen. Dazu wird eine kurze Zusammenfassung des Briefes veröffentlicht. Ob das ausreicht, um den angeknacksten Ruf wiederherzustellen, wird man sehen.

Zwei Tage später – die Mango liegt immer noch mit verweinten Augen auf der Terrasse – kommt die nächste Attacke. Diesmal trifft es den Birkländer. In der Nacht werden in seinem Betrieb zwei Fensterscheiben eingeworfen, und dazu hat jemand in Rot *Du Sau!* an die Eingangstür geschmiert. Gleichzeitig beschuldigt ihn eine junge Frau in den sozialen Medien, dass er ihr nachgestellt und belästigt habe. Das Ganze schlägt hohe Wellen. Moritz Lang ruft deshalb zu einer gemeinsamen Pressekonferenz aller Kandidaten für den Landratsposten auf, um ein Zeichen zu setzen.

Zu dieser Pressekonferenz, die in einem Seerestaurant stattfindet, kommt auch Petra Rosenberger. Sie reist ein wenig früher an und geht zu Rainer Ortlieb in den *Seekurier*. Sie lässt sich den anonymen Brief zeigen und bekommt auch die Ausgabe des *Seekuriers* mit den Gegenartikeln. Rainer Ortlieb kann schwer einschätzen, wer hinter den Anschuldigungen und Anschlägen steckt. Zuerst habe er gemeint, der Birkländer habe den Brief geschrieben und dann, um den Verdacht abzulenken, die Fensterscheiben selbst eingeschmissen. Aber die Sache mit der jungen Frau weist nun wieder in eine andere Richtung. Vielleicht die Russenmafia? Dass die schwer in Bayern aktiv ist, hat Rainer Ortlieb jüngst auf einer Fortbildung erfahren.

Aber Petra drängt sich ein ganz anderer Verdacht auf: Moritz Lang. Der junge Mann kennt sich mit Technik aus. Und er hat nach der letzten Umfrage im *Seekurier* nur auf Platz drei gelegen – hinter der Mango und dem Birkländer.

Vor dem Restaurant trifft Petra auf Marlene Hirsch, die gleich eine Flasche Mückenschutz aus der Handtasche zieht und auf die Waschräume deutet. Petra trägt den Schutz großzügig auf und riecht dann unangenehm stechend nach Chemie. Aber als sie auf der Terrasse sitzt, ist sie ganz froh, denn die anderen Kollegen der überregionalen Blätter kommen vor lauter Um-sich-Schlagen kaum zum Mitschreiben. Sie hingegen kann in Ruhe die bunte Bewerbertruppe beobachten, besonders den Moritz Lang hat sie im Blick. Der setzt sich gleich in Szene und beschwört die freie Wahl als wichtiges Mittel der Demokratie und betont, dass die Verunglimpfung einzelner Kandidaten äußerst verwerflich sei und die Wählerinnen und Wähler sich davon nicht beeinflussen lassen dürfen. Als dann der Birkländer zu einer Erklärung ansetzt und sich um den Vorwurf der sexuellen Belästigung windet, bemerkt Petra ein feines Grinsen bei Moritz. Auch die aufgeregte Stimme der Mango löst bei ihm nur aus, dass er sich die Hand ans Ohr hält, als könnte er sie so besser verstehen. Die ganze Geschichte der beiden Beschuldigten wird nun in allen Blättern rauf und runter gekaut. Für Moritz läuft es perfekt. Ein Journalist neben Petra formuliert schon halblaut sein Statement: »Wie der junge Mann sich für die Demokratie einsetzt, zeugt von hoher Menschlichkeit und verdient höchste Anerkennung.«

Petra ist befremdet. Sie hat genug gesehen.

Abseits der Pressekonferenz winkt sie Moritz zu sich heran und bittet ihn, mit ihr ein paar Schritte zu gehen. Als sie außer Hörweite sind, stellt Petra ihn zur Rede.

»Moritz, das war ja eine sehr gelungene Vorstellung gerade eben, aber den um die Demokratie besorgten Kandidaten nehme ich dir nicht ab. Man könnte auch meinen, dass du hinter dem ganzen Schmutz und Dreck steckst. Du bist der Einzige, der hier neu ist, und so was hat's hier vorher noch nie gegeben.«

Moritz pariert sofort und setzt seinen besten Dackelblick auf. »Ich schwöre bei allem, was mir heilig ist, dass ich damit nichts zu tun habe. Ich bin ein Ehrenmann!«

Und dann lässt er Petra stehen, nachdem er ihr tief in die Augen geschaut hat. In ihr bleibt ein ungutes Gefühl zurück. In der Redaktion in München greift sie dann auf, dass unbekannte Machtinteressen hier wohl in die demokratische Wahl eingreifen wollten. Man munkelt etwas von den Russen und ihren neuen Methoden, demokratische Wahlen zu sabotieren.

KAPITEL 11

Die heißen Tage und Nächte sind im Fünfseenland vorbei, morgens zieht Nebel auf, und die Zugvögel sammeln sich. Nun ist es wieder ruhiger auf dem Hölzle-Hof, die großen Sommerferien sind vorbei, und Marlene Hirsch kümmert sich wieder intensiv um ihren Wahlkampf für das Bürgermeisteramt in Otterschwing. Daneben hat sie auch noch ein weiteres Anliegen: Der Bledschneider Sepp soll endlich wieder in Freiheit kommen. Petra Rosenberger, die den Sepp bei der ersten Ermittlung der SOKO Benedictum kennengelernt hat, will sie dabei unterstützen. Gemeinsam fahren die beiden Frauen zu Sepp ins Allgäu. Dort sitzt er in der geschlossenen Abteilung einer psychiatrischen Klinik.

Als der Sepp in den Besucherraum gebracht wird, erkennen die beiden Frauen ihn fast nicht wieder. Der Waldschrat scheint um zwei Nummern geschrumpft zu sein, so mager und gebeugt kommt er daher. Aber seine Augen sind klar, und als er Marlene sieht, für die er schon als Jugendlicher etwas übrighatte, erscheint die Andeutung eines Lächelns auf seinem bärtigen Gesicht. Marlene erkundigt sich nach seinem Befinden. Der Bledschneider zuckt die Achseln.

»Schau dich um. Ich bin hier unter Verbrechern eingesperrt und muss um mein Leben fürchten. Und dauernd wollen sie, dass ich die Glückspillen nehm und mit einem Weißkittel red. Aber des mach ich net. Und für die Natur hab'ns gar nix übrig.«

Für den Bledschneider Sepp grenzt dieser Monolog fast schon an Geschwätzigkeit. Petra hakt nach: »Wie ist denn der Verfahrensstand? Muss dein Fall nicht bald wieder vom Richter geprüft werden?«

»Schon, aber da erwart ich mir nix. Da kommen ja die gleichen Leute zusammen«, meint der Sepp.

»Kommt der Anwalt noch? Was sagt der denn?«, versucht es Petra noch mal.

»Ja, der kommt alle paar Wochen, fragts ihn halt selber«, sagt der Sepp. Das hat Petra fast erwartet. Sie zieht ein Blatt Papier heraus und hält dem Sepp einen Stift hin:

»Du musst uns eine Einwilligung schreiben, dann bekommen wir auch Auskunft.«

Nachdem das geklärt ist, will der Sepp wissen, was es Neues gibt in Otterschwing und vor allem, wie es Marlene geht. Als sie ihm erzählt, dass sie jetzt Bürgermeisterin werden will, streckt ihr der Sepp die Hand hin und fordert sie auf, ihm zu versprechen, dass sie ehrlich und sauber bleibt. Ohne zu zögern, schlägt Marlene ein.

»Keine Sorge, ich bleib anständig, und ich werde mich auch für den Naturschutz in Otterschwing einsetzen. Da, schau, ich hab sogar was für die Bienen in meinem Wahlkampf.« Marlene holt eine der Schachteln mit der Samenbombe aus ihrer voluminösen Handtasche. Die Samenbombe lässt der Sepp gleich in seiner Hosentasche verschwinden.

»Hier ist alles steril, es gibt nichts Blühendes. Ich weiß da schon einen Platz«, sagt er und grinst spitzbübisch. Dann ist die Besuchszeit auch schon wieder vorbei, und Petra kann ihm noch zwei Schachteln Zigaretten als Tauschprämien zustecken.

Draußen atmen die beiden Frauen erst einmal tief durch. Dann gehen sie noch schnell rüber ins Besuchercafé. Dort herrscht reger Betrieb, sodass sie sich nicht in Ruhe über den Sepp unterhalten können. Also rührt Marlene nur gedankenverloren in ihrem Kaffee herum, und Petra checkt ihre Nachrichten.

Im Auto telefonieren sie mit dem Anwalt, der ihnen für nächste Woche einen Termin gibt. Man könne sich auch in München treffen, bietet er an, denn er sei am Vormittag eh bei Gericht. Das passt Petra gut, denn sie kann nicht mehr so flexibel über ihre Zeit bestimmen wie beim *Seekurier*. Marlene will auch dazukommen, deshalb verabreden sie sich in einem kleinen Café, das gut mit der U- und S-Bahn erreichbar ist und auch kleine Mittagsgerichte anbietet.

Auf der Rückfahrt geht es um den Wahlkampf. Marlene erzählt von dem Infostand vor der Metzgerei Meier, der gut gelaufen ist. Die Metzgersfrau hat ihr noch ein paar Spezialitäten aus ihrem Laden spendiert. »Wir Frauen müssen doch zusammenhalten«, hat sie ihr verschwörerisch zugeflüstert.

Außerdem ist Marlene auf jeder Feier, zu der sie eingeladen wird, in Otterschwing unterwegs. Ihre Konkurrenten, die beiden Herren, sind dagegen kaum präsent.

»Der eine ist leutscheu, der andere hat die Nase oben, heißt es im Ort, und der Name Hirsch gilt noch etwas«, fügt Marlene mit einem Seitenblick auf Petra hinzu.

»Auch wenn du deine Probleme mit dem Theo hattest, im Grunde seines Herzens war er doch ein Guter«, meint Marlene.

Petra, die die Machenschaften des flotten Theo seinerzeit gründlich recherchiert hat, ist da gänzlich anderer Meinung. Aber einer trauernden Witwe kann sie ja kaum die ganze Schlechtigkeit ihres verstorbenen Mannes vor Augen führen. Petra begnügt sich mit einem spitzen »Wenn du meinst«.

Die Machenschaften des flotten Theo Hirsch wühlt man besser nicht wieder auf: seine Affären, die jüngste mit Metzgereifachverkäuferin Tina, sein Taktieren um den Bau eines Thermalbades in Otterschwing und der ungeklärte Tod seines Jugendfreundes, der bei der alten Weide vergraben war. Inzwischen spricht in Otterschwing kaum noch jemand über das Leuchtturmprojekt Pilsen-Therme oder über ungeklärte Todesfälle. Nur über die Tina, die immer noch die Trauernde gibt, wird noch eifrig getratscht. Sex ist halt immer noch interessanter als irgendwelche Geschäfte, die in den höheren Kreisen getätigt wurden.

Petra kommt nicht mehr dazu, über Moritz Lang zu sprechen, denn Marlene fährt äußerst zügig nach Hause und lässt dabei laut das Radio laufen.

Weil Petra schon mal in der Gegend ist, schaut sie noch bei ihrer Mutter im Benedictum vorbei. Gertrauds Laune ist gerade wieder einmal im Keller. Sie reagiert auf Petra äußerst bockig, bis dieser der Kragen platzt und sie sie direkt fragt, ob sie Liebeskummer habe oder welche Laus ihr sonst über die Leber gelaufen sei.

»Mit dem Herrn Günther ist alles in Ordnung«, versichert Gertraud. Da fällt ihr Blick auf ein Blatt Papier auf dem Telefontischchen. Petra wirft auch einen Blick darauf. *Julian – 5000 Euro steht da.* Petras sauberer Herr Bruder schon wieder.

»Braucht der Julian wieder ein neues Set an Golfschlägern, oder was ist es diesmal?«, fragt sie ihre Mutter scharf.

»Was fällt dir ein? Das ist immer noch ganz allein meine Sache! Oder willst du mich jetzt auch schon entmündigen?«, entrüstet sich Gertraud.

»Entmündigen? Wie kommst du denn darauf?«, antwortet Petra ganz ruhig.

»Ja, weil der Julian gemeint hat, das wäre auch eine Möglichkeit, weil ich offenbar nicht mehr mit meinem Geld haushalten könnte. Ich hab ihm nämlich gesagt, dass ich dieses Jahr andere Ausgaben habe«, rückt Gertraud langsam mit der Sprache heraus. Petra versteht nur die Hälfte, freut sich aber, dass ihre Mutter den ewig fordernden Sohn einmal in die Schranken weisen will. Im Ohr hat sie noch die Worte: *andere Ausgaben.*

»Willst du mit dem Herrn Günther verreisen?«, fragt sie.

»Jetzt fängst du auch an wie der Julian. Aber das geht dich wirklich nichts an«, bleibt Gertraud hart.

Petra lässt das Debattieren, denn ihre Mutter kann selten lange etwas für sich behalten. Deshalb schlägt sie einen kleinen Spaziergang durch den Ort vor, und Gertraud nimmt das Friedensangebot an.

Daheim in München lässt der Anruf ihres Bruders Julian nicht lange auf sich warten. Allerdings verspürt Petra wenig Lust, ihrem Bruder in dieser Sache zu helfen. Sie sagt ihm deshalb klar, dass Mutter Gertraud keineswegs senil sei und sehr wohl wisse, was sie tue. Aber irgendwie findet Petra es schon auch komisch, dass ihre Mutter auf einmal so komisch auf das Thema Geld reagiert. Darauf wird sie bei Gelegenheit mal den Herrn Günther ansprechen.

Das Treffen mit dem Anwalt vom Bledschneider Sepp, den weiterhin Marlene bezahlt, fällt in Petras Mittagspause. Marlene Hirsch wartet schon im Café auf sie. Die Begrüßung der beiden Frauen ist verhalten. Um das Eis zu brechen, erkundigt sich Petra nach der Franzi. Die Franzi hat ja jetzt ein WG-Zimmer nur drei Blocks von Petra entfernt. Marlene ist entsetzt über die schlechten Manieren der beiden Mitbewohner. Besonders der junge Mann habe sicher noch nie seine Tasse gleich in den Geschirrspüler gestellt. Marlene hat heute Vormittag zwei Stunden lang die Dusche und das Waschbecken geschrubbt, da diese augenscheinlich schon mindestens ein Jahr nicht mehr richtig gereinigt worden waren. So etwas kann sie ihrer ordentlichen Franzi nicht zumuten, die gar nicht erst einziehen wollte. Aber nun hat der Universitätsbetrieb begonnen, und ein eigenes Appartement für Franzi in München zu finden, scheint aussichtslos. Immerhin ist sie jetzt auf der Nachrückerliste im Studentenwohnheim etwas weiter nach vorne gerutscht, nachdem Marlene mit ihrer Tochter im Schlepp im Amt vorstellig wurde und ordentlich auf die Tränendrüse drückte von wegen Halbwaise und so. Franzi findet solche Aktionen voll peinlich, aber Marlene ist sich dafür nicht zu schade. Weil Franzi jetzt vorerst einmal in der WG bleiben muss, hat Marlene versprochen, zumindest bei der Grundreinigung zu helfen.

»Was ich nicht verstehen kann, ist, warum man den ohnehin riesigen Abfalleimer so lange überquellen lässt, bis es in der ganzen Wohnung wie in einer Müllkippe riecht«, erzählt sie Petra kopfschüttelnd. Bei der zweiten Mitbewohnerin von Franzi stehe wohl Party mehr im Vordergrund als wirklich zu studieren, meint Marlene und blickt sorgenvoll.

Petra hört sich das Ganze an, kann sich aber in die Sorgen, die Marlene Hirsch umtreiben, nicht richtig hineinversetzen. Auch wenn es hier kaum Anknüpfungspunkte zwischen den beiden Frauen gibt, für die gemeinsame Sache setzen sich beide voll ein. Der Bledschneider Sepp muss wieder durch die Wälder von Otterschwing streifen und auf Fauna und Flora aufpassen dürfen.

»Wenn er nur nicht so ein Sturschädel wär und sich in der Klinik ein wenig kooperativer gezeigt hätt! Aber so wie er sich benimmt, liefert er ja noch genügend Munition, um ihn weiterhin als Gefahr für sich und andere einzustufen«, klagt Marlene. »Allein seine Antragsflut auf den bedingungslosen Einsatz von mikroplastikfreie Pflege- und Putzmittel!«, ruft sie aus. Da kann Petra nur zustimmen, obwohl der Bledschneider an sich ja recht hat.

Endlich kommt auch der Anwalt mit fliegenden Schritten ins Café.

»Bei Gericht gab es eine Verzögerung«, entschuldigt er sich und bestellt schon beim Reingehen Kaffee, Wasser und das Sandwich des Tages. Petra gibt ihm die Einwilligung vom Sepp, die er gleich in seiner Akte abheftet. Er stellt ein Diktiergerät auf, damit er nicht mitschreiben muss. Als er von der neuen tollen Sprachsoftware schwärmt, winkt Petra ab.

Das kennt sie alles schon von ihren technikaffinen Kollegen. Der Anwalt kommt dann zur Sache: In regelmäßigen Abständen wird von einem Gericht geprüft, ob es noch zulässig ist, dass der Bledschneider Sepp weiter in der geschlossenen Abteilung eines psychiatrischen Krankenhauses untergebracht werden darf. Dazu wird neben dem Bericht aus der Klinik auch noch ein externes Gutachten gebraucht. Das erste Gutachten wurde gleich nach der ersten Einweisung von Gutachter Müller aus der Oberpfalz angefertigt. Das zweite Gutachten kam dann bei der nächsten turnusgemäßen Prüfung vom Gutachter Schmidt-Eder, ebenfalls aus der Oberpfalz. Und das dritte Gutachten steht nun an. Petra Rosenberger notiert sich die Namen und Adressen der beiden Gutachter, denn es kommt ihr merkwürdig vor, dass zwei Gutachter aus der Oberpfalz vom Gericht beauftragt werden, wo doch der Sepp in Oberbayern einsitzt. Geprüft wird, ob davon auszugehen ist, dass vom Herrn B. weiter eine akute Gefahr für die Allgemeinheit oder für sich selbst ausgeht.

»Aber wie kann der Gutachter denn das wissen, wo der Sepp doch gar nicht mit ihm redet?«, fragt Marlene.

»Der macht ein Gutachten nach Aktenlage. Im Klartext heißt das, der eine schreibt vom andern ab«, erklärt der Anwalt den Vorgang für Marlene.

»Aber dann hat der Sepp ja nie eine Chance! Das kann doch nicht wahr sein!«, empört sie sich.

»Gut. Wo können wir ansetzen, damit sich das ändert? Kann der Herr Bledschneider einen eigenen Gutachter bringen?«, fragt Petra.

»Ein eigenes Gutachten muss auch auf eigene Kosten erstellt werden. Und das sind schnell mal fünf- bis zehntausend

Euro. Und das hat ja nur Sinn, wenn der Herr Bledschneider wirklich mit dem Gutachter zusammenarbeiten würde«, erläutert ihnen der Anwalt. »Ich könnte natürlich ein neues Gutachten mit einem Vorschlag bei Gericht beantragen. Aber dann brauchen wir als Erstes mal einen Namen. Und ich kann Ihnen in diesem speziellen Fall keinen Vorschlag machen.«

Petra übernimmt es, sich da kundig zu machen. Sie will von der erfahrenen Gerichtsreporterin von der *Postille* ein paar Tipps bekommen.

Als nächste Eskalationsstufe schlägt der Anwalt vor, in der Klinik eine Offenlegung der ganzen Krankenakte mit der ärztlichen, der pflegerischen und der sozialpädagogischen Dokumentation anzufordern. Dazu braucht er aber noch eine Einwilligung vom Sepp Bledschneider. Die Unterschrift will Marlene besorgen, außerdem soll sie dem Sepp ins Gewissen reden, damit dieser sich einem neuen Gutachter nicht verschließt. Dann ist die kostbare Zeit des Anwalts auch schon wieder um, und er rauscht davon. Petra muss auch zurück ins Büro. Wieder kommt sie nicht dazu, Marlene nach dem Moritz Lang zu fragen. Sie will das gerade hergestellte Vertrauen zwischen ihnen nicht belasten. Aber irgendetwas ist mit dem Moritz Lang faul, das spürt sie deutlich.

Zurück in der *Münchner Postille* sucht Petra gleich die Gerichtsreporterin auf. Sie nimmt eine Packung Pralinen mit, die sie neulich bei irgendeiner Neueröffnung einer Schokoladenmanufaktur als Geschenk bekommen hat. Die Grande Dame des Verbrechens – oder wie sie selbst von sich sagt: das alte Schlachtschiff der Gerechtigkeit – residiert in einem abgelegen Winkel des Hauses, wo man in Ruhe arbeiten kann.

Petra Rosenberger kommt gerade recht zur Kaffeezeit, und auch die Pralinen, die sofort als Bestechungsversuch enttarnt werden, nimmt die kleine rundliche, aber energisch wirkende ältere Kollegin gerne an. Petra kommt ohne Umschweife zur Sache und sagt, dass sie einen psychiatrischen Gutachter braucht, der nicht in irgendeiner Form mit der Staatskanzlei verbandelt ist. Da muss das alte Schlachtschiff lange nachdenken. Dann schlägt sie ein kleines ledergebundenes Adressbuch auf und nennt Petra einen Namen. Schließlich lässt sie sich noch die bisherigen Gutachter nennen und sagt nur: »Das arme Schwein. Da kam er ja vom Regen in die Traufe.«

Sie geht zu ihrer Privatbibliothek im Flur und sucht. Schließlich kommt sie mit einem Buch zurück.

»Das leih ich dir. Und viel Erfolg!«, sagt sie und entlässt Petra. Die schaut sich das Buch gleich an. Die Autoren sind die beiden bisherigen Gutachter aus der Oberpfalz. Das ist auf jeden Fall einer genaueren Recherche wert. Vielleicht kann sie die Story ihrer Chefin Caroline Morgenstern unterjubeln. Ansonsten gibt es ja auch noch den Journalisten Sebastian Eberdinger.

Zwei Anläufe braucht Marlene, die beim Sepp erst einmal auf Granit beißt. Der stellt sich weiterhin auf stur und sieht nicht ein, dass er sich mit seinem Verhalten in der Klinik gegen das System stellt. Dann fährt Petra noch extra zu ihm und macht einen Sonntagsbesuch. Sie erreicht zumindest, dass der Anwalt die Einsicht in seine Krankenakte einklagen darf. Als sie im berichtet, dass die beiden Gutachter miteinander bekannt sind und zusammenarbeiten, fühlt sich der Sepp in seiner Haltung bestätigt, dass man ihn von oben kaltstellen will.

»Aber denk an David gegen Goliath«, sagt sie ihm und lächelt ihn an. »Ich hab hier auch einen kleinen Stein in der Hand, und wenn es die Sache in die überregionalen Medien schafft, dann kann schon Bewegung reinkommen.« Am Ende stimmt er zu, dass der neue Gutachter seine Krankenakte überprüfen darf. Denn hier seien auch die bisherigen Gutachten abgelegt, hat der Anwalt Petra versichert.

Moritz Lang ist unterdessen auf einem neuen Höhenflug. Die neue Hochrechnung für den Landratsposten sieht ihn klar vorne. Auch die Aktion mit den Senioren ist sehr gut gelaufen und sein privates Konto inzwischen wieder gut gefüllt. Weil die Josie zurzeit schmollt, da Moritz sich in der Öffentlichkeit ausschließlich mit der Franzi zeigt und die Franzi aber mit ihrem Semesterstart und ihrem Umzug nach München beschäftigt ist, langweilt er sich. *Zeit, sich einmal etwas Extravagantes zu gönnen!*, denkt er. Wie er sich so durch die Webseiten klickt, fällt ihm eine Anzeige für einen exklusiven Escort-Service in Frankfurt auf. Er scrollt durch die Damen und will schon aufgeben, als er bei einer Frau innehält.

Bald plant Moritz einen Wochenendtrip der besonderen Art. Er bucht ein Zimmer im Luxushotel mit frei stehender Badewanne und extrabreitem Bett. Außerdem reserviert er im hoteleigenen Restaurant einen Tisch und natürlich die Lady, gleich für die ganze Nacht. Um stilgemäß anreisen zu können, muss noch ein gescheites Auto her. Mit seiner Elektrokiste will er da nicht vorfahren. Er macht einen

Sportwagenverleih ausfindig und bucht sich einen auffälligen gelben Boliden. Er lässt den Wagen in die benachbarte Kleinstadt bringen, da er dort angeblich einen wichtigen Geschäftstermin hat. Dann braucht er noch eine schicke Uhr. Aber für etwas Echtes reicht sein Geld dann doch nicht, er kauft sich eine gute Kopie im Netz, die er sich per Eilkurier in die Arbeit liefern lässt.

Dann sagt er noch zwei anstehende Wahlkampftermine ab, da er aus dringenden familiären Gründen zu seiner Familie reisen müsse. Die schwerkranke Mutter! Das verstehen alle.

Freitagnachmittag verabschiedet er sich und fährt mit seinem Wagen los. Er stellt ihn in einer Nebenstraße ab und lässt sich mit der Taxe zum Treffpunkt mit dem Autoverleiher fahren. Wie verabredet wartet dort schon ein Transporter mit dem gelben Boliden. Auf die Frage, ob er sicher im Umgang mit Sportwagen sei, hat er bei der Anmeldung gesagt: »Sehr versiert.« In Wirklichkeit hat er noch nicht einmal in so einem Wagen gesessen und hat daher Probleme, die Tür zu öffnen, die nach oben aufschwingt. Der Fahrer wirkt skeptisch und will ihm noch ein paar Sachen zeigen.

»Ich kenn mich aus, aber dieses Modell bin ich noch nicht gefahren«, meint Moritz und lächelt herablassend. Nach der Kurzeinweisung schafft er es immerhin loszufahren, ohne den Motor abzuwürgen. Alle Passanten drehen sich zu ihm um. Moritz tippt das Gaspedal an und schießt davon.

Das ist es! Das hat er vermisst! Adrenalin peitscht durch seinen Körper. *Ich bin der König der Welt!*

Stilvoll geht es vor dem Hotel weiter. Moritz hält an und gibt seine Schlüssel dem wartenden Portier. Alles andere wird erledigt, sofort springt ein Page um ihn herum. Auf dem Zimmer macht sich Moritz frisch und zieht ein weißes Hemd an und den dunklen Anzug. Zufrieden betrachtet er sich im Spiegel.

Die gebuchte Lady zieht wie gewünscht alle Blicke auf sich. Die Herren um ihn herum nicken Moritz anerkennend zu. Auch er spielt den Geschäftsmann von Welt und hat sich eine überzeugende Businessgeschichte ausgedacht. Außerdem hat er noch ein kleines Tütchen mit Kokain als Belohnung dabei. Moritz ist ganz berauscht. Weil er die Menge an Alkohol und Drogen nicht richtig einschätzt, gerät die anschließende Liebesnacht im Zimmer eher zu einer müden Nummer. Die Lady muss ihr ganzes Repertoire auffahren, damit am Ende doch noch etwas geht. Natürlich gibt er ihr die Schuld und beschwert sich am nächsten Morgen sofort bei einer Mitarbeiterin des Escort-Service, die ihm bei der nächsten Buchung fünfzig Prozent Sonderrabatt einräumt. Ein Angebot, das er gerne annimmt. Auch beim Hotel schlägt er einen Rabatt für den nächsten Besuch heraus und bucht schon mal.

Bei der Kampagne »Freiheit für den Bledschneider« geht es langsam vorwärts. Die Klage auf Einsicht der Krankenakte nimmt die Klinik nicht ohne Weiteres hin. Hier will man sich nichts unterschieben lassen, aber der Anwalt erwirkt einen Gerichtstermin und hält bald schon die Akte in den Händen. Wie erwartet erscheint einiges sogar schon für den Laien lückenhaft. Ein Problem ist allerdings, dass allein für die Fachprüfung der Akte durch den neuen Mann ein Vorschuss von zweitausend Euro fällig wird. Der Bledschneider hat kaum

Barmittel, und auch Marlene kann nicht mehr so großzügig alles bezahlen. Deshalb fragt Petra bei den bisherigen Auftraggebern vom Sepp an, ob nicht für den guten Zweck gesammelt werden kann. Weil der Sepp auch dort schmerzlich vermisst wird, hat Petra bald einen größeren Betrag eingesammelt, den sie an Marlene überweist. Fürs Erste reicht das. Und als die Ergebnisse des eigenen Gutachters da sind, kann die mediale Bombe platzen.

Zufrieden schlägt Petra die Zeitung auf. Da prangt es im Bayern-Teil: *Gefälligkeitsgutachten im Fall Josef B.?*

Ökoaktivist wird gegen seinen Willen in der Psychiatrie festgehalten. Und darunter geht es weiter: *Im Zuge des mysteriösen Todesfalls des Landbürgermeisters Theobald Hirsch wurde gegen Josef B. ermittelt. Ein umfangreiches Waffenarsenal, Abhörgeräte und ein alarmgesichertes Haus deuteten die Gutachter als akutes Gefährdungspotenzial der Allgemeinheit durch Josef B., der seither in der geschlossenen Abteilung in einer Psychiatrie im Allgäu einsitzt. Bemerkenswert ist aber, dass die Gutachter, die in diesem Fall eingesetzt wurden, als der Staatsregierung nahestehende gelten und sogar zusammen ein Buch geschrieben haben. Beide Gutachten sind laut Anwalt von Josef B. nahezu deckungsgleich und wurden lediglich nach Aktenlage erstellt. Ein persönliches Gespräch mit Josef B. fand nicht statt. Es gibt etliche Zeugen, die Josef B. ein sanftmütiges Wesen bescheinigen. »Er kann keiner Fliege etwas zuleide tun«, sagt die Bürgermeisterkandidatin Marlene Hirsch.*

Nun geht der Anwalt von Josef B. gegen die Klinik vor und beantragt eine sofortige Entlassung seines Mandanten. Er deutet auch an, dass Josef B. wohl brisantes Material gegen hoch-

gestellte Persönlichkeiten in seinem Besitz hatte und deshalb möglicherweise kaltgestellt werden soll.

Das wirbelt genug Staub auf, damit sich etwas bewegt. Zunächst mauert die Klinik noch, aber als Petra andeutet, sie habe auch sehr gute Beziehungen zu den deutschlandweiten Blättern, macht die Klinikleitung ein Angebot. Offenbar belaste Herrn B. die Situation auf der geschlossenen Abteilung so sehr, dass es für die weitere Therapie besser sei, wenn er diese auf einer offenen Station fortsetzt. Falls er sich dort bewährt, könne auch ein Freigang in Aussicht gestellt werden. Eine entsprechende Regelung wolle man dem Gericht als Eilentscheidung vorschlagen. Obwohl der Bledschneider nicht zufrieden ist, denn er beharrt auf einen Freispruch erster Klasse, nimmt er auf Anraten von Petra und Marlene das Angebot an. Dass er nun gegen den Staat auf Entschädigung wegen eines Justizirrtums klagen kann, macht ihm sein Anwalt klar. Einen Freispruch kann es nicht geben, denn der Sepp war ja nicht wegen einer Straftat angeklagt, sondern der Staat kam nur seiner Fürsorgepflicht nach, wie es so schön heißt. So lässt sich der Sepp zähneknirschend darauf ein.

Ein Teilerfolg!, stellt Petra fest und hofft, dass der Sepp in ein paar Monaten unbehelligt in Freiheit leben kann. Allerdings wird es schwierig, weitere Klagen einzureichen, denn langsam geht das Geld aus. Deshalb muss der Sepp nun Prozesskostenhilfe beim Amtsgericht beantragen, und das dauert. Ein Gutes hat die ganze Aktion für Petra, denn so kommt ihr Freund, der Sebastian Eberdinger, für ein paar Tage zu Besuch nach München. Petra vermutet, dass er selbst noch recherchieren will. Allerdings stellt sich schnell heraus, dass er weniger aus beruflichem Interesse kommt. Vielmehr hat er Sehnsucht nach Petra und will die Beziehung zu ihr wieder anknipsen. Fürs Erste lässt Petra sich darauf ein und genießt die Stunden zu zweit, aber bald ist sie wieder allein, denn eine Top-Story kommt für Sebastian um die Ecke, und schon ist er wieder unterwegs. Glücklicherweise hat Petra auch viel um die Ohren, sodass sich der Abschiedsschmerz von ihrem Freundschaft-Plus-Mann in Grenzen hält.

KAPITEL 12

In großen Schritten rennt die Zeit auf Silvester zu. Marlene Hirsch, der es vor den besinnlichen Tagen graut, kommt auf die Idee, auf dem Hölzle-Hof eine große Silvesterparty zu veranstalten. »Ich möchte das neue Jahr mit einem guten Schwung beginnen«, sagt sie Petra, als sie mit ihr wieder einmal wegen ihres Wahlkampfes telefoniert. »Jung und Alt, alte Freunde und neue Freunde, das soll eine richtige Mischung werden. Deshalb soll jeder geladene Gast auch einen Unbekannten mitbringen«, erläutert Marlene ihre Idee.

Petra ist eigentlich kein großer Silvester-Fan, aber die Idee von Marlene hat Charme. Sie will ihre Freundin Birgit mitbringen, der sie die Party als eine gute Möglichkeit verkauft, neue Männer kennenzulernen. Birgit wollte eigentlich lieber auf eine Ü30-Party in München gehen, um ihr Single-Dasein endlich zu beenden.

»Da lernst du doch auch nur wieder Aufschneider kennen, komm lieber mit aufs Land!«, überredet Petra sie.

Sie erreicht auch, dass der Sepp Bledschneider Freigang aus der Klinik bekommt. Er darf drei Tage mit der Auflage nach Otterschwing, dass er bei Marlene Hirsch auf dem Hölzle-Hof bleibt. Das passt für alle, denn die Ferienwohnungen stehen leer, und der Sepp als geschickter Handwerker kann gleich bei den Vorbereitungen zur Party anpacken.

Auch Petra und Birgit können auf dem Hof übernachten. Und dann kündigt sich noch ein Überraschungsgast für Petra an, denn spontan will Sebastian Eberdinger den Jahreswechsel mit Petra verbringen. Sebastian ist begeistert von der Landparty an Silvester, und Platz gibt es auf dem Hölzle-Hof im Winter genug.

Sehr zu Marlenes Bedauern macht die Metzgerei Meier in Otterschwing nach Weihnachten immer Betriebsurlaub bis Heilig Drei König. Marlene hat deshalb für die Silvestersause ein Büfett bei einer syrischen Köchin bestellt, die ins Haus kommt. Das hat ihr Bassam, den sie als Hilfe für die Ferienwohnung angestellt hat, empfohlen. Bassam, der Lächelnde, macht seinem Namen alle Ehre und hat sich mit seinem freundlichen Wesen einen festen Platz auf dem Hölzle-Hof erarbeitet. Er spricht auch schon ganz gut Deutsch, aber auch fließend Englisch, was bei manchen Feriengästen von Vorteil ist. Zum Oktoberfest kam eine große Horde Australier, die mit Bassams Hilfe ganz gut zu bändigen war.

Franzi meint, dass ein cooler DJ was für die Silvesterparty wäre. Neulich war sie bei einer Party auf einem Bauernhof, wo der DJ sich im umfunktionierten Hühnerstall einquartiert hat und mit Stroh und Federn alles rustikal dekoriert war. Marlene meint aber, dann müssten schon mehr als hundert Leute kommen, damit sich das lohnt, aber das wäre ihr doch zu viel Trubel. Anna bringt einen neuen Vorschlag. »Wie wär's mit Karaoke? Da kann jeder mitmachen, und lustig ist es auch!« Moritz, den Marlene auch befragt, plädiert für einen Feuerkünstler, der eine Feuershow statt der üblichen umweltschädlichen Raketen darbieten soll. Aber Marlene ist ein heimlicher Fan von Feuerwerk. Die strahlenden

Funken, der blaue und rote Sterneregen, weiße Kometen und schöne Lichterzauber findet sie faszinierend, und Feuerwerk gehört für sie zum Jahreswechsel einfach dazu.

Marlene schlägt vor, dass man mit der Gesellschaft ja auch zum Aussichtspunkt an der alten Weide gehen und sich dann an dem Feuerwerk erfreuen könnte. Der Sepp könnte Gitarre spielen, und eine Schneebar wäre auch schön. Sie nimmt sich vor, die Planung der Silvesterparty mit dem Sepp durchzusprechen und ihn da aktiv miteinzubinden, damit er auf andere Gedanken kommt. Mit seiner Rehabilitierung geht es langsam voran, aber die neue Begutachtung steht immer noch im Raum.

Nach ihrem Auftritt beim Christkindlmarkt in Otterschwing, wo Marlene für den Sportverein Glühwein ausschenkt, liegt der Wahlkampf erst mal wieder auf Eis. Erst Mitte Januar geht es weiter, auch Moritz hat eine Verschnaufpause. Aber trotzdem ist er sehr beschäftigt. Er erzählt Marlene, dass er öfters nach Frankfurt muss, um wichtige Geschäftspartner zu treffen oder zu Parteisitzungen nach München, die sich immer ewig lang hinziehen. Nach den Angriffen auf die Mango und den Birkländer ist Moritz in der Wählergunst weit vorne, und dass er in seinen jungen Jahren Landrat wird, scheint immer wahrscheinlicher. Auf Moritz Lang wird in der Adventszeit eine große Zeitung aufmerksam, sie will eine gefühlige Story über Bayerns jüngsten politischen Hoffnungsträger bringen. Dabei ist Moritz gar nicht mal der jüngste Kandidat, aber er ist so fotogen, und Storys, die dem Trend »junge Männer in politischen Ämtern« folgen, sind gerade sehr hoch im Kurs.

Moritz ist einerseits geschmeichelt von der Aufmerksamkeit, aber anderseits will er nicht zu viel Staub aufwirbeln. Er vertröstet die Redakteurin erst mal auf Anfang Januar. Bislang lebt er in Otterschwing unbehelligt von seiner Vergangenheit, aber darüber kann er mit niemandem sprechen, nicht mal mit der Josie. Die ist neuerdings nur noch mit ihrem neuen Hund beschäftigt, den sie von der rumänischen Tierhilfe vermittelt bekommen hat. Die Caro, so heißt die abgemagerte Hündin, ist noch sehr scheu und verträgt die Anwesenheit von Männern nicht gut. Jedenfalls heulte Caro bei ihrem letzten Treffen fast durchgehend, sodass bei Moritz überhaupt keine romantischen Gefühle aufkamen. Und alleine lassen will Josie die Hündin auch nicht, denn sie müsse ihr doch ein Gefühl von Geborgenheit vermitteln. Diese Hündin könnte auch gut als Verhütungsmittel verkauft werden, scherzt Moritz. Bald würde er wieder nach Frankfurt reisen, aber diese verbotenen Ausflüge kosten viel Geld. Er muss eine zusätzliche Quelle auftun!

Die Weihnachtstage verbringen alle mehr oder weniger mit der Familie, auch Moritz fährt kurz heim und absolviert den Pflichtbesuch. Seine Mutter glaubt immer noch, dass er in Berlin studiert und an seiner Doktorarbeit sitzt. Petra feiert mit ihrer Freundin Birgit Weihnachten und fährt am zweiten Weihnachtsfeiertag nach Fischau, um ihre Mutter zu besuchen. Als Geschenk hat Petra einen schön gewebten Schal besorgt und für Herrn Günther eine gute Flasche Wein.

»Die Farben des Schals harmonieren nicht«, kommentiert ihre Mutter Gertraud das Geschenk, das sie nicht einmal ganz aus dem Einwickelpapier nimmt. Petra bekommt ihrerseits zwei Karten für ein klassisches Konzert in München.

»An dem Abend muss ich arbeiten!«, stellt sie nach einem Blick in ihren elektronischen Kalender fest. Herr Günther macht den rettenden Vorschlag: »Vielleicht tauscht ihr einfach die Geschenke? Gertraud und ich haben ja Zeit an dem Abend, und der schöne Schal steht dir sicher auch!«

Nach einigem Hin und Her nickt Gertraud. Aber die Stimmung ist dahin, und Petra nimmt dankbar den Vorschlag ihrer Mutter an, doch zeitig nach München zurückzufahren, da am Morgen eine Glatteis-Warnung im Radio gesendet wurde. Petra hat sich auch ein paar Tage freigenommen, denn am nächsten Tag kommt Sebastian und bleibt bis Neujahr.

»Eine richtige Beziehung führen wir nicht. Das ist eher so ein Freundschaft-Plus-Ding«, erklärt sie ihrer Freundin Birgit die Sache. Aber Petra freut sich auf den seltenen Herrenbesuch und nutzt den Abend, um ihre Tönung mal wieder aufzufrischen. Auch wird die hübsche Bettwäsche aufgezogen und eine Flasche Champagner kalt gestellt.

Als Petra mit Sebastian und Birgit am Silvestertag auf dem Hölzle-Hof ankommt, herrscht dicker Nebel, und es ist eine klamme Kälte zu spüren. Sie sind, wie beabsichtigt, die ersten Gäste, und Marlene Hirsch hat noch die Kochschürze um, ist aber schon schön frisiert und geschminkt. Sie umarmt Petra lange und dankt ihr noch mal ausdrücklich für die Unterstützung im vergangenen Jahr.

Aus der Küche duftet es schon orientalisch. Marlene hat für das Trio die Ferienwohnung unterm Dach hergerichtet, da gibt es ein separates Schlafzimmer mit einem französischen

Bett, und Birgit kann es sich auf der bequemen Schlafcouch im Wohnbereich gemütlich machen. Die syrische Köchin hat auch eine Küche in einer der anderen Ferienwohnungen in Beschlag genommen und verschiedene Aromen und Düfte durchziehen den Hölzle-Hof.

Der Sepp hat sich extra in Schale geworfen und sich sogar Haare und Bart stutzen lassen. Jetzt ist er zwar immer noch zu dünn, aber langsam kehrt wieder Leben in den früher so agilen und sportlichen Ökoaktivisten. Besonders wenn er Marlene anschaut, legt sich ein kleiner rosiger Schimmer auf sein Gesicht. Weil so schlechtes Wetter ist, wird wohl der Ausflug zum Hügel entfallen. Obwohl der Sepp meint, dass es zu Mitternacht noch aufklaren wird. Dafür haben Franzi und Anna eine Karaoke-Maschine ausgeliehen, die ordentlich Krach macht. Sebastian bekommt zur Überraschung von Petra leuchtende Augen.

»Da muss ich mich mal kümmern«, sagt er Petra und vertieft sich mit den beiden Mädchen in die Aufbauanleitung. Bald schon hören sie eine Männerstimme, die sich zu »We will rock you« eingroovt. Ein schweres Stück, aber offenbar ist Sebastian ein guter Sänger, der selbst die schnellen hohen Textpassagen meistert. Sein Gesang lockt die Frauen an, die ihm gleich applaudieren. Nach dieser ersten Einlage trudeln langsam immer mehr Gäste ein.

Moritz kommt alleine, denn die Josie muss mit ihrer schreckhaften Hündin zuhause bleiben, und seine Vermieterin will lieber den *Silvesterstadl* im Fernsehen anschauen. Ganz besonders freut sich Marlene, als der amtierende Bürgermeister Josef Hinterhuber mit seiner Gattin kommt und ein Tragerl bestes Winterbier mitbringt.

»Hab ich selbst gebraut«, flüstert er Marlene zu. Er kann es kaum erwarten, statt im Gemeindeamt wieder an den bauchigen Braukesseln zu stehen. Auch zur syrischen Küche passt das süffige Winterbier sehr gut. Bald schon ist die Party in vollem Gange, die Franzi und die Anna flitzen herum, und auch Bassam hilft heute aus. Um zehn Uhr startet das Karaokesingen für alle, und Sebastian erweist sich als launiger Moderator, der die Stimmung anheizt. Marlene hat einen deutschen Schlager eingeübt, und Petra erinnert sich an alte Jugendfreizeiten und gibt einen alten Denver-Hit zum Besten. Alle jubeln, als sie statt »West Virginia« »Otterschwinga« singt.

Abseits vom Trubel stehen Birgit und Moritz zusammen. Moritz findet die ganze Party im Vergleich zu seinen Frankfurt-Trips sehr provinziell, behält aber sein Pokerface. Auch Birgit, die in ihrem super Glitzer-Hosenanzug auf dem Land total overdressed wirkt, wünscht sich auf ihre Ü30-Party in die Stadt. Beide langweilen sich, gehen zum Rauchen raus und stellen sich unter das Vordach des Schuppens. Sie schauen in die Nebelwand.

»Was wünschst du dir vom neuen Jahr?«, fragt Birgit den Moritz, um ein wenig Small Talk zu machen.

»Das ist einfach. Einen Wahlsieg, die Kür zum Landrat und dann noch ein schönes Leben«, sagt er scherzend. »Und du?«

»Weiß nicht. Langsam weiß ich es wirklich nicht mehr«, meint Birgit. Das kann Moritz nicht so stehenlassen.

»Wenn du die Augen schließt und dir ein warmes freundliches Paralleluniversum vorstellst, in dem du alles sein könntest, was du willst – was wärst du da?«

Birgit schließt die Augen.

»Ich wäre Mutter und hätte ein Baby auf dem Arm«, sagt sie leise und dann lauter: »Ich wünsche mir ein Kind vom neuen Jahr.«

Moritz grinst. »Was hindert dich denn? Du bist eine tolle Frau, du kannst doch jederzeit ein Kind bekommen.«

»Ach Moritz, du bist noch jung, wenn du wüsstest, wie wir Frauen jenseits der Fünfunddreißig von den Männern behandelt werden. Einer wollt mich mal wegen Samenraub anzeigen, nur weil er sein benutztes Kondom in seinem Saustall nicht mehr gefunden hat. Da hab ich echt schon genug erlebt! Ich hab schon überlegt, ob ich nicht einen professionellen Weg einschlagen soll. In unseren Nachbarländern, da sind sie schon viel weiter, was das Selbstbestimmungsrecht der Frauen angeht. Das schließt auch die Mutterschaft ein.«

Moritz hat interessiert zugehört. Er nickt und sagt:

»Überlegst du, ob du zu einer Samenbank gehst? Was für einen Typ Mann würdest dir denn als Vater für dein Kind aussuchen?«

Birgit schaut den Moritz an und sagt: »So einen wie dich, das tät mir schon gefallen.«

Moritz schaltet sofort. Er ist ja schließlich ein Frauenfreud und unterstützt deren Selbstbestimmungsrechte auf ganzer Linie. Er hat da einen Vorschlag.

»Man könnte auch eine lebende Samenspende machen, dann könntest du dir ja auch die Reise- und Klinikkosten sparen.« Als Birgit langsam nickt, fährt er fort. Ganz umsonst ginge es halt auch nicht, und man müsste eine Vereinbarung aufsetzen, dass er im Falle des Falles nicht unterhaltspflichtig wäre und so etwas. Birgit soll sich da mal eine Summe überlegen, und dann könnte es losgehen. Auch Birgit braucht nicht lange, sie hat schon längst Kosten eingeholt und alles durchgerechnet. Mit etwa zehntausend Euro müsste sie für die ersten Versuche rechnen.

»Fünftausend Euro, und die zahl ich als Wahlkampfspende«, schlägt sie vor. Moritz hält ihr die Hand hin. Sie schlägt ein.

Er zückt eine Karte und schreibt seine private Handynummer auf. »Ruf mich an, wenn du am zehnten Tag des Zyklus bist. Dann versuchen wir's.«

Birgit rechnet nach.

»Komm in zwei Tagen nach München in meine Wohnung, dann passt's«, meint sie und schreibt Moritz ihre Adresse und Mobilnummer auf.

Jetzt kommt Marlene in den Hof und sieht die beiden vertraut miteinander plaudern. Das gefällt ihr nicht, und sie geht dazwischen. »Moritz, du wirst drinnen erwartet. Deine Wähler wollen unterhalten werden.« Zu Birgit sagt sie tadelnd: »Ich wusste ja gar nicht, das du rauchst.«

Birgit kommt sich vor, als wär sie wieder zwölf Jahre alt, und sagt: »War ja nur eine Genusszigarette. Ich hör ab Mitternacht eh ganz auf, das ist besser für den Teint.«

Die beiden Frauen gehen wieder rein zu den anderen, und Birgit holt sich noch ein Glas Prosecco. Heute stößt sie auf ihr neues Glück an. *Ich werde ein Baby bekommen. Aber ab morgen ist dann nur noch ein gesundes Leben angesagt, ohne Alkohol und Zigaretten und möglichst um zehn Uhr ins Bett. Ihre Eizellen sollen perfekt sein!*

Petra tanzt mit Birgit bis weit nach Mitternacht. Als die meisten Gäste schon gegangen sind, singen beide schön schräg

Karaoke. Danach erklärt Sebastian die Show für beendet und beansprucht Petras Aufmerksamkeit für sich. Birgit hilft Marlene noch beim Aufräumen, denn sie ist noch ganz euphorisch, und an Schlaf ist nicht zu denken. Dabei überlegt sie, wie man eine solche lebende Samenspende wohl macht. Mit Becher und Spritze? Oder sollte sie gleich mit dem Moritz auf natürlichem Wege zu Gange sein? *Glückliche Babys werden mit Liebe gemacht*, summt eine Stimme in ihrem Kopf. Dann wird auch sie müde, sie steigt die Treppen hinauf und legt sich auf die Couch schlafen.

Das neue Jahr beginnt mit einem Kälteeinbruch und viel Schnee. Das öffentliche Leben läuft auf kleiner Flamme, denn oft gibt es Unwetterwarnungen, und an manchen Tagen fällt sogar die Schule aus. An Wahlkampf ist erst einmal gar nicht zu denken. Marlene Hirsch hat genug zu tun, um das Haus warm zu halten, die Wasserleitungen vor dem Einfrieren zu bewahren und die Schneemassen in Griff zu bekommen. Franzi bleibt auch in München und lernt schon für die ersten Prüfungen.

Hin und wieder telefoniert Marlene mit Petra in Sachen Wahlkampf. Als sie sich nach Birgit erkundigt, fällt Petra auf, dass ihre Freundin in letzter Zeit seltsam abwesend wirkt und auch gar nicht mehr mit so viel Schwung auf Männersuche geht.

»Ob die Birgit vielleicht jemand hat?«, vermutet Marlene. »Nein«, meint Petra, das wüsste sie definitiv.

Birgit ist derweil im Geheimen mit ihrem Projekt Baby beschäftigt. Moritz hat beim Anblick der vorbereiteten Spritzen und Becher nur gelacht. »Natürlich macht es mehr Spaß und ist auch sicherer«, meinte er. Birgit hat sich nach anfänglicher Schüchternheit darauf eingelassen, aber der Spaß lag eher auf Moritz' Seite. Nun wartet sie gespannt, ob es geklappt hat.

Je näher der Wahltag kommt, umso nervöser wird Marlene. Im Rathaus wartet schon Georg Redlich auf Marlenes Listen und beugt sich gleich darüber. Hinter einige Einträge macht er Fragezeichen und zählt noch mal durch. Dann ruft er die Sachbearbeiterin vom Einwohnermeldeamt herein und bittet um Überprüfung. Am Ende reicht es zwar knapp, aber es reicht. Die offizielle Meldung kann erstellt werden, und Marlene wird in das Wählerverzeichnis als Kandidatin eingetragen.

Deshalb stöbert sie schon mal in den Schulungskursen für neue Amtsträger und stöhnt, als sie die vielen trockenen Themen sieht. Baurecht, kommunale Selbstverwaltung, Finanzen, personalrechtliche Fragen und so weiter. Und dann muss sie ja als Bürgermeisterin die Sitzungen leiten und bei etlichen Gelegenheiten Reden halten und repräsentieren. Marlene fühlt sich gar nicht gerüstet für diese anspruchsvolle Aufgabe. Sie hat doch nur die Mittlere Reife.

Als sie mit Petra telefoniert, formuliert sie ihre Befürchtungen: »Ich bin doch jahrelang nur Hausfrau und Mutter gewesen, und dann soll ich eine Gemeinde führen? Ich glaube, ich bin dem nicht gewachsen. Soll doch lieber einer der beiden Männer das Amt übernehmen, und ich trete von meiner Kandidatur zurück.«

Petra ist entsetzt. »Marlene, du kannst diese Aufgabe genauso gut bewältigen! Die Männer können es auch nicht besser, haben aber mehr Ego. Und du kannst Kurse besuchen, und der Georg Redlich ist wirklich ein sehr fähiger Verwaltungsmann. Wenn du den Redlich auf deiner Seite hast, dann kann nichts schiefgehen. Zufällig weiß ich, dass er ein Fußballfan ist. Am besten machst du dich mal über seinen Lieblingsverein schlau und interessierst dich dafür. Geh doch mal bei Altbürgermeister Schmidt vorbei, der kann dir sicher helfen. Und fürs Erste machst du gleich mal einen Rhetorikkurs. Da such ich dir einen Link heraus, da gibt's etwas nur für Frauen.«

»Nur für Frauen? Aber im Gemeinderat sind doch fast nur Männer, und das wird im neuen Gemeinderat auch nicht groß anders sein«, meint Marlene skeptisch.

»Aber wenn du einen gemischten Kurs machst, dann kommst du weniger zu Wort, und bei den Frauenkursen lernst du auch jede Menge toller Frauen kennen. Du brauchst ein Netzwerk, und dort kannst du schon mal Kontakte knüpfen. Und ein gutes Büfett gibt es in dem Bildungszentrum in Kochel auch«, schlägt Petra vor. Sie erkundigt sich, was Marlene noch plant.

Eine große Diskussionsrunde wird es in Otterschwing nicht geben, da waren die anderen Kandidaten nicht dafür. Der eine bombardiert seit Wochen die Haushalte mit Wurfzetteln, und der andere scheint seine Kandidatur nicht so ernst zu nehmen.

»Am Valentinstag werden die beiden sicher Rosen verteilen«, meint Petra. Marlene will das nicht, aber sie hat noch einige der Samenbomben für die Bienenwiesen übrig. Das findet auch Petra gut. Außerdem will Marlene noch zwei Infostände am Samstagvormittag machen, und einige Haustürbesuche plant sie ebenfalls ein. Und so zwei Wochen vor der Wahl will sie noch einmal ihren großen Wahlkampfflyer verteilen. Petra hat noch einen Vorschlag: »Ein großes Frauenfrühstück am 8. März, dem Weltfrauentag.«

Das findet Marlene aber zu sozialistisch und für den kleinen Ort nicht passend und außerdem schon zu nahe am Wahltag dran.

Der erste Wahlgang ist an einem Sonntag Ende März. Falls es zur Stichwahl kommt, und damit rechnet Marlene, muss sie zwei Wochen später wieder ran. Und dann ab Mai wäre sie schon erste Bürgermeisterin von Otterschwing. Auf einmal wird ihr ganz schwindlig vor lauter Verantwortung. Aber ihr verstorbener Mann, der flotte Theo, war auch nicht die hellste Kerze, trotzdem war er den Menschen in Otterschwing ein guter Bürgermeister. Na ja, und die Panne mit der Therme … da spricht heute kaum noch jemand davon. Für den Ort war es ja kein großer Schaden, und Marlene selbst hat wahrlich genug bezahlt für den ganzen Schlamassel.

Sie geht mal wieder zum Friedhof. *Vielleicht können die Toten wirklich sprechen, wenn ich nur genau genug hinhorche?* Der Sepp, der ist so feinfühlig, dem traut sie das zu. Und jetzt will sie es auch einmal versuchen, vielleicht sagt der Theo ihr ja was.

Am Grab vom Theo steht allerdings die Tina wie eine Krähe ganz in Schwarz herum und legt wieder einmal eine rote Rose nieder. Mit schnellen Schritten geht Marlene auf sie zu und baut sich vor ihr auf.

»Schau, das du dich schleichst«, raunzt sie ihr zu, nimmt die Rose vom Grab und trägt sie demonstrativ zum Grüncontainer. Die Tina schluchzt laut auf und jammert.

»Der arme Theo, so ein böses Weib!«

Marlene weiß, dass sie sich keinen Skandal leisten kann. Am liebsten würde sie die Tina vom Grab wegziehen und eigenhändig wieder zur Arbeit bringen. Deshalb sagt sie nur ganz ruhig: »Es würd dir bestimmt besser gehen, wenn du wieder anfängst, dein eigenes Leben zu leben.« Die beiden Frauen stehen am Grab, und die Tina macht keine Anstalten, das Feld zu räumen.

Marlene fängt an, an der Grabbepflanzung herumzuzupfen. Als sie wieder aufschaut, ist die Tina verschwunden. Zufrieden lächelt Marlene. Dass sie eigentlich mit dem Toten sprechen wollte, hat sie ganz vergessen. Wenn schon die Tina vor ihr zurückweicht, dann muss sich ihre Ausstrahlung schon verändert haben. Sie kann es! Da ist sie inzwischen sicher.

Bei Moritz läuft dagegen der Wahlkampf nicht so beschaulich ab wie in Otterschwing. Das Amt des Landrates ist halt auch eine Nummer höher und mit mehr Macht und Geld ausgestattet. Zwei Podiumsdiskussionen mit allen Kandidaten stehen an, und die Interviewanfragen mehren sich. Im Parteivorstand ist man übereingekommen, dass es gut wäre, wenn der Moritz sich auf allen Kanälen präsentiert. Je öfter, desto besser, und sei es nur mit einem Foto. Deshalb nimmt er nun auch die Interviewanfrage von dem überregionalen Blatt an, aber wie soll er das mit der Homestory schaffen? Dazu ist seine kleine Einliegerwohnung doch zu schäbig. Stattdessen fragt er Marlene, ob sie als politische Wegbegleiterin ein paar Statements sagen könnte und ob man das Interview nicht gleich auf dem Hölzle-Hof führen könnte.

Vielleicht könnte er auch eine der Ferienwohnungen als sein Zuhause vorstellen?

Das behagt Marlene nicht so sehr, aber als der Moritz sie inständig bittet, sagt sie Ja – unter der Voraussetzung, dass Moritz die Wohnung als Zuhause auf Zeit vorstellt.

Vor dem Interview bringt Moritz noch ein paar persönliche Sachen vorbei. Das Interview und das Fotoshooting auf dem Hof laufen sehr gut, und Moritz hat auf alle Fragen eine gute Antwort. Marlene lobt ihn als politisches Naturtalent, das noch eine große Zukunft vor sich hat. Auch habe sich Moritz sehr gut verhalten, als zwei andere Bewerber im Wahlkampf angefeindet wurden. Diesen Aspekt tut Moritz als wenig bemerkenswert ab und macht einen auf bescheiden. Nach zwei Stunden ist die Sache im Kasten. Für die Fotos ist auch Franzi angereist, die wieder die gute Freundin mimt. Dann muss Moritz gleich weiter, denn er hat noch eine Teambesprechung mit seinem Wahlkampfteam. Er hat eine weitere große Spende erhalten und will nun in große Bannerplakate im Landkreis investieren. Auch werden weitere Aktionen geplant. Die Idee mit den Samenkugeln zum Valentinstag greift er von Marlene auf, das findet er auch schöner als immer die ökologisch umstrittenen Rosen aus dem Gewächshaus, auch wenn Fairtrade draufsteht. Moritz rechnet auch damit, dass er in die Stichwahl muss, denn seine beiden schärfsten Konkurrenten, die Mango und der Birkländer, sind ihm weiterhin auf den Fersen. Aber zumindest, was das letzte Stimmungsbarometer der örtlichen Wochenzeitung angeht, liegt er in der Gunst der Wähler vorne.

KAPITEL 13

Der Wahltag nähert sich mit großen Schritten. Langsam wird es schon sehr frühlingshaft in Otterschwing. Zwischen einzelnen kleinen Schneeinseln und noch kahlen Bäumen, die ihre Triebe erwartungsvoll in den tiefblauen Himmel recken, sprießen die ersten Boten der warmen Jahreszeit, die Schneeglöckchen und Märzenbecher. Auch die ersten Osterglocken strecken schon mal ihr erstes Grün den stärker werdenden Sonnenstrahlen entgegen. Bis sie sich zu voller Schönheit entfalten, dauert es aber noch ein paar Wochen. In Otterschwing gibt es am Samstag vor der Kommunalwahl noch letzte Infostände von allen drei Kandidaten, denn diesmal stehen im Ort verteilt auch die beiden männlichen Konkurrenten von Marlene. Sie verteilt Wurst- und Käsesemmeln an ihrem Stammplatz gegenüber der Metzgerei Meier. Damit setzt sie sich auch klar von ihrem Gegenkandidaten der Ökos ab, der die Leute mit seinem Marketinggerede von der sozialen und ökonomischen Gemeinschaft eines Dorfes, das sich in eine vegane und ökologische Zukunft aufmacht, langweilt.

Eine seiner Forderungen ist, dass die Gemeinde Otterschwing als Pilotdorf energie-autark werden soll und alle nur noch zu Fuß oder mit dem Rad im Ort unterwegs sein sollen. Dafür sollen dann die Radler in allen Nebenstraßen Vorfahrt vor den Autos bekommen. Auch die Metzgerei Meier soll sich auf die Produktion von vegetarischer Wurst verlegen. Franzi geht bei der Konkurrenz spionieren und kommt mit der Meldung zurück, dass es kaum Andrang bei den beiden anderen Ständen gibt. Bei Marlene ist auch nicht so viel los, dann aber bringt der amtierende Bürgermeister Josef Hinterhuber noch ein kleines Fass Helles mit und schenkt Freibier aus. Bald hat sich eine muntere Runde versammelt, die Marlene Hirsch schon als kommende Bürgermeisterin sieht.

Bei Moritz Lang, der natürlich in der Fußgängerzone der Kreisstadt präsent ist, läuft es ziemlich gut. Er hat als Anziehungspunkt eine sehr prominente Wahlhelferin aus dem Münchner Landtag da, die mit ihrer großen Klappe und ihrem Witz punktet. Höhepunkt ist ein auf eine große Leinwand übertragenes Interview mit den beiden, wie sie sich gegenseitig feiern.

Um die Ecke schallt die Blasmusik, die für den Markus Birkländer aufspielt. Er bietet ganz zünftig ein Weißwurstfrühstück und hat bei einer Bäckerei extra Brezeln in B-Form bestellt. Die dritte im Bunde, Mareille von Langodamm, hat sogar ein Preisträgerduo mit Violine und Cello engagiert, das mit klassischer Musik am Ende der Fußgängerzone dagegenhält. Dazu gibt es Prosecco und ebenfalls Butterbrezen. Ganz klassisch versucht sich der Fridolin Hoferer mit der Verteilung von Nelken, aber ihm werden keine Chancen eingeräumt.

Für Moritz läuft es gut, auch ein Fernsehteam schaut bei ihm vorbei. Die Lokalzeitung hat schon getitelt: *Der bayerische Wunderknabe.*

Er kann bei dem Medieninteresse die groß angelegte Berichterstattung nicht mehr stoppen, auch wenn er das gerne machen würde. Denn gestern hat er eine Nachricht in seinem E-Mail-Postfach gefunden, die er nicht so einfach abtun kann. Er hat sich richtig erschrocken, denn offenbar holt ihn jetzt seine Vergangenheit ein. Moritz weiß nicht recht, was er machen soll. Ganz klar wird er in der Mail aufgefordert, seine Kandidatur mit sofortiger Wirkung zurückzuziehen, sonst würden einige sehr unschöne Dinge ans Licht kommen. Angehängt war eine Collage mit dem Logo der FU Berlin und dem Wort *Exmatrikulation* – dazu Moritz' Name. Bei seinen eingereichten Wahlunterlagen ist er nämlich nicht ganz ehrlich gewesen und hat seinen Lebenslauf auffrisiert und dazu eine schöne Urkunde eingereicht, die ihn als Akademiker ausweist. Aber er ist guten Mutes. Es gibt wenige Dinge, die sich nicht unter der Hand regeln ließen. Und in der Beschaffung von Geld ist er ein Meister. Einweihen kann er vorerst niemanden. Deshalb kommt ihm während der schlaflosen Nacht die Idee, dass er sich Bedenkzeit erbitten sollte, am liebsten sei ihm ein persönliches Treffen. Er versucht außerdem, herauszufinden, wer ihm die E-Mail geschickt hat, doch sie lässt sich nicht so einfach zurückverfolgen. Wenn er nicht gewählt wird, dann hat sich das Ganze sowieso erledigt, und er muss weiterziehen. Vielleicht will ihm aber auch nur einer seiner Konkurrenten Angst machen.

Am ehesten traut Moritz so eine Sache der Mango zu, die ist ziemlich clever, und gute Kontakte hat sie auch. Er sollte ihr noch vor dem ersten Wahlergebnis einen Deal vorschlagen: Sie wird Vize-Landrätin, und er würde ihr dotierte Ehrenämter zuschanzen. Dafür müsste die Mango ihn im zweiten Wahlgang unterstützen oder sich zumindest neutral verhalten. Moritz rechnet damit, dass der Birkländer und er in die Stichwahl kommen, denn das würde auch der aktuellen politischen Gewichtung entsprechen. Die Absprache mit der Mango müsste aber rein privat und unter Ausschluss der Öffentlichkeit passieren, denn die Parteioberen haben Moritz klargemacht, dass es keine Deals geben soll. Falls die Mango hinter der Mail steckt, ist die Drohung entschärft.

Nachdem er sich diesen Schritt überlegt hat, schläft er ein, tief und traumlos, bis es laut an seinem Schlafzimmerfenster klopft.

Moritz schreckt hoch, dann hört er das Rufen von Franzi. Er schaut auf die Uhr.

»Ich hab verschlafen«, murmelt er erst leise und wird dann lauter: »Moment, ich komme!«

Er macht Franzi die Tür auf und zieht sich im Gehen ein T-Shirt über.

»Moritz, schnell, es pressiert. Um zehn Uhr ist doch der Fototermin beim Wahllokal!«, ruft die Franzi. »Geh schnell Zähneputzen, ich such dir was zum Anziehen raus.« Sie öffnet schon mal den Kleiderschrank.

Für einen jungen Mann ist der Mors sehr ordentlich. Sie nimmt ein sportlich geschnittenes Sakko heraus, dazu eines der grünen Wahlkampf-Hemden und eine gut sitzende Jeans. Eine Krawatte braucht es nicht, da sind sich beide einig.

Fünf Minuten später gehen sie in Richtung Otterschwinger Grundschule, zum Wahllokal. Dort warten schon Marlene Hirsch mit Anna und der Chef des *Seekuriers* persönlich, Rainer Ortlieb. Leider ist heute kein warmer Frühlingstag, es ist diesig, und der Himmel bleibt grau. Wegen der kleinen

Verspätung hat der Journalist Rainer Ortlieb schon mal die anderen beiden Kandidaten für das Bürgermeisteramt beim Wählen fotografiert. Marlene wollte unbedingt ein Foto mit den beiden Töchtern, deshalb hat man auf Franzi noch gewartet. Ortlieb knipst die drei mit Marlene vor der offenen Tür zum Wahllokal, einem Klassenzimmer in der Otterschwinger Grundschule. Dann ist Moritz an der Reihe. Er wird in der typischen Pose beim Einschmeißen der Wahlscheine in die Urne fotografiert. Draußen interviewt Rainer Ortlieb noch schnell den Moritz und fragt ihn nach seinen Chancen. Er gibt sich selbstbewusst und sagt, er rechne damit, dass so viele Wähler ihm das Vertrauen schenken werden, dass er in die Stichwahl kommt. Auch Marlene rechnet damit, dass sie in die Stichwahl muss, denn als politischer Newcomer auf Anhieb über fünfzig Prozent bei drei Kandidaten zu gewinnen – das ist nicht wahrscheinlich.

Um halb sieben Uhr soll Marlene ins Rathaus Otterschwing kommen, denn die Bürgermeisterwahl wird zuerst ausgezählt. Dann folgen die Auszählung für den Landrat, den Gemeinderat und die Kreistagsliste. Wegen dem Häufeln dauert das in Bayern immer ziemlich lange. Marlene Hirsch hat selbst noch nie ausgezählt, da ihr Mann ja sonst immer kandidiert hat. Sie weiß nur, dass das Erfrischungsgeld – in diesem Jahr sind es fünfzig Euro für jeden Wahlhelfer sowie eine Brotzeit von der Metzgerei Meier – bei den Kommunalwahlen oft nicht leicht verdient ist. Teilweise bis nachts um zwei Uhr wurde da manchmal ausgezählt.

Marlene hofft, dass in den Otterschwinger Gemeinderat ein paar gute Leute gewählt werden. Zum Abendtermin hat sich Petra Rosenberger aus München angekündigt, sie will Marlene unterstützen. Alle rechnen damit, dass es Marlene Hirsch in die Stichwahl schafft. Sie selbst hat dennoch Zweifel. Obwohl sie prominente Fürsprecher hat, ist sie bisher nur als Bürgermeistersgattin bekannt gewesen, und da hat sie ja eher mit Zurückhaltung geglänzt und ihrem verstorbenen Mann, dem flotten Theo, das Feld überlassen. Aber wie Petra immer sagt: »Der Name zählt.«

Moritz Lang will den Tag nutzen, um den Deal mit der Mango klarzumachen. Er fährt nach Fischau und klingelt ganz frech an der Tür des schicken Einfamilienhauses. Die Mango macht ihm auf. Auf seine Bitte, mit ihm eine kleine Runde zu gehen, will sie erst nicht eingehen. Dann aber werden andere Spaziergänger auf die beiden aufmerksam, und die Mango zieht sich schnell eine Steppjacke über.

»Du hast fünf Minuten«, sagt sie zu Moritz. Aus den fünf Minuten werden zwar zehn, aber dann hat Moritz den Deal im Kasten. Die beiden schütteln sich die Hände und gehen dann wieder ihrer Wege. So angespornt will Moritz sich noch ein kleines Schäferstündchen mit der Josie gönnen, und er schickt ihr eine Nachricht mit dem Bild der Bootshütte. Moritz hofft, dass Josie ohne ihre Hündin Caro erscheint, denn sonst wird es kompliziert.

Tatsächlich kommt die Josie kaum eine halbe Stunde später, will sich aber nicht auf amouröse Abenteuer an einem Sonntag nahe dem viel begangenen Uferweg einlassen.

»Du spinnst ja komplett«, meint sie nur zu seinen Annäherungsversuchen und springt wieder in den alten Opel von ihrem Opa. »Du, ich muss noch mit dem Opa wählen gehen. Ich kenn da einen attraktiven Kandidaten, der unbedingt Landrat werden möchte«, sagt sie und grinst ihn an.

»Nachher bei dir?«, schlägt sie vor, als sie sein enttäuschtes Gesicht sieht.

Moritz schaut auf die Uhr. Eigentlich soll er ab neunzehn Uhr ins Landratsamt zur Wahlparty kommen, aber er kann sich ja ein wenig verspäten. Er nickt. *Nur wenige Dinge wirken so positiv auf die Ausstrahlung wie ein Orgasmus.*

Bei Marlene kommt Petra Rosenberger früher als geplant zu Besuch. Ihre Freundin Birgit, die eigentlich auch mit zum See wollte, hat ihr wegen einer Magenverstimmung abgesagt. Zu ihrer Mutter Gertraud will sie auch nicht, denn die ist immer noch eingeschnappt, weil der Julian wegen der »finanziellen Unstimmigkeiten«, wie er es Petra gegenüber formulierte, der Mutter ziemlich zugesetzt hat. Und natürlich hat es der Bruder Julian so rübergebracht, als ob Petra es wäre, die ihrer Mutter eigenständige Entscheidungen über ihr Vermögen abspricht. Petra macht sich zwar auch Gedanken, warum ihre Mutter, die ja behütet in einer Senioreneinrichtung lebt, auf einmal größere Geldausgaben hat. Aber Gertraud blockt jede Diskussion ab. Jedenfalls hängt der ohnehin belastete Hausfrieden zwischen ihr und ihrer Mutter gerade etwas schief.

Ihr Freund Sebastian Eberdinger hat sich seit der fröhlichen Silvesterfeier auf dem Hölzle-Hof nicht mehr sehen lassen. Petra weiß deshalb nicht so recht, was sie an diesem Sonntag Schönes anstellen soll. Deshalb fährt sie in Fischau bei der guten Bäckerei vorbei und holt ein paar Stücke Kuchen, auch wenn sie fast zwanzig Minuten Schlange stehen muss, bis sie drankommt, und fährt dann nach Otterschwing. Marlene sucht noch nach einer Idee, wie sie die zwei Wochen bis zur Stichwahl für sich nutzen kann. Petra hält es für denkbar, dass die beiden verbleibenden Kandidaten noch eine Diskussionsrunde im Gasthaus »Zum goldenen Hirsch« einladen könnten. Der Rainer Ortlieb würde wahrscheinlich auch bereit sein, die Veranstaltung zu moderieren. Oder etwas kleiner: ein Stammtisch-Gespräch im Wirtshaus. Das ist Marlene gleich sympathisch, denn in kleiner Runde fühlt sie sich wohler als auf einem Podium.

Langsam beginnt es zu dämmern, und die beiden Frauen gehen zum Rathaus. Im Foyer herrscht noch gähnende Leere. Dann tauchen die beiden Gemeindearbeiter auf und tragen ein paar Stehtische heran. Marlene macht sich gleich nützlich, schnappt sich einen Lappen aus der Teeküche und wischt die Tische. Als sie beim letzten Tisch ist, kommt ihr schnöseliger Konkurrent mit seiner aufgetakelten Familie im Schlepptau herein. Selbst die Kinder tragen Poloshirts mit dem Krokodil drauf.

»Machen Sie sich nützlich? Na ja, wenn es mit dem Bürgermeisteramt nicht klappt, dann steht Ihnen ja auch noch eine andere Karriere offen!«, sagt er frech zu Marlene und blickt vielsagend auf ihren Lappen. Marlene bleibt die Spucke weg, aber Petra springt ein: »So eine Unverschämtheit! Was erlauben Sie sich?« Der Angesprochene lacht nur und geht weiter. Marlene murmelt zu Petra: »Flasche leer. Was erlauben Strunz!«

Das finden die beiden Frauen schon wieder so komisch, dass Petra einen Lachanfall gerade noch unterdrücken kann.

Schlagartig wird das Foyer nun voll. Es geht auf halb sieben zu. Georg Redlich kommt aus dem Auszählungsraum und hat einen Zettel in der Hand. Er lächelt Marlene aufmunternd an. Die Uhr tickt. Nervös tritt Marlene von einem Fuß auf den anderen.

Dann erscheint Wahlleiter Hinterhuber und verkündet das Ergebnis der Bürgermeisterwahl. Marlene liegt mit 46,25 Prozent vorne! Der Schnösel landet hinter Marlene auf dem zweiten Platz, und der Lehrer hat immerhin noch fast 20 Prozent geholt. Der kann seine Beliebtheit gar nicht fassen. Er gratuliert Marlene, eine sportliche Geste, die der Schnösel nicht schafft. Der rauscht beleidigt mit seinem Gefolge ab und murmelt etwas von Hinterwäldlern. Aber die Siegerin der Stunde ist Marlene Hirsch. Sie strahlt und lächelt und nimmt die Glückwünsche entgegen. Aber als man sie schon zur neuen Bürgermeisterin ausrufen will, wehrt sie ab. Schließlich gibt es in zwei Wochen noch eine Stichwahl, und da kam es schon manches Mal zu Überraschungen.

Die Franzi kommt aufgeregt ins Rathaus. Sie sucht den Moritz, um mit ihm ins Landratsamt zu fahren. Eigentlich soll der Moritz sie abholen, aber der meldet sich nicht. Am Handy immer nur die Mailbox. Weil Franzi so unglücklich schaut, schlägt Marlene vor, dass sie mit ihr ins Landratsamt fahren könnte. Petra dagegen will nach Hause, denn morgen wartet wieder ein langer Arbeitstag bei der *Münchner Postille* auf sie. Daheim will sie sich noch den *Tatort* anschauen, den sie wohlweislich aufzeichnet. Es kommt eine Folge aus München, das darf sie nicht verpassen, denn morgen in der Redaktionskonferenz wird sicher darüber gesprochen.

Auf den Weg ins Landratsamt fährt Franzi, damit Marlene ihren Etappensieg feiern kann. Dass ihre Tochter, seit dem ersten Blick in den Moritz verliebt ist, das hat Marlene schon mitbekommen. Aber soweit sie es beurteilen kann, behandelt Moritz die Franzi wie eine gute Freundin. Sie nimmt sich vor, einmal mit dem Moritz darüber zu reden, wie das in Zukunft weitergehen soll. Als Gattin eines Landrates kann sie sich die Franzi sehr gut vorstellen, aber dann müsste der Moritz nach der Wahl Farbe bekennen.

Im Landratsamt ist zumindest schon mal ein Büfett aufgebaut, und einige warten schon. Wegen Computerproblemen kommt es allerdings zu Verzögerungen bei den Meldungen, erklärt der Pressesprecher des Landrats. Aber dann wird der Beamer angeschmissen, und die ersten Ergebnisse werden an der Wand angezeigt.

Moritz Lang liegt neben dem Markus Birkländer deutlich vor den anderen Kandidaten. Beide Kandidaten sind noch nicht eingetroffen, aber Marlene sieht einige bekannte Gesichter und wird immer wieder nach ihrer Kandidatur befragt. Auch Rainer Ortlieb kommt auf sie zu und holt sich ein kurzes Statement ab.

Währenddessen schlendert Franzi durch den Saal. An einem der Stehtische steht ein groß gewachsener junger Mann, der irgendwie nicht so ganz in die Gesellschaft passt.

Da spricht sie der Mann auch schon an. »Entschuldigen Sie, wissen Sie, ob alle Spitzenkandidaten heute kommen?«

Ein Bayer ist das nicht, denkt Franzi. »Ja, ich glaube schon, dass alle kommen. Suchen Sie jemanden?«

»Danke für die Auskunft. Sie sehen eher aus, als würden Sie auf jemanden warten«, meint ihr Gegenüber spöttisch.

Franzi geht kommentarlos weiter. Das hat man davon, wenn man hilfsbereit ist. Wo der Moritz wohl bleibt? Sie geht wieder zu ihrer Mutter, die inzwischen auch schon etwas erschöpft wirkt.

»Du, wenn der Moritz nicht bald kommt, dann werden wir ihn wohl verpassen. Ich möchte langsam heim, denn morgen ist wieder Wahlkampf«, flüstert ihr Marlene zu.

»Wir können auch gleich gehen, das Wichtigste wissen wir ja jetzt eh«, sagt Franzi mit Blick auf die Anzeige. Noch immer liegen der Moritz und der Birkländer vorne.

Marlene nimmt ihre Tochter gleich beim Wort und holt die Jacken. Sie schreibt dem Moritz eine Nachricht, dass es für ihn wohl auch in die Stichwahl geht. Als sie kurz vor der Otterschwinger Ortstafel sind, kommt ihnen ein Auto entgegen, das Marlene im Vorbeifahren als das von Moritz erkennt.

»Du, Franzi, das war grad der Moritz«, sagt sie. Ihre Tochter nickt und sagt dann mit trotziger Stimme: »Jetzt hab ich auch keine Lust mehr, und morgen muss ich ganz früh nach München.«

Der Moritz ist tatsächlich reichlich spät erst losgekommen. Er muss sich nach seinem Date mit Josie noch frisch machen, und dann nerven auch die ganzen Anrufer. Jeder will ihm persönlich Bescheid sagen, dass er wohl in die Stichwahl kommt. Er überfliegt die Nachrichten und hätte beinahe übersehen, dass er eine weitere Warnung bekommen hat:

Ich warte nicht mehr lang! Dein Gewissen

Wer oder was soll denn das sein? Mein Gewissen …, wundert sich Moritz. Aber jetzt muss er hurtig los.

Im Landratsamt wird er schon mit Jubel begrüßt. Der übliche Fotograf aus seinem Wahlkampfteam macht ein ordentliches Blitzlichtgewitter, und seine Helfer sind auch da. Moritz tut so, als ob seine Verspätung abgesprochen war, und gibt sich ganz bescheiden: »Das erste Etappenziel ist erreicht, aber man soll den Tag nicht vor dem Abend loben. Deshalb werde ich jetzt noch mal alles geben, um die Wähler zu überzeugen.«

Er schaut sich nach der Mango um. Das wäre jetzt eine gute Gelegenheit, eine Wahlempfehlung abzugeben. Aber die Mango ist nicht mehr da. Im Augenwinkel sieht er eine Person, die ihm bekannt vorkommt. *Aber das kann nicht sein! Sein alter Kumpel würde nie von Berlin herkommen …* Moritz wird wieder in Beschlag genommen und muss viele Hände schütteln. Er schaut sich noch mal nach seinem Kumpel um, aber vermutlich hat er sich doch getäuscht, denn er ist verschwunden. Als es etwas ruhiger wird, geht Moritz zu seinem Konkurrenten und reicht ihm die Hand. »Auf einen fairen Wahlkampf! Möge der Bessere gewinnen.«

Der Birkländer schlägt ein und raunt ihm zu: »Einen guten Vize bräuchte ich dann auch noch.« Da lacht Moritz nur und geht davon. Vize! Den Posten kann ihm Moritz seinerseits ja gar nicht mehr anbieten, den hat er schon vergeben. Jetzt muss die Mango aber noch liefern.

Am nächsten Morgen schaut sich Moritz daheim in Otterschwing die Tageszeitungen online durch und ist ganz zufrieden, wie gut er rüberkommt. Mit seinem Wahlkampfteam trifft er sich um vierzehn Uhr, vorher will er noch bei Marlene vorbei. Nach einem Abstecher in den Otterschwinger Blumenladen geht er zum Hölzle-Hof und entschuldigt sich gleich, dass er sich nicht sofort gemeldet hat, und fragt, ob die Franzi noch da ist. Er sei von allen Seiten mit Nachrichten zugeschüttet worden, und dann habe er noch einen Moment für sich gebraucht. Vor allem möchte er aber Marlene gratulieren. Das Amt als Bürgermeisterin sei ihr so gut wie sicher, und wenn er dann Landrat sei, dann könnten sie als Erstes das Mehrgenerationenprojekt in Otterschwing verwirklichen. Dabei lächelt Moritz Marlene ganz herzig an. Der gestrige Ärger ist schon vergessen, und Marlene debattiert mit Moritz die weiteren Wahlkampfschritte und erzählt ihm vom Auftritt ihres Konkurrenten. Moritz echauffiert sich: »So einer ist das also! Auf modern, ökologisch und fortschrittlich machen, und dabei ein ewig gestriges Frauenbild pflegen. Du musst verhindern, dass der als zweiter Bürgermeister gewählt wird! Hast du schon die Liste mit den Gemeinderatsmitgliedern durchgesehen?«

Marlene holt ihr Tablet. »Schauen wir mal, ob jetzt schon was online steht. Gestern gab es wieder mal Computerprobleme. Ich hab noch keine Wahl erlebt, wo die Technik glatt lief.«

Tatsächlich sind die Wahlergebnisse jetzt auf der Homepage der Gemeinde Otterschwing anzuklicken. Weil Marlene Hirsch als Einzelperson unabhängig kandidiert hat, war sie auf keiner der Listen, auch für den Kreistag hat sie deshalb nicht kandidieren können. Sie klickt sich durch die Listen, natürlich sind ihre beiden Konkurrenten zur Wahl auch in den Gemeinderat gewählt worden. Ansonsten sind die Plätze gleichmäßig über alle Gruppierungen verteilt. Soweit Marlene das sehen kann, sind nur zwei Frauen mit dabei, die beide bislang kaum zu hören waren. Da steht Marlene ein hartes Stück Arbeit bevor!

Und wer könnte denn zweiter Bürgermeister werden? Marlene tendiert fast dazu, den Lehrer zu favorisieren, der ist immerhin schon lange im Gemeinderat und geht bald in Pension. Sie fragt Moritz um Rat, wie sie den schlimmen Gegenkandidaten von sich fernhalten kann.

»Am besten, du lädst gleich mal alle anderen Gruppierungen zu deinem Wahlkampf-Stammtisch ein und versuchst herauszufinden, ob es Herzensprojekte gibt, und signalisierst gleich, dass du diese, nach eingehender Prüfung selbstverständlich, gerne unterstützt. Und an geeigneter Stelle musst du noch die These streuen, dass der Schnösel, wenn er gegen eine Frau verliert, auch sein Gesicht verliert, wenn er nur als einfaches Gemeinderatsmitglied am Ratstisch sitzen soll. Möglicherweise muss man da nur mal den Stachel ein bisschen tiefer ins Fleisch jagen, dann schmeißt er vielleicht von selbst das Handtuch.«

Puh, dieses Gerücht lässt sich am besten bei der Metzgerei Meier in Umlauf bringen.

Marlene bläst die Wangen auf und verzieht das Gesicht. Moritz schaut sie an. Da muss er jetzt helfen, denn sie ist die anständigste Frau, die er kennt. »Marlene, soll ich dir aus der Metzgerei Meier nicht eine Kleinigkeit besorgen?« Nach einer kurzen Pause ringt sie sich durch.

»Mir ist nach einer Leberkässemmel für heut Mittag, und ein großes Stück Cabanossi bräucht ich auch.«

Bald schon kehrt Moritz mit einem Grinsen im Gesicht und zwei Semmeln mit warmem Leberkäs zurück. »Mission erfüllt! Viel Erfolg und liebe Grüße an die Franzi.«

Dann ist der Moritz weg und fährt in die Kreisstadt zu seinem Wahlkampfteam. Dort werden verschiedene Kampagnen besprochen, aber Moritz kann sich nicht so gut konzentrieren. Er hat wieder eine Nachricht vom *Gewissen* bekommen. In Gedanken verfasst Moritz eine gesalzene Antwort. Er überlegt, welche Drohungen er aussprechen soll. Aber dann hält er es für effektiver, die Nachrichten einfach zu ignorieren.

KAPITEL 14

Schon von Weitem sieht Moritz, dass mit seinem Auto irgendetwas nicht in Ordnung ist. Es steht an einer öffentlichen Ladestelle, und eigentlich sollen die leeren Batterien laden. Aber der Stecker ist aus der Autobuchse herausgezogen, und das Ladekabel liegt am Boden, auch scheint das Auto nicht ganz gerade zu stehen.

»Die Reifen sind platt! Alle vier!«, schreit Moritz ins Telefon. Er telefoniert mit seinem Wahlkampfteam. Dort wird gleich überlegt, wie dieser feige Anschlag auf das Auto von Moritz für den Wahlkampf am besten ausgewertet werden kann. Weil der Tatort ja nicht weit entfernt von der Zentrale ist, kommen gleich zwei aus dem Wahlkampfteam vorbei, und einer inszeniert Moritz und das kaputte Auto und dreht ein kleines Filmchen mit der Handykamera.

»Habt ihr den Abschleppdienst gerufen?«, fragt Moritz.

»Ja, der ist unterwegs. Das Autohaus schickt jemanden.«

Vor dem Abschleppwagen taucht aber ein Reporter auf, der zufällig des Weges kommt. Er knipst Moritz ebenfalls. Der Reporter wundert sich, dass keine Polizei vor Ort ist.

Moritz will keine Polizei, das sei schlecht fürs Image und bringe ja doch nichts. »Vandalismus wird in den seltensten Fällen aufgeklärt«, doziert er. Der eigentliche Grund liegt aber in seiner Hosentasche: ein Zettel mit einer *Letzen Warnung*.

Aber offiziell plaudert Moritz mit dem Reporter ganz gefasst darüber, dass er vermutet, dass ein enttäuschter Wahlkämpfer seinen Frust ausgelassen habe. Vielleicht ein junger Heißsporn, der seinem Gegenkandidaten Birkländer einen Gefallen tun wollte? Moritz Lang bekräftigt noch einmal seine Kandidatur und seine Überzeugung, der Beste für das Amt des Landrates zu sein. Dann spricht der Reporter ihn auf Mareille von Langodamm an. Mit Frau von Langodamm sei er in einem guten persönlichen Kontakt, sagt Moritz nur. *Offenbar hat die Mango immer noch nicht geliefert!* Darum muss er sich kümmern, sobald er aus dem Schlamassel hier raus ist.

Endlich kommt der Abschleppdienst, und Moritz fährt gleich mit zum Autohaus, das Moritz das Wahlkampffahrzeug gesponsert hat. Er bekommt ein neues E-Auto, das dort nur rumsteht, weil viele Kunden sich nicht trauen, ein E-Auto als Ersatzfahrzeug zu nutzen. Moritz freut sich sehr über das Angebot und ruft auch gleich den Reporter auf dem Handy an, um ihm noch zwei Sätze der Dankbarkeit gegenüber seinem Sponsor zu diktieren. Denn natürlich wäre es für ihn fatal, wenn er in den letzten zwei Wochen vor der Stichwahl ohne Auto in Otterschwing festsitzen würde. Er hat vor, in den Dörfern, in denen sein Konkurrent noch prozentual vorne liegt, von Tür zu Tür zu gehen und die Wähler persönlich von seiner Kompetenz zu überzeugen. Eine große Wahlveranstaltung soll es nun nicht mehr geben, da ist er sich mit seinem Team einig.

Auch Marlene Hirsch will noch mal in Otterschwing persönlich die Runden drehen und für sich werben. Das fällt ihr immer noch schwer, denn sie stand lange Jahre im Schatten ihres Mannes, und dass eine Frau Bürgermeisterin werden kann, gab es in ihrer Jugend nicht. Aber inzwischen hat sie eine Strategie entwickelt und setzt freundliche Anteilnahme oder freundliche Zuwendung ein. Die kleine Auswahl an Werbegeschenken hilft weiter. Marlene hätte nie geglaubt, wie wichtig ein kostenloser Kugelschreiber sein kann.

Auch Moritz kämpft mit Zweifeln, aber bei ihm spielt es sich eher in der Zeitspanne eines Wimpernschlags ab. Er rätselt, wer ihn bedroht, und vor allem: warum? Dass er Landrat werden will und es wahrscheinlich auch wird, ist für seine politischen Gegner zwar ärgerlich, aber kein Grund, ihm nach dem Leben zu trachten. Hier in seiner neuen Heimat Otterschwing hat er sich bislang auch keine groben Schnitzer geleistet, und von seinen geheimen Fluchten wusste ja keiner. Seine Vergangenheit in Berlin ist weit weg. Da hat er zwar einen großen Scherbenhaufen hinterlassen, aber in der schnelllebigen Hauptstadt ist er bestimmt schon längst vergessen. Zur Sicherheit ruft er bei seiner Mutter an und erkundigt sich, ob sich jemand nach ihm erkundigt habe. Auf ihre Frage, ob er mit seiner Doktorarbeit schon fertig sei, antwortet er mit seinem Standardsatz: »Das soll schon eine sehr gute Arbeit werden, das braucht Zeit.«

Dass seine Mutter von seiner Kandidatur erfährt, fürchtet Moritz nicht, denn außer Quizshows und Tiersendungen schaut sie sich im Fernsehen nichts an. Zeitungen oder Bücher hat sie noch nie gelesen. Aber mit Zahlen kennt sie sich aus. Umso mehr wird sie sich freuen, wenn er ihr seine erste Gehaltsabrechnung als Landrat zeigen kann. Dann hat er es geschafft! Dann kann er ihr auch sagen, dass das mit dem Doktor vor dem Namen nichts werden wird.

Seine Mutter erzählt während des Telefonats einen Haufen Klatsch und Tratsch, was Moritz nicht im Geringsten interessiert. Er hält das Telefon etwas weiter weg vom Ohr, brummt verzögert und sagt dann, dass der Empfang nicht so gut sei und er sich bald mal bei ihr melden werde. Die Idee, sie nach Otterschwing einzuladen, verwirft er.

Er ist allein, aber er wird eine neue Familie bekommen. Eine, die besser zu ihm passt. *Wenn er erst einmal Landrat ist, dann stehen ihm alle Türen offen.* Er beschließt, die Drohungen gegen sich weiter zu ignorieren. Wegen der Mystik verbrennt er die Droh-Zettel im Freien und vergräbt die Asche.

Am nächsten Morgen liest Moritz als Erstes einmal den *Seekurier*. Die Mango muss jetzt ihre Wahlempfehlung für ihn aussprechen, und Moritz wartet auf Nachricht. Als wieder nichts dabei ist, fährt er kurz entschlossen zu ihrem Maklerbüro.

Die Mango ist im Kundengespräch und berät gerade ein älteres Ehepaar. Sie unterbricht die Beratung und geht gleich auf Moritz zu.

»Die Pressemitteilung geht heute noch raus«, flüstert sie ihm zu und sagt laut: »Ich habe ein interessantes Objekt für Sie gefunden, ich rufe Sie an, dann machen wir einen Termin aus.« Moritz nickt und bedankt sich.

Vor dem Schaufenster bleibt er stehen und betrachtet die Angebote. Ein Einfamilienhaus in Otterschwing müsste saniert werden, aber der Preis ist attraktiv. Er macht schon mal ein Foto mit dem Handy. Für ihn fühlt sich Otterschwing schon nach Zuhause an, hier will er bleiben.

Er fährt zum Bootshaus, hat aber den Schlüssel für die Absperrung nicht dabei. So bleibt er auf dem Steg sitzen und schaut aufs Wasser. Heute treiben Wolken über dem Himmel, das andere Ufer schaut so nah aus, und die Berge stehen weiß verschneit am Horizont. Noch sprießt es erst zaghaft, aber der Frühling wird kommen.

Dann erreicht ihn der erwartete Anruf. Die Mango! Selbstverständlich stehe sie zu ihrem Wort, aber sie habe in ihrer Partei erst Überzeugungsarbeit leisten müssen. Ja, sie freue sich schon darauf, als Vize-Landrätin mit Moritz zu arbeiten. Moritz bedankt sich und äußert auch Interesse an dem Objekt in Otterschwing.

»Ist schon für dich reserviert!«, sagt sie und lacht. Auch Moritz lächelt versonnen. Für sein Mehrgenerationenprojekt ist es gut, wenn er die Mango als Fachfrau an seiner Seite hat. Das will er unbedingt als erstes Projekt durchziehen, und wenn die Wahlkampferstattung kommt, dann hat er auch wieder das Geld aus den Optionsscheinen parat. *Diesmal mache ich alles richtig!*, verspricht Moritz dem blauen See.

Aber davor muss er noch Stimmen holen. Auf in den Wahlkampf! Beschwingt arbeitet er seine Haustüren ab, ist charmant und einfühlsam. Er notiert sich alle Anliegen in einem kleinen Notizbuch, streichelt Hunde und Katzen, macht Quatsch mit den Kindern und verteilt Komplimente an die älteren Damen. Die nächsten Tage vergehen wie im Flug, es gibt keine besonderen Vorkommnisse. Alle rechnen mit einem Kopf-an-Kopf-Rennen. Wenn Moritz es als externer Kandidat schafft, dann ist das eine kleine Sensation. Es kommen weitere Medienanfragen, aber Moritz blockt sie ab. Er redet sich damit heraus, dass es Unglück bringe, sich vorzeitig als Sieger feiern zu lassen. Er hält den medialen Ball flach, lediglich Rainer Ortlieb vom *Seekurier* bekommt ein paar allgemeine Statements von ihm. Das kann er gefahrlos machen, denn der *Seekurier* ist so old school, dass es ihn nur auf Papier gibt.

Seine offizielle Wahl-E-Mail-Adresse und das Diensthandy laufen seit dem ersten Wahltag fast über vor lauter Glückwünschen. Erstaunlich, wer sich alles an einen erinnert oder sich als Freund generiert. Die persönlich gehaltenen Nachrichten schickt ihm sein Wahlkampfteam an seine private Adresse weiter, die Nachrichten am Handy beantwortet Moritz alle mit der gleichen gespeicherten Standardnachricht. Als er daheim die E-Mails sortiert, ist auch eine von einer gewissen Yvonne dabei, die ihm schwülstig ihre Liebe gesteht und immer noch sehnsüchtig auf ihn wartet. Ihm zuliebe würde sie sofort ihren Wohnsitz nach Bayern verlegen. *Yvonne?* Moritz überlegt, ob er die Dame kennt oder ob das eine professionelle Stalkerin ist. Als er sich eine Tasse Tee macht, fällt es ihm ein. Da gab es einmal eine Nacht, oder vielmehr: ein paar amouröse Stunden. Jetzt wird es deutlicher. Die gescheite Yvonne, Liebhaberin von Kamillentee, und von der Erscheinung eine eher Flachbrüstige mit ausladendem Becken, hat ihm einmal die Zeit vertrieben. Mehr aus Langeweile hat er ihr damals Avancen gemacht, obwohl er genau wusste, dass sein Freund und Mitbewohner Dirk in die blonde Yvonne verliebt war. Er hat ihr sofort danach deutlich gemacht, dass er an ihr kein Interesse habe, eine Beziehung mit ihr nicht infrage komme und sie doch bei Dirk sehr gut aufgehoben sei. Sie ist dann noch mehrmals in die WG gekommen, bis der betrogene Dirk, dem Yvonne natürlich brühwarm das kleine Techtelmechtel erzählen musste, sie vor die Tür gesetzt hat. Diese unschöne Angelegenheit hat letztendlich auch dazu geführt, dass Moritz nun hier in Bayern ist. Er kann es nicht fassen, dass diese Trulla immer noch hinter ihm her ist. Offenbar hat sich diese Yvonne trotz ihrer Intelligenz und ihrer Hochschulzeugnisse in einen Liebeswahn hineingesteigert. Und die Nachrichten hat auch noch sein Wahlkampfteam gelesen.

Er schreibt eine Mail, dass diese Frau eine Stalkerin sei und deshalb die Kontaktmöglichkeiten für sie auf allen Kanälen zu sperren seien. Keinesfalls hat er vor, mit Yvonne persönlich zu sprechen. Nach seiner Erfahrung feuert dies Personen im Liebeswahn eher an. Ein lautes Nichts ist da die bessere Alternative. Außerdem formuliert er eine scharfe Mail, die von seinem Wahlkampfteam verschickt werden soll. Darin wird Yvonne eine Anzeige bei der Polizei angedroht, wenn sie weiterhin versucht, mit Moritz Lang Kontakt aufzunehmen. Das sollte erst mal reichen.

Mit dem Dirk sollte ich vielleicht auch mal auf ein Versöhnungsbier gehen und ihm dabei gleich noch seine Mietschulden aus der WG bezahlen, denkt sich Moritz. *Aber erst, wenn ich fest im Sattel sitze.*

Er träumt schon von einem Berliner Triumphzug, als ihn die Realität in Form des ständig läutenden Telefons wieder einholt. Die wenigen Tage bis zur Stichwahl sind kurz, und Moritz muss noch einige Dörfer abklappern. Auch sein Konkurrent schläft nicht, hat noch mal Geld mobilisiert und schaltet ganzseitige Anzeigen in den lokalen Blättern und hat sogar einen Rundfunkwerbespot gemacht. Dieser erinnert aber arg an einen schwäbischen Müslihersteller, so dass sich die Leute eher darüber lustig machen. Moritz hat für neuerliche Anzeigen kein Budget mehr übrig. Das letzte Geld hat er in mobile Großwerbeplakate investiert, die nun an jeder Ausfallstraße stehen. Da ist er nun überall zu sehen mit seinen rotbraunen Locken, dem Schwiegermutter-Lächeln und dem modernen Anzug ohne Krawatte. Jedes Mal, wenn Moritz an einem seiner Plakate vorbeifährt, lächelt er sich zu.

Die Aufregung steigt, je näher der Sonntag der Stichwahl kommt. Diesmal wird das Ergebnis der Auszählung so gegen neunzehn Uhr erwartet, und im Landratsamt gibt es wieder eine allgemeine Wahlparty. In mehreren Gemeinden sind Stichwahlen um den Bürgermeisterposten angesetzt, auch für Marlene Hirsch kommt die Stunde der Wahrheit. Dieses Mal wird es keinen Umtrunk im Rathaus geben, da die Auszählung für Bürgermeister und Landrat schnell erledigt sein dürfte. Leider kann Petra nicht kommen, denn sie muss für ihre Zeitung am Wochenende auf Achse sein.

Marlene ist so angespannt, dass ihr das Ergebnis fast schon egal ist, Hauptsache es ist endlich vorbei. Am Sonntag will sie noch in die Messe und kann ihre Töchter überreden mitzukommen. Danach geht es zum Wählen, diesmal aber ganz ohne Pressebegleitung. Als sie ihren Wahlschein in die Urne wirft, fühlt es sich richtig an.

Für den Nachmittag nimmt sich Marlene eine der Ferienwohnungen auf dem Hölzle-Hof vor und putzt intensiv die Küche. Franzi ist am Nachmittag mit Moritz verabredet, sie wollen durch Fischau spazieren und dort einen Kaffee trinken. Franzi leiht sich das Auto von Marlene, um Moritz abzuholen. In Fischau fällt ihr am großen Parkplatz der komische Typ von der Wahlparty im Landratsamt auf. Als sie Moritz den Typen zeigen will, ist er aber schon in der Masse der Sonntagsausflügler verschwunden. Moritz wird alle paar Schritte aufgehalten, manche wollen ihm schon gratulieren. Aus dem netten Kaffeetrinken wird nichts, denn Moritz nervt der ganze Trubel. Er will noch einmal durchschnaufen und lässt sich von der Franzi nach Hause bringen. Dort setzt er sich alleine bei heruntergelassenen Rollladen in seine Wohnung, zieht seine Kopfhörer über und zockt an einem Computerspiel. So hört er auch nicht, dass die Josie bei ihm klopft, und auch das Telefon hat er ausgestellt. Auch, dass noch jemand anderes zu ihm will und mehrfach bei ihm klopft, bekommt er nicht mit.

Als er gegen sechs Uhr abends frisch geduscht aus der Wohnung geht, probt er schon mal das strahlende Siegerlächeln. Allerdings hält es nur an, bis er zu seinem Auto kommt. Fett mit Lippenstift ist dort auf der Windschutzscheibe ein roter Blitz aufgemalt. Hinten prangt ein Kreuz. Die Lippenstiftfarbe kommt Moritz bekannt vor. Seine Gedanken kreisen, aber rein praktisch muss er erst mal dem Geschmiere mit Spülmittel und Wasser zu Leibe rücken. So kann er nicht nach Landsthal fahren. Dabei saut er sich die Anzughose ein. Er flucht. Schnell zieht er sich noch mal um, mit Jeans und

Jackett und dem Wahlkampfhemd sieht er eh cooler aus, findet er beim Blick in den Spiegel. Jetzt muss er aber dringend losfahren, sonst verpasst er noch die offizielle Verkündigung des Ergebnisses. Um weiteren Störungen vorzubeugen, schaltet er auch sein Handy aus. Er muss sich jetzt auf seinen Sieg konzentrieren, er geht seine Rede in Gedanken durch. Beim Landratsamt angekommen, findet er im hinteren Eck der Parkzone noch einen kleinen Platz. Es ist dämmrig, und der nahe Fluss rauscht und gurgelt. Moritz geht eilig los. Er hat das Gefühl, dass er beobachtet wird. Als eine Autotür zugeschlagen wird, zuckt er zusammen. Er wird schneller, zum hell erleuchteten Portal sind es noch wenige Schritte. Da berührt ihn jemand am Arm. Moritz macht einen Satz und dreht sich zur Seite.

»Ganz schön nervös, Moritz. Du zeigst ja doch noch Nerven«, witzelt die Mango. Sie hat eine voluminöse Handtasche dabei. Sie deutet auf die Tasche. »Ich hab etwas zum Anstoßen dabei, nur für uns zwei. Treffen wir uns später am See?«

Dabei grinst sie anzüglich. »Vielleicht beim Holzi?«

Auch das noch. Jetzt wird die Mango auch noch aufdringlich. Moritz muss das dringend auf eine professionelle Ebene bringen. Er macht ein Gesicht, als ob er in Zitrone beißen muss.

»Na gut, dann machen wir diese Sonderbesprechung am Bootshaus beim Holzi, wenn du den Schlüssel hast.«

Die Mango nickt nur und lächelt wissend.

Am besten kommt er gleich mit einer anderen Frau zu diesem Treffpunkt, überlegt er sich, das würde die Verhältnisse geraderücken.

Und noch jemand hat die Unterhaltung mitbekommen, allerdings unbemerkt von den beiden, versteckt hinter einem Busch. Die Gestalt huscht zurück auf den Parkplatz.

Für Moritz gilt es jetzt. Schon im Foyer muss er viele Hände schütteln. Die ersten Auszählungsergebnisse sind schon da und werden mit dem Beamer an die Wand projiziert. Moritz stutzt: Sein Konkurrent Birkländer liegt vorne. Ein eisiger Schauer läuft im über den Rücken. Als er sein Wahlkampfteam erreicht, wird er beruhigt.

»Das sind nur die kleinen Gemeinden im Hinterland«, meint einer der Altgedienten. Er klopft ihm auf die Schulter:

»Die großen Brocken kommen noch. Und dann liegst du vorne.«

Sein Konkurrent Birkländer, der sich gegenüber mit seiner Familie im Schlepptau aufgebaut hat, feixt ihn an.

Dann kommen die Ergebnisse einer der drei größeren Gemeinden rein, und Moritz rückt sofort gleichauf mit dem Birkländer.

Dann geht es Schlag auf Schlag, und immer wieder sind es nur ein paar Stimmen Unterschied zwischen Birkländer und Moritz. Dann sind fast alle Ergebnisse da, nur Otterschwing und Landsthal-Ost fehlen noch.

Was ist denn in Otterschwing los? Warum kommt da nichts? Moritz' Zuversicht schwindet. Ihm schmerzen schon seine Gesichtsmuskeln, so verkrampft lächelt er in die Runde. Verstohlen schaut er immer wieder zum Birkländer. Der kann kaum stillstehen und tigert hin und her.

Dann verkündet der Wahlleiter, dass es noch ein bisschen dauern werde. In Otterschwing müsse noch mal gezählt werden. Birki hält es nicht mehr aus und geht eine Zigarette rauchen. Moritz sucht panisch sein Handy. *Mist!* Das hat er nicht dabei. Hoffentlich liegt es im Auto.

Schließlich kommt der Wahlleiter noch mal und macht es ganz spannend: Die letzten Ergebnisse seien da. Es gibt ein Kopf-an-Kopf-Rennen, aber es kann nur einen Sieger geben. Dann wird das Ergebnis gezeigt – und Moritz hat es geschafft! Er kommt auf 51,3 Prozent der Stimmen. Das ist denkbar knapp, aber es reicht. Er ist der neue Landrat.

Vor lauter Aufregung bringt er nur drei Sätze des Dankes und der Freude heraus, dann nimmt ihn der Wahlleiter beiseite und lässt ihn schon mal unterschreiben, dass er die Wahl annimmt.

Sein Konkurrent Birkländer zeigt sich als schlechter Verlierer. Er bedrängt den Wahlleiter, dass alle Stimmzettel noch einmal ausgezählt werden sollen. »Schiebung!«, schreit er, denn die ausschlaggebenden Stimmen kommen alle aus Otterschwing, und mit der Marlene Hirsch steckt der Moritz ja unter einer Decke. Das Spektakel vom Birkländer ist unwürdig, so die klare Meinung der Mehrheit, außerdem bringt sein Geschrei die Kinder zum Weinen. Seine Frau nimmt die Kinder mit nach draußen und schaut ganz verzweifelt. Endlich rauschen er selbst und seine Truppe ab.

Gleich danach muss Moritz Interviews geben. Die Medien stehen Schlange, auch ein Fernsehteam ist da. Moritz hält sich an die vorgefertigten Antworten, die er mit seinem Team geübt hat. Zum knappen Ausgang sagt er nur, dass er für alle Bürgerinnen und Bürger aus dem Landkreis da sein wird und es ihn sehr freue, dass die Mehrheit der Wählerinnen und Wähler ihm als jungen Kandidaten das Vertrauen geschenkt hat. Er werde sich mit voller Kraft und ganzem Herzen für dieses wunderschöne Fleckchen Erde, das ihm inzwischen zur Heimat geworden ist, einsetzen. Moritz schaut dabei ganz pathetisch. Nach dem fünften Interview fühlt er sich wie nach einer langen Bergtour, aber der letzte Reporter hat nur noch zwei Fragen. Dann leert sich die Halle.

Draußen wartet die Mango und zeigt auf einen Flaschenkopf. Moritz bittet sie, einen Moment zu warten, und geht zu seinem Auto, um sein Handy zu holen. Er schreibt Josie, dass sie ihn am besten in Landsthal abholen soll.

Aber die Josie sagt ihm ab. Dann muss er wohl selbst fahren.

Inzwischen läuft bei Marlene Hirsch auf dem Hölzle-Hof eine spontane Wahlparty. Sie hat mit knapp siebzig Prozent gewonnen und wird die neue Bürgermeisterin in Otterschwing, die Wahl hat sie auch gleich angenommen. Georg Redlich und der Josef Hinterhuber haben ihr im Amtszimmer sehr herzlich gratuliert und ihr einen großen Blumenstrauß überreicht. Auf eine Feier im Amt hat Marlene Hirsch nach der eher bedrückenden Stimmung beim ersten Wahlgang verzichtet. Vorsorglich hatte sie aber schon ein paar Flaschen Prosecco daheim kalt gestellt.

Als sie mit Hinterhuber und ein paar netten Gratulanten nach Hause kommt, stehen ihre beiden Töchter am Eingang. Sie bekommt Umarmungen, eine Flasche Champagner und eine Karte, auf der steht: *Mama ist die Beste*. Dazu gibt es noch Pralinen für die Nerven. Marlene hat Tränen in den

Augen. Dann sind alle drei mit der Bewirtung gefordert. Mehrere Gratulanten schauen vorbei, und bald ist eine lustige Feier im Gange.

Als dann noch die Nachricht eintrifft, dass der Moritz gesiegt hat, steigt die Stimmung. Nur die Franzi schaut traurig. Sie will Moritz telefonisch gratulieren, aber sie erreicht nur die Mailbox.

»Komm vorbei, wir feiern«, spricht sie ihm drauf und schickt zur Sicherheit noch eine WhatsApp.

Moritz wäre jetzt auch lieber bei seiner Ersatzfamilie. Stattdessen steht er nun mit der Mango am Seeufer. Es weht ein kühler Ostwind, und Moritz wünscht sich einen Schal.

Die Mango will nun ein Koalitionsgespräch führen, denn schließlich beweise ja das knappe Wahlergebnis, wie sehr er die Unterstützung von ihr gebraucht habe.

»Ohne mich wärst du nix«, meint die Mango keck.

»Ohne mich wirst du nix«, entgegnet dagegen Moritz.

Die Mango stutzt und lacht. »Du gefällst mir. Dann lassen wir mal den Korken knallen. Ich hab hier was ganz Besonderes.«

In der Dunkelheit gehen sie zum Bootshaus, die Mango leuchtet mit ihrem Handy den Weg aus und hat auch gleich den Schlüssel für die Stegabsperrung parat. Dann sind sie im Innern des Bootshauses, das eigentlich ein Badehaus ist. Geschickt öffnet sie die Flasche und schenkt dem Moritz ein. Der stürzt das erste Glas gleich in zwei Zügen herunter. Das zweite trinkt er schon genussvoller. Als die Mango tatsächlich beginnt, über Ausschusssitze und Ähnliches zu reden, schüttelt er den Kopf.

»Heute Abend wird nur gefeiert. Auf den ersten Landrat und seine stellvertretende Landrätin.« Er hebt das Glas und stößt mit ihr an. Fast sieht es so aus, als wollte die Mango ihn küssen. Jetzt muss Moritz klare Kante zeigen und hebt zu einem Monolog an.

»Mareille, du bist eine gute Politikerin, und mit dir werde ich auch noch so manches durchfechten. Aber eines musst du dir merken, wenn du in der Politik etwas werden willst: Amouröse Verwicklungen gehen am Ende immer schlecht aus.

Ich persönlich möchte bald heiraten, ein Haus in Otterschwing kaufen, hübsche Kinder bekommen, und die richtige Frau dafür habe ich auch schon gefunden. Und du bist ja auch bestens verheiratet und wirst es sicher noch lange bleiben wollen.«

»Geh Moritz, du bist gar nicht mein Typ und außerdem viel zu jung«, meint darauf nur die Mango. Sie schenkt dem Moritz noch mal nach. »Auf unsere gute professionelle Zusammenarbeit.« Sie stößt mit ihm an.

Bald ist die Flasche geleert, das meiste hat der Moritz getrunken. Weil er den ganzen Tag kaum etwas gegessen hat, spürt er den Alkohol, und außerdem wirkt langsam die Extra-Belohnung, die er sich im Auto gegönnt hat. Plötzlich wird ihm ganz heiß. Er schaut sich um.

»Ich geh eine Runde schwimmen«, sagt er der Mango. Er streift die Schuhe ab, zieht die Socken aus und wirft lässig sein Sakko über die Balustrade.

»Hast du auch ein Handtuch in deiner Handtasche?«, fragt er die Mango.

»Aber Moritz, das Wasser ist doch viel zu kalt. Vor ein paar

Tagen hat's noch geschneit. Das ist doch g'spinnert.« Den letzten Satz schreit sie fast.

»Hast du nun ein Handtuch oder nicht? Du bist doch auf alles vorbereitet, stimmt's?«, sagt Moritz.

»Im Auto hab ich so eine weiche Decke. Wenn du unbedingt ins Wasser willst, dann hol ich sie. Nicht, dass du dir eine Lungenentzündung einfängst.«

Moritz nickt nur und wartet, bis die Mango sich auf den Weg zum Auto macht. Die kalte Nachtluft umströmt seinen Körper, sein Hemdkragen flattert. Wie heiße Lava strömt der Glücksrausch seine Wirbelsäule hinab.

Aber keine zwanzig Meter weiter kauert ein schwarz gekleideter Mann im Gebüsch und wartet auf den richtigen Moment. Neben ihm liegt ein Brett, wie man es zum Stand-up-Paddeln benutzt. Er will vom Wasser her kommen.

KAPITEL 15

»Ich bin der König der Welt!«, juchzt Moritz an der Treppe. Und als er den Fuß in das nur wenige Grad warme Ammersee-Wasser taucht, kommt ihm ein Gedanke, der immer drängender wird: *Ich kann übers Wasser laufen.* Hell gleißendes Glück umgibt ihn, er hat es geschafft. Jetzt ist er Landrat, er, der Mors, der Bub aus dem Hochhaus ohne Zukunft.

Er summt vor sich hin. Tatatada! Immer weiter geht er in den kalten See hinein, springt aus dem Wasser und tut dabei so, als würde er gehen, schlägt mit den Armen Wellen und juchzt immer wieder auf. Als er im tiefen Wasser angekommen ist, macht er ab und zu ein paar Schwimmzüge, sonst würde er untergehen. Die Strömung zieht an ihm, und Moritz treibt immer weiter ab, weg vom Ufer. Er merkt es nicht, ist kein guter Schwimmer und kennt auch die Eigenheiten der Strömungen nicht. Er wähnt sich noch nahe dem sicheren Ufer.

Trotz seiner gefühlten Hitze kühlt sein Körper schnell aus. Schlagartig wird ihm kalt. Seine Muskeln fühlen sich steif an, er will mit den Füßen auf den Grund und tritt ein ums andere Mal ins Leere. Seine Jeans hat sich vollgesogen und zerrt am Gürtel. Er spürt, wie seine Kraft aus dem Körper fließt. Dann verliert er die Orientierung. Statt zum Ufer zu schwimmen, wird er immer weiter abgetrieben. Er tritt auf der Stelle und atmet schnell, bekommt keine Luft, sackt mit dem Kopf unter Wasser, schlägt um sich.

Da taucht wie aus dem Nichts ein Stand-up-Paddler neben ihm auf. *Eine Fata Morgana?* Der Sportler ist in der Dunkelheit wegen seines schwarzen Neoprenanzuges kaum zu sehen. Schemenhaft sieht Moritz die kräftigen Bewegungen. Er will um Hilfe schreien, bekommt aber keinen Ton mehr heraus. Moritz konzentriert sich darauf, die Hand zu heben und so etwas wie ein Winken zustande zu bringen. Der schwarze Engel wird ihn retten, davon ist Moritz überzeugt.

Tatsächlich nähert sich der Paddler mit raschen Schlägen. Er will den Mann retten, muss ihn retten, kann ihn nicht ertrinken lassen. Gleichzeit sträubt sich in ihm jede Faser, auch nur einen Handschlag für dieses miese Stück Dreck zu machen. Als das Board in Reichweite kommt, will Moritz zupacken und greift mit der rechten Hand zu. Aber dann spürt er einen scharfen Schmerz an seinem Kopf. Er wird vom Board weggedrückt, es geht weiter unter Wasser. Dann ist er wieder frei und taucht auf, zappelt wild um sich. Er will das Paddel zu fassen bekommen, man hört sein Keuchen, das Wasserschlagen, er bekommt Wasser in die Lunge. Aber sein Gegenüber ist unerbittlich.

Jetzt in diesem Moment will dieser nur eines: Moritz soll leiden, so wie er gelitten hat. Er will ihn retten, aber gleichzeitig entfernt er sich wie ferngesteuert von dem untergehenden Moritz, gleitet zurück in die Dunkelheit.

Der Mann ringt mit sich. Soll er zurück zum Untergehenden, ihn sicher an Land bringen? Soll alles nur ein Spaß sein, ein bisschen Erschrecken, so wie er es geplant hat?

Er hat im Gebüsch gewartet, laut genug haben sie es ja vor der Siegesfeier in die Welt geschrien, wo sie ihr Stelldichein planen. Er hatte als eine Art Wassergeist dem Moritz als sein Gewissen erscheinen wollen. Aber dann geht der Trottel in das eisige Wasser, und dann auch noch diese komischen Gehbewegungen.

Hält sich wohl für Jesus! Das ist so typisch, der Schmarotzer nimmt gleich den Lift bis ganz nach oben. Die Wut steigt wieder in ihm auf, bis es ihn fast zerreißt. Er dreht nicht um. Gleich ist er am Ufer. Als er im flachen Wasser ist, steigt der Mann lautlos ab. Er schaut sich um. Von Moritz ist nichts zu hören. Der ist immer noch viel zu weit draußen.

Da hört er eine weibliche Stimme rufen, ein Lichtstrahl gleitet über das Wasser. Lautlos zieht der Mann sich ins Gebüsch zurück und sucht, so schnell es geht, das Weite.

Vom Bootshaus her schreit die Mango nach dem Moritz. Sie leuchtet mit ihrem Smartphone zum See hinaus, aber weit kommt der Lichtstrahl nicht. Sie hört schwache Geräusche, die nicht zur Abendstimmung passen. Da! Sie sieht den Schwimmer im tiefen Wasser. Er sieht aus wie ein Ertrinkender. Die Mango rennt ins Wasser und wird direkt von der Kälte gestoppt. Sie kann nicht zu ihm schwimmen, das würde auch ihr Leben gefährden. Panisch schaut sie sich um. Gibt es hier ein Boot oder irgendetwas? In der Dunkelheit sucht sie die Umgebung ab. Nichts. Doch da, ein großer Ast! Sie schleudert den Ast, so weit es geht, auf den See hinaus.

Mit einem Platschen landet er weit weg von Moritz. Vielleicht treibt die Strömung ihn ja zu ihm hin. Sie schaut noch mal ins Wasser hinaus zu dem Schwimmer. Kaum merklich schüttelt sie den Kopf. *Das schaff ich nicht, ohne Boot kann ich ihn nicht herausholen. Wahrscheinlich ist er schon tot.*

Mango schaut auf die Uhr. Wie geht die Faustformel? Sie rechnet fieberhaft. Das Wasser hat nach ihrer Schätzung knapp über fünf Grad, seit fast einer halben Stunde treibt der Moritz im Wasser. Das kann er nicht mehr schaffen, selbst wenn sie sofort die Rettung alarmiert, wird es zu spät sein. *Jedes Jahr holt der idyllische See einen oder zwei Wassersportler zu sich.* Eine Träne rinnt ihr über die Wange. Sie überlegt noch mal. Soll sie die Rettung rufen? Melden, dass sie mit dem Moritz hier war? Dann würde alles auffliegen, ihre politische Karriere kann sie vergessen. Jeder würde sofort denken, dass sie eine Affäre hätten. Auch ihr Mann würde das vermuten, der ist sowieso schon so eifersüchtig ist. Und dann kommen ihr die harschen Worte vom Moritz in den Sinn. Wie er sie gerade abgefertigt hat. Sie als Frau zurückgewiesen hat. Sie hält noch mal inne, schaut auf den See, der Schwimmer treibt jetzt schon ohne jede Bewegung dahin. Der Mann ist tot, das ist für die Mango klar. Jetzt muss sie sich selbst helfen, und zwar schnell.

Sie dreht sich um, geht ins Bootshaus und sucht eilig alle Sachen zusammen, packt auch die übrigen Klamotten und die Schuhe vom Moritz. Sie rennt zu ihrem Auto, zieht die nassen Schuhe aus und fährt los. Ihr kommt ein Jeep entgegen, der so aussieht wie der alte Lada vom Bledschneider-Sepp. Sie duckt sich nach unten. Der Bledschneider! *Der irre*

Zausel kann ihr noch nützlich werden. Sie hat da schon eine Idee.

Bei dem Wassersportler setzt nun Panik ein. Was hat er getan? Er muss weg von hier, und zwar schnell, aber die Frau darf ihn nicht bemerken. Er weiß nicht, ob sie ihn auf dem See gesehen hat. In seinen Neoprenschuhen lässt es sich schlecht laufen, er rutscht mit dem schweren Brett in der Hand immer wieder aus. Auch das Paddel gleitet ihm ständig aus der Hand. Er reißt seine Schuhe und die Handschuhe herunter, stopft sie unter die Verschnürung des Brettes. Dann rennt er los, die kleinen Kieselsteine schmerzen an den Fußsohlen, trotzdem läuft er schnell. Seinen Mietwagen hat er in einer dunklen Ecke an einem der drei großen Parkplätze abgestellt. Dort leuchtet keine Straßenlaterne hin. Nachts ist es sehr kalt, er wird sich noch einen Schnupfen holen. Verflixt, wo ist der Schlüssel hingerutscht? Ach, den hat er doch auf den Hinterreifen gelegt. Beim Auto angekommen, tastet er im Dunkeln herum, und dann flutscht der Schlüssel auch noch weg. Er kniet sich auf den Boden und sucht. Er überlegt, ob er die Luft aus dem Board lassen soll. Das ist ein lautes Geräusch, aber dann bekommt er es wenigstens in den Kofferraum. *Wenn die Sitze Flecken abbekommen, ist das auch verräterisch.* Sein Herz schlägt wie verrückt. Er kann keine klare Entscheidung treffen. Hinter dem Auto setzt er sich auf den Boden, zieht die Knie an und atmet. Dabei fängt er an zu zählen. Eine bewährte Methode, die er sich gegen seine Prüfungsangst angeeignet hat. Er zählt während der Atemzüge, atmet ein und sehr lange aus, so wird er in wenigen Minuten ruhiger. Dann funktioniert sein Gehirn wieder. Er zieht den Neoprenanzug aus, trocknet sich ab und schlüpft in die trockenen Sachen, die er mitgebracht hat. Auch das Paddel schraubt er auseinander und trocknet es sehr sorgfältig ab, dann das Board. Er schiebt es ins Auto, der Kofferraum bleibt offen. Er will nur ein Stück so fahren, denn Richtung Fischau hat er auf dem Hinweg einen Parkplatz auf freier Flur gesehen, der auch im Dunkeln liegt. Dort will er die Luft ablassen und sein Board verpacken.

Sein Plan geht auf, unbemerkt fährt er zum Parkplatz. Dort geht alles blitzschnell. Er hat Routine. Puff! Die Luft raus, zusammenfalten und in die Transporttasche. Das Paddel will er schon dazustecken, da zögert er. Das Wasser hat alle Blutspuren abgewaschen, aber bestimmt kann man bei genauer Analyse noch etwas finden. Deshalb wischt er mit einem sauberen T-Shirt noch mal alles gründlich ab, sodass keine Fingerabdrücke mehr drauf sind. Dann lehnt er das Paddel neben den Abfalleimer. *Sicher nimmt das gleich einer mit*, denkt er. Als er Schuhe und Handschuhe dazulegen will, merkt er, dass ein Handschuh fehlt. So ein Mist! Aber er kann nicht zurück, er muss weiter. Weg von hier.

Die Franzi hat inzwischen gefühlt hundertmal bei Moritz auf dem Handy angerufen. Immer mit dem gleichen Ergebnis:

»Hier ist die Mailbox von Moritz Lang. Sie erreichen mich leider nicht persönlich, aber ich rufe Sie sobald wie möglich zurück.« Inzwischen legt sie immer schon auf, bevor die Mailbox anspringt. Als sie wieder zur improvisierten Siegesfeier ihrer Mutter Marlene ins Wohnzimmer hinuntergeht, fällt der ihre besorgte Miene auf.

»Immer noch nichts vom Mors?«, fragt sie leise.

»Nein, nur die Mailbox«, antwortet Franzi.

»Wahrscheinlich ist der Akku leer, mach dir keine Sorgen. Morgen steht er wieder da mit einem Blumenstrauß und einer Flasche Prosecco«, beruhigt Marlene ihre Tochter.

Die schaut immer noch skeptisch.

»Na gut, dann ruf ich ihn kurz an und gratuliere ihm«, sagt Marlene. Der Blick von Franzi hellt sich auf.

Marlene sucht ihr Handy, geht in die Küche und erreicht auch nur die Mailbox. Sie spricht ihm ihre Glückwünsche darauf, lädt ihn zu ihrer spontanen Party ein und bittet ihn, sich schnellstmöglich bei ihr zu melden.

Als Franzi in die Küche kommt, schüttelt Marlene nur den Kopf. »Mailbox. Komm, lass uns feiern! Heute will ich nur fröhliche Gesichter sehen.«

Franzi verzieht ihr Gesicht zu einem schiefen Lächeln, aber sie macht sich Sorgen. Der Moritz, den sie kennt, wäre schon lange mit einem Dauergrinsen hereinspaziert und hätte sich feiern lassen mit einem Mädel an jeder Seite.

Nachdem sie einen kleinen Schluck Prosecco mit ihrer Mutter getrunken hat, schleicht sich Franzi wieder nach oben in ihr Zimmer. Sie lockt sich in die sozialen Medien ein und sucht nach Moritz. Doch nirgends ein aktuelles Lebenszeichen von ihm. Sein Wahlkampfteam hat ein Bild von ihm gepostet, als er vom Wahlleiter im Landratsamt beglückwünscht wird. Darunter steht: *Unser neuer Landrat heißt Moritz Lang. Herzlichen Glückwunsch, Moritz! Vielen Dank an alle Wähler! Wir freuen uns! #LandratMLang #Immerbesser #ÖkosLandsthal*

Franzi sucht weiter. Mitten in der Nacht schreibt sie der Josie, bekommt aber keine Antwort.

Schließlich sind auch die letzten Gäste der Siegesfeier gegangen. Marlene schaut noch mal zu Franzi ins Zimmer und wünscht ihr Gute Nacht, auch Anna schlüpft im Nachthemd rein. Sie umarmt ihre Schwester wortlos und sagt dann: »Geh schlafen, jetzt kannst du eh nichts machen.« Franzi macht sich aus reiner Gewohnheit auch bettfertig, putzt die Zähne und legt sich dann in ihr Bett. Die Angst kriecht ihr den Rücken herauf, ihr Herz klopft wild. Ihr Papa, der Theo, war auch auf einmal tot. Gerade stand er noch vor der Tür des Hölzle-Hofes und am nächsten Tag kamen die Polizisten. Seitdem ist vieles anders.

Sie macht das Licht wieder an und versucht es mit dem Lesen ihrer derzeitigen Fachlektüre, aber ihre Gedanken schweifen immer wieder ab. Irgendwann schläft sie dann doch ein.

Als Marlene in der Nacht nach ihrer Tochter schaut, schläft sie mit dem Kopf auf dem Buch. Vorsichtig zieht sie es heraus, legt es auf den Nachttisch und löscht das Licht. Irgendwas stimmt mit dem Moritz nicht, da muss sie ihrer Tochter recht geben.

Die Josie wacht mitten in der Nacht auf. Sie hat einen Albtraum. Der Moritz und sie sind im hochalpinen Gelände unterwegs. Sie sind mit einem Seil gesichert, es geht über ein Gletscherfeld. Plötzlich hakt der Moritz sich aus, schmeißt den Helm weg, nimmt Anlauf und fällt und fällt. Von ihrem Schrei wird Caro wach und jault auf. Gleich drauf ertönt es von unten aus dem Schlafzimmer ihres Opas: »Kreuzkruzifix! Ich möcht schlafen!«

Josie holt die Caro zu sich ins Bett, obwohl die Hündin das eigentlich nicht darf. Aber wenn sich die Caro aufregt, dann heult sie die ganze Nacht. Josie streicht der schreckhaften Hündin übers Fell, dann kuscheln sie sich aneinander und schlafen den Rest der Nacht ohne weitere Störungen.

Als sie am nächsten Morgen in der warmen Küche ihren ersten Kaffee trinkt, läutet es an der Haustür. Der Opa, Johann Schmidt, öffnet die Tür, denn die Hündin stimmt schon wieder ein Heulkonzert an. Der Johann kommt wieder rein und sagt vorwurfsvoll zur Josie: »Gehst mit der Caro zur Hundeschule. Das geht so net weiter.«

Hinter dem Johann schiebt sich die Franzi ins Zimmer. Sie ist bleich und kann sich kaum auf den Beinen halten.

»Franzi, wie schaust denn aus? Ist was Schlimmes passiert?«, spricht sie der Johann an und schiebt ihr einen Stuhl entgegen. Die Franzi setzt sich, und die Caro kommt und schnuppert an ihrer Hand. Dann legt sie sich zu Franzis Füßen. Josie bringt ihr ein Glas Wasser.

Als die Franzi zwei Schlucke getrunken hat, beginnt sie leise zu sprechen: »Ich such den Moritz. Der ist nicht nach Hause gekommen, hat sich nicht gemeldet. Sein Handy ist aus.«

»Hier war er nicht. Und ich hab ihn gestern auch gar nicht gesehen«, sagt Josie. Der Johann nickt.

»Des stimmt. Wir sind um elf ins Bett gegangen«, ergänzt er.

»Mei Franzi, der kommt schon wieder.« Damit schlurft er aus der Küche.

Weil das Verhältnis der beiden Mädchen wegen dem Moritz nicht gerade das beste ist, schweigt sich auch die Josie aus. Nachdem die Franzi noch einen Schluck getrunken hat, steht sie auf.

»Rufst mich an, wenn du ihn siehst oder etwas hörst? Bitte!«

Die Josie nickt, und die Caro fängt wieder an zu bellen.

Obwohl Josie ganz abgeklärt tut, macht auch sie sich Gedanken. Vielleicht hat der Moritz seine Traumfrau kennengelernt und will nun, da er Erfolg hat, nichts mehr von ihr wissen? Oder er ist wieder bei den ominösen Verabredungen in München? Die Franzi wird den Moritz schon aufspüren.

Daheim bei der Familie Hirsch ist noch nicht so viel los. Marlene ist ein wenig verkatert und nimmt im Nachthemd und Bademantel die telefonischen Glückwünsche entgegen. Dann ruft Rainer Ortlieb an und will ein Interview mit ihr für den *Seekurier* führen. Sie vertröstet ihn auf den frühen Nachmittag, macht sich einen starken Kaffee und nimmt eine heiße Dusche. So gestärkt setzt sie sich an ihren Schreibtisch und notiert ein paar Stichpunkte. Verflixt! Wenn sie nur die alten Unterlagen von ihrem Mann aufgehoben hätte, dann könnte sie jetzt die Vorlagen herausholen. Aber damals hat sie alles in zwei großen Containern entsorgt, als sie das neue Familienhaus ausräumen musste.

Sie will gerade Petra Rosenberger um Rat fragen, da ruft diese auch schon an und übermittelt atemlos ihre Glückwünsche. Sie hat gerade Mittagspause und ist auf dem Weg zu einem kleinen Café. Marlene bittet sie um ein paar Tipps, und nachdem Petra bestellt hat, diktiert sie Marlene ein paar Standardsätze wie: »Ich freue mich sehr auf die neue Aufgabe« oder »Ich werde mich mit ganzer Kraft für alle Bürgerinnen und Bürger von Otterschwing einsetzen«.

So ausgerüstet, meistert Marlene Hirsch ihr erstes Interview als designierte Bürgermeisterin von Otterschwing bravourös. Als Ortlieb noch einen Fotografen vorbeischicken will, wimmelt sie ihn ab und bietet ihr Wahlkampffoto an. Dann erkundigt sich Ortlieb ganz informell bei Marlene, ob sie zufällig wisse, wo sich der Moritz Lang aufhalte. Sie stutzt und sagt, sie vermute, dass er noch ein paar Tage ausspannt, aber dass er das Amt schon angenommen habe. Das hat ihr Georg Redlich erzählt, als er ihr das amtliche Endergebnis mitteilte.

Nach dem Telefonat muss sie nur noch ein Dokument im Amt unterschreiben, dann steht ihrer neuen Karriere als Bürgermeisterin nichts mehr im Wege.

Derweil fährt die Franzi in der Gegend herum und sucht nach dem Moritz. Sie nötigt sogar seine Vermieterin, ihr die Wohnung aufzuschließen. Dort ist er nicht, aber der offene Kleiderschrank und ein paar Klamotten auf dem Bett zeugen davon, dass er, seitdem er das Haus gestern verlassen hat, wohl nicht mehr da war. Franzis Verzweiflung wächst. Sie muss doch irgendetwas tun können!

Als sie wieder nach Hause kommt, gibt ihre Mutter gerade ein Interview. Sie schleicht nach oben und setzt sich wieder vor den Laptop und googelt Moritz' Namen in verschiedenen Kombinationen. Auch überregional wird sein Sieg vermeldet, in der Presse ist von einem Wimpernschlagfinale des jungen Moritz Lang die Rede, dem ein großes politisches Talent und eine gewinnende Art bescheinigt wird. Zugeknöpft sei er lediglich bei Fragen nach seiner Herkunft. Das bringt Franzi auf eine neue Idee. Vielleicht ist er einfach zu seiner Familie gefahren und versöhnt sich mit seinen Eltern?

Ihr gegenüber hat er nie erwähnt, wo seine Familie genau wohnt. Nur dass es zu einem Bruch kam und er es alleine schaffen will. Aber die Suche im Internet wirft bei dem Allerweltsnamen Lang zu viele Treffer heraus, so kommt Franzi nicht weiter. Sie versucht es mit der Rubrik *Vermisste suchen* und stößt auf einen interessanten Artikel über die Suche nach einer jungen Frau, die auf dem Heimweg verschwunden ist. Die Familie hat, als die Polizei zunächst mit den üblichen Warteparolen kam, auf eigene Faust mit einer Suche in den sozialen Medien begonnen und ist so auf die Spur des Täters gekommen. Franzi seufzt. Da kommt ihre Schwester Anna zu ihr ins Zimmer.

»Immer noch keine Nachricht?«, fragt sie.

»Nein. Nichts. Ich war sogar bei der Josie, aber da war er auch nicht.« Franzi schluchzt auf. »Jetzt überlege ich, ob ich eine Suchkampagne in den sozialen Medien starten soll. Die Polizei wird ihn so bald nicht suchen.«

Anna schüttelt den Kopf. »Wenn du Moritz öffentlich suchst, wird ihm das eher schaden. Der Mors ist bestimmt nicht erfreut, wenn er wüsste, was du hier vorhast. Rede wenigstens mit Mama, bevor du etwas machst.«

»Die Mama ist jetzt Bürgermeisterin und hat für uns jetzt keine Zeit mehr. Du weißt doch, wie es all die Jahre mit Papa war«, meint Franzi bitter.

»Ich schau mal, was sie gerade macht«, sagt Anna.

Marlene sitzt tatsächlich am Schreibtisch und telefoniert. Anna schreibt auf einen Zettel: *Franzi braucht dich,* und hält ihn ihr hin. Marlene liest und nickt.

Fünf Minuten später sind alle drei in der Küche versammelt.

Marlene hält auch nichts von der Idee, in den sozialen Medien eine Suchkampagne zu starten. Dafür ist es noch viel zu früh.

»Gib ihm doch ein paar Tage Zeit. Der Moritz meldet sich schon. Ich habe gerade dem Ortlieb vom *Seekurier* gesagt, dass er ein paar Tage verreist ist. Und an die Geschichte sollten wir uns jetzt auch halten«, entscheidet Marlene.

Das bringt die Franzi erst richtig auf Touren.

»Geht das jetzt wieder los? Immer den schönen Schein wahren für die Leute? Immer eitel Sonnenschein spielen? Das kotzt mich so an.« Wütend stapft sie davon.

Zwei Tage später gibt es immer noch kein Lebenszeichen von Moritz. Um irgendetwas zu tun, geht Marlene mit der Franzi auf die örtliche Polizeiwache und spricht die Beamten auf das Verschwinden an. Wie erwartet, wird keine offizielle Vermisstenmeldung aufgenommen.

»Der Mann ist erwachsen, vielleicht will er sich ja noch mal amüsieren, bevor er sein Amt antritt«, vermutet einer der Beamten. Weil die Franzi aber gar so unglücklich schaut und auch die Marlene darum bittet, versprechen die Beamten, dass sie die Augen offenhalten und auf Streife besonders auf ihn achten. Dem einen kommt auch die Idee, nach dem Auto zu suchen. Franzi weiß nicht genau, welches Auto er zuletzt gefahren hat, vom Kennzeichen ganz zu schweigen. Sein Wahlkampfauto ist im Autohaus geblieben, und er hat einen Werkstattwagen bekommen. Auch so ein E-Auto sei dies gewesen. Franzi kommt sich auf einmal total dumm vor.

Was ist, wenn alle recht haben und der Moritz tatsächlich einfach abgetaucht ist, um sich von dem anstrengenden

Wahlkampf zu erholen? Dann würde sie als Stalkerin dastehen und könnte sich nicht mehr blicken lassen.

Vor der Wache sagt sie zu Marlene: »Hast du gesehen, wie die mich angeschaut haben? So als ob ich ein hysterisches Psycherl wär.«

»Ich denk schon, dass die ihre Augen offenhalten. Des wird schon wieder«, beruhigt Marlene ihre Tochter. »Soll ich mal mit der Petra reden?«

Das will die Franzi auf keinen Fall. Die Petra Rosenberger und ihre komische Freundin Birgit. Das hat ihr an Silvester schon gereicht, wie die Birgit hinter dem Moritz her war.

Dann herrscht eine Zeit lang eine angespannte Stille. Alle halten Ausschau nach dem Moritz. Josie dreht mit der Caro ihre Runden in Otterschwing. Die Rückfragen von der Presse und aus dem politischen Lager werden immer drängender. Auch sein Wahlkampfteam sucht den Moritz Lang. Gefunden wird allerdings nur sein Auto. Es steht auf einem Parkplatz am Ammersee. Die Autofirma hat es geortet und inzwischen abgeholt, erfährt Marlene. Inzwischen sei es auch schon wieder im Kundeneinsatz.

Daraufhin dehnt die Josie die Spaziergänge mit ihrem Hund auf Fischau und das Ammersee-Ufer aus. Sie versucht sogar, in das Badehaus einzusteigen, und hangelt sich irgendwie über die Absperrung. Aber auch im Badehaus, ihrem geheimen Treff, findet sie keinen Anhaltspunkt. Dort liegt absolut gar nichts herum, nicht einmal ein Müllfitzel. Sie denkt, dass da jemand aufgeräumt haben muss, denn normalerweise finden sich hier immer Plastikverpackungen, leere Bierflaschen oder gebrauchte Plastikbecher.

Bei einem ihrer Spaziergänge trifft sie auf die Hirsch-Frauen. Ausgerechnet als sie gerade ins Wasser waten will, weil es sie so in die Bucht hineinzieht, als ob jemand sie rufen wollte.

Dann sind schon zwei Wochen vergangen, der Frühling zieht ein, und Petra Rosenberger kündigt sich in Otterschwing an. Sie will eine Fischfangreportage für die *Münchner Postille* schreiben und übernachtet bei Marlene. Und dann geschieht das, was niemand erwartet hat: Ausgerechnet die Petra Rosenberger findet eine Wasserleiche, und schnell ist klar, wer es ist.

KAPITEL 16

Friedhof Otterschwing im Mai

Ein schwarz-buntes Gewimmel tummelt sich heute am Vorplatz der Dorfkirche in Otterschwing. Lautes Lachen mischt sich mit betretenen Gesichtern und Taschentuchgeraschel. Petra Rosenberger und ihre Mitstreiter von der SOKO Benedictum sammeln sich in einer Ecke. Petra verteilt letzte Anweisungen: »Teilt euch auf, sprecht mit möglichst vielen, merkt euch die Namen und kümmert euch um die, die irgendwie auffällig sind.«

Die Beisetzung von Moritz Lang steht an. Die SOKO Benedictum erhofft sich eine neue Spur. Petra hat für Moritz Traueranzeigen in Berlin und im Wohnort seiner Jugend geschaltet, und Franzi hat in den sozialen Medien über die Beerdigung gepostet. Weil der Moritz nicht nachweislich seine Kirchensteuern bezahlt hat, hat der Otterschwinger Pfarrer eine kirchliche Beerdigung verweigert. Marlene Hirsch hat alles versucht, um die Gedenkfeier für Moritz Lang wenigstens in der Kirche abhalten zu können. Vergebens! Der indische Pfarrer hält sich ganz streng an die Vorgaben aus der Diözese. Auch für die Frau Bürgermeisterin macht er keine Ausnahme. Deshalb hat Marlene, die Franzi bei der Organisation der Beerdigung unterstützt, einen freien Redner engagiert, der für eine glanzvolle Beerdigung sorgen soll. Franzi hat einige Lieder ausgewählt, die auf der neu angeschafften mobilen Tonanlage gespielt werden. Bis zuletzt haben die Frauen auf gutes Wetter gehofft, aber der Mai zeigt sich kalt und regnerisch. Von Westen her kommen jetzt auch schon wieder dicke dunkle Wolken heran, aber noch ist es trocken. Der Wind pfeift kalt ums Leichenhaus, das inzwischen deutlich sichtbare Flecken im Putz aufweist. Marlene notiert sich das als eine der ersten Aufgaben für ihr neues Bürgermeisteramt: eine neue Aussegnungshalle mit kombiniertem Leichenhaus.

Weil Franzi sich sicher ist, dass der Moritz keine Trauerkleidung wünschen würde, ist dies auch so angekündigt worden. Franzi selbst trägt aber Schwarz, bis auf die getupfte beige Bluse, die Moritz immer so gut an ihr gefallen hat, und auch Marlene hat den konservativen schwarzen Hosenanzug gewählt, da sie eine kleine Rede halten will.

Langsam formiert sich ein halbrunder Kreis vor dem Leichenhaus. Petra hält sich noch am Vorplatz auf. Dort sammeln sich weitere Vertreter der Journaille. Sie begrüßt Rainer Ortlieb und zwei weitere Journalistinnen der lokalen Medien, die sie noch aus ihrer Zeit beim *Seekurier* kennt. Sie hält Ausschau nach ihrem Kollegen von der *Münchner Postille*, der mit dem Fall betraut wurde. Da sieht sie ihn mit dem Fotografen im Schlepp schon um die Ecke biegen. Sie winkt ihm zu und gibt ihm ein paar Hinweise, was geplant ist und wo er und der Fotograf sich am besten hinstellen sollen. Noch weiter hinten entdeckt sie Kommissar Edgar Schuster, der wohl die gleiche Idee hatte wie die SOKO Benedictum und die Leute taxiert. Dem Kommissar will Petra lieber aus dem Weg gehen, deshalb taucht sie schnell in der Menge ab.

Von einer Sargbestattung hat das Beerdigungsinstitut angesichts des Zustandes der Wasserleiche abgeraten, deshalb hat die zuständige Verwaltungsangestellte eine Einäscherung angewiesen. Marlene Hirsch hat davon erst erfahren, als die Prozedur schon vorbei war. Eigens hat sie mit der Franzi eine ebenso schlichte wie elegante Urne aus Lindenholz gewählt. Diese steht nun erhaben auf blauem Samt und flankiert von mehreren Kränzen zwischen zwei Kerzenleuchtern im Leichenhaus.

Die Menge rückt näher, als der Trauerredner sich auf der kleinen Empore des Leichenhauses postiert. Aus der Anlage erschallt »Stairway to Heaven« von Led Zeppelin. Der Wind verweht ein paar Akkorde, vereinzelt wird mitgewippt. Es ist ein langes Stück, aber bis zum Schlussakkord sind auch die letzten Verspäteten eingetroffen.

Darunter auch Birgit, die lange gezögert hat, ob sie zur Beerdigung fahren soll.

Als Kommissar Schuster fast mit ihr zusammenstößt, wird ihr wieder übel. Sie bleibt zurück und will in die Kirche gehen, um sich hinzusetzen, aber das Portal ist abgeschlossen. Deshalb lehnt sie sich für einen kurzen Moment an das alte glatte Holz und atmet tief durch. Weiter hinten bellt ein Hund. Das ist die Caro, die Josie nicht mit in die Menschenmenge nehmen kann, weil der Hund zu ängstlich ist. Ein Dilemma, das Josie zwischen Beerdigung und Hund hin und her springen lässt. Sie sieht die erschöpfte Birgit und geht zu ihr. »Kannst du die Caro ein bisschen zu dir nehmen?«

Weil die Hündin bereitwillig neben ihr Platz macht, nickt Birgit. »Aber wenn sie wieder bellt, musst du sie holen.«

Josie nickt und beugt sich zu ihrer Hündin herunter und flüstert ihr etwas ins Ohr. Es funktioniert.

Der Trauerredner ist inzwischen mit dem ersten Teil seiner Rede fertig, und Marlene Hirsch geht ans Mikrofon. Sie spricht ein paar liebevolle Worte über den jungen Moritz, ein Ausnahmetalent, der sie ermuntert habe, das Amt der Bürgermeisterin anzustreben. Sie berichtet ausführlich von seiner Vision eines guten Miteinanders über alle Grenzen und Generationen hinweg. Das Mehrgenerationenhaus habe ihm besonders am Herzen gelegen und sei eines seiner Herzensprojekte gewesen. Vor Rührung ergriffen, verspricht Marlene, dass sie dieses Projekt in seinem Sinne vorantreiben werde.

Die meisten Zuhörer sind genauso gerührt wie Marlene, aber plötzlich ist aus der Menge heraus ein lautes Räuspern zu hören. Petra schaut sich um. Das Geräusch kommt von einem schlanken sportlichen Mann in Moritz' Alter, der zu dunklen Jeans einen blauen Blouson trägt und äußerst grimmig dreinschaut. Sein Gesichtsausdruck passt nicht zu den Mienen der anderen Trauergäste.

Petra rückt näher an den jungen Mann heran und bedeutet auch Johann, sich von der anderen Seite heranzuschieben. Nach dem nächsten modernen Musikstück setzt der Trauerredner zur eigentlichen Bestattung an. Die beiden Bediensteten des Bestattungsinstitutes nähern sich der Urne, die der eine mit schwarzen Handschuhen nimmt. Der andere lädt die Kränze auf einen kleinen Rollwagen und geht hinterher, voran schreitet der Trauerredner. Der Zug setzt sich in Bewegung.

Das Erdloch für die Urne ist mit grünem Filz ausgekleidet,

ein schlichtes Kreuz, Blumen und Erde stehen bereit. Der Redner spendet Trost und gibt dann das Zeichen zum Absenken der Urne. In das Geraschel des Zuges mischen sich plötzlich Trompetenklänge. Den Trompeter, der auf einer kleinen Anhöhe steht, hat Josie verpflichtet. Ihr laufen die Tränen über die Wangen. Da schiebt sich eine alte Männerhand in ihre, ihr Opa ist bei ihr und drückt fest ihre Hand. Weiter hinten schreit eine junge Frau auf und schlägt die Hand einer älteren Frau weg, die sie beruhigend am Arm nehmen will. Beherzt geht Herr Günther auf die Frau zu und spricht beruhigend auf sie ein, sodass sie sich von ihm und Mama Gertraud wegführen lässt. Dann verabschieden sich die Trauergäste einer nach dem anderen von Moritz. Marlene und ihre Töchter halten stellvertretend für die Familie die Stellung.

Die Mutter, die Marlene über das Einwohnermeldeamt ausfindig gemacht hat, sah sich nicht imstande, zur Beerdigung zu kommen. Sie sei schwer krank, und die Tochter müsse sich um sie kümmern. Wenn es ihr besser gehe, werde sie das Grab ihres Sohnes besuchen. Petra vermutet, dass die Mutter Angst hatte, für die Beerdigungskosten aufkommen zu müssen. Die Mutter hat Marlene wohl nicht geglaubt, als diese ihr zugesichert hat, dass die Gemeinde Otterschwing und Freunde für die Beerdigung aufkommen würden. Trotz der Absage hat Marlene bis zuletzt gehofft, dass die Familie Moritz das letzte Geleit geben würde. Aber die Nachricht, dass Moritz gar nicht in Berlin seine Doktorarbeit geschrieben hat, sondern in Otterschwing eine politische Karriere bei den Ökos verfolgte, war ein schwerer Schlag für seine Mutter. Ausgerechnet für die von ihr verhassten Ökos, das hat ihr zugesetzt. Sie bekam so hohen Blutdruck, dass sie zur Überwachung ins Krankenhaus musste.

Also steht jetzt Marlene am Grab und fühlt sich auch ein wenig wie Moritz' Mutter, auch wenn inzwischen Dinge ans Licht gekommen sind, die sie auch nur noch den Kopf schütteln lassen.

Ein Regenguss kürzt die Prozession ab, schnell verteilt sich die Menge in alle Himmelsrichtungen.

Petra spricht den fremden jungen Mann an, der sich so vernehmlich geräuspert hat, und lädt ihn zum Kaffee in den Gasthof »Zum goldenen Hirsch« ein. Zu ihrer Überraschung geht er mit. Petra stellt sich vor und fragt nach seinem Namen. Der junge Mann reicht ihr die Hand und gibt einen kräftigen Händedruck. »Ich heiße Dirk.«

»Welchen Sport machst du? Bist du ein Segler?«, fragt Petra.

»Wie kommst du da drauf?«, fragt Dirk misstrauisch.

Petra reibt sich die Hand.

»Ich brauch jetzt erst mal einen heißen Kaffee. Soll ich dir auch einen bestellen?«, lenkt sie ab.

»Lieber einen grünen Tee«, meint er.

Petra geht zum Tresen und bestellt bei der Vroni. Inzwischen ist noch ein Teil der SOKO Benedictum eingetroffen. Gertraud und Günther bringen die junge Frau herein, die vorhin so geschrien hat.

Petra kommt gerade rechtzeitig an den Tisch zurück, um mitzubekommen, dass Dirk und die junge Frau sich kennen, denn er reagiert seltsam auf sie. Mit einer Geste deutet Petra ihrer Mutter an, dass sie mit der jungen Frau besser ins Nebenzimmer gehen solle. Dann kommt die Vroni mit den heißen Getränken, und Dirk möchte noch eine Sojamilch dazu. Die Vroni schüttelt nur den Kopf und bringt ihm eine Portionspackung Kondensmilch.

»Du bist wohl aus Berlin«, stellt Petra fest.

Dirk nickt.

»Und du kennst den Moritz von seiner Studienzeit?«, hakt sie vorsichtig nach. Wieder nickt er nur.

»Und die junge Frau vorhin, ist sie eine Bekannte aus Berlin?«, fragt Petra.

Dirk trinkt ein paar Schlucke. »Soll das ein Verhör werden?«, sagt er scharf.

»Ich wollt dich nicht ausfragen, nur ein bisschen unterhalten«, meint Petra. Sie zieht eine Visitenkarte aus der Tasche. »Wenn du reden willst oder Hilfe brauchst, kannst mich gerne anrufen«, sagt sie, steht auf und geht mit ihrem Haferl ins Nebenzimmer.

Dort steht ebenfalls ein Haferl Tee auf dem Tisch vor der verweinten jungen Frau. Kamille, bemerkt Petra. Gertraud hat tröstend einen Arm um sie gelegt. Herr Günther geht mit Petra in den Flur.

»Das ist Yvonne aus Berlin. Eine Verflossene von Moritz, die ihn als Liebe ihres Lebens bezeichnet. Sie hat ihn wohl aus den Augen verloren und kürzlich über das Wahlkampfteam mit ihm Kontakt aufgenommen. Dort hat Moritz sie als Stalkerin angeschwärzt und sich alle Kontaktversuche verboten«, informiert sie Herr Günther leise.

»Sie kennt den jungen Mann, mit dem ich mich gerade unterhalten habe. Das ist ein Dirk Hallbach, der kommt auch aus Berlin. Versuch bitte, so viel wie möglich über ihn herauszubekommen«, sagt Petra. Dann mischt sie sich unter die

Gäste. Aus Berlin sind wohl nur Dirk und Yvonne angereist, aus seinem Heimatort ist ein Auto mit ehemaligen Schulkameraden gekommen. Um die kümmert sich die Franzi. Marlene hingegen ist für die örtliche Prominenz zuständig. Gerade spricht sie mit der Mango und ihrem Mann. Der Johann ist noch auf dem Friedhof geblieben und behält das Grab im Auge. Die Josie muss mit der Caro eine Dorfrunde drehen, die Birgit ist gleich wieder ins Auto gestiegen und nach München gefahren. Dass der Bledschneider für den Tod des jungen Mannes verantwortlich sein soll, glaubt eigentlich niemand. Denn der hatte mit dem Moritz Lang ja gar nichts zu schaffen, und überhaupt roch das Ganze nach Überaktionismus der Polizei.

Für achtzehn Uhr ist ein Treffen der SOKO Benedictum auf dem Hof von Johann Schmidt angesetzt. Vorsorglich hat Johann eine große Wurst- und Käseplatte bei der Metzgerei Meier bestellt, und Josie serviert heißen Tee, Bier und Wasser. Petra Rosenberger hat Heißhunger und stürzt sich auf die belegten Semmeln.

»Ich muss mich erst mal stärken«, sagt sie und beißt gleich ein großes Stück ab.

Inzwischen baut Herr Günther das Flipchart auf und schreibt schon mal den Namen *Yvonne Winter* und *Dirk Hallbach* auf.

Neben Herrn Günther ist auch Mama Gertraud da, Josie und Johann als Gastgeber sowie Marlene Hirsch. Ihre Töchter sind nicht mitgekommen, aber von der Franzi hat Marlene einen Zettel bekommen.

Herr Günther fängt an und berichtet alles, was er zu

Yvonne in Erfahrung bringen konnte, und erzählt auch, dass Yvonne eigentlich zuerst mit Dirk Hallbach liiert war, bevor sich die junge Frau in den Moritz verliebt hat. Aber am spannendsten ist: Dirk Hallbach und Moritz Lang haben in Berlin jahrelang in einer Wohngemeinschaft gelebt.

Ein Raunen geht durch die SOKO. Das kann der entscheidende Hinweis sein!

»Yvonne könnte als Motiv unerfüllte Liebe haben, und der Dirk hatte mit dem Moritz auch noch eine Rechnung offen«, spekuliert Petra drauflos. Bevor ihre Phantasie mit ihr durchgeht, wird sie von Herrn Günther wieder auf den Boden geholt: »Petra, das ist nur eine mögliche Spur, über die wir noch nicht viel wissen. Tragen wir doch erst einmal alles andere zusammen.«

Marlene Hirsch trägt zuerst die Notizen der Franzi vor:

Die vier Schulkameraden waren mit dem Moritz in der Börsen-AG. Und da ist er als Talent aufgefallen und wurde von einem Mentor, einem Fabrikbesitzer, gefördert. Von da an hat sich der Moritz auch in den sogenannten besseren Kreisen bewegt, aber die Jungs beschreiben ihn als »irgendwie nie richtig dazugehörig«. Er blieb irgendwie »das Sozialprojekt«, er war der Junge aus dem Hochhaus, den man fragen konnte, wenn man mal was Spezielles gebraucht hat. Der Förderer ist aber schon vor einigen Jahren an einem Herzinfarkt verstorben, und der Moritz war wohl schon seit Längerem nur noch zu Weihnachten in der Stadt.

»›Wenn man was Spezielles gebraucht hat‹ … da sind doch sicher Drogen gemeint, oder?«, kommentiert Petra. »Hat die Franzi auch eine Telefonnummer aufgeschrieben, wo wir nachfragen können?«

Marlene nickt, und Herr Günther notiert: *Verbindung zum Drogen-Milieu?*

»Also der Moritz hat wohl hin und wieder schon etwas genommen, aber er hat auf keinen Fall gedealt oder so«, meldet sich die Josie. Aber sie fragt sich schon, ob nicht vielleicht doch etwas an diesem Thema dran ist, denn an manchen Tagen oder Wochenenden ist der Moritz nach München oder sonst wohin verschwunden.

»An der Anzughose war Lippenstift«, platzt auf einmal Marlene heraus. Als sie die fragenden Gesichter sieht, erklärt sie: »Die Franzi war ja kurz nach dem Verschwinden in der Wohnung vom Moritz. Und sie hat erzählt, dass vor dem Kleiderschrank der Anzug lag, die Hose mit roten Flecken. Das hat sie sich genauer angeschaut und festgestellt, dass es Lippenstift war. In einem auffälligen Rot-Orange, einer Hingucker-Farbe.«

»Das deutet wieder auf Yvonne«, sagt Herr Günther und notiert *Lippenstift*.

Mama Gertraud schüttelt den Kopf. »Diese Farbe passt gar nicht zum Hautton von dem Mädchen. Der Yvonne würde eher ein bläulicher Stich gut stehen. Heute trug sie keinen Lippenstift, nur so ein Glos.«

Bevor die Diskussion jetzt in eine Farbberatung abgleitet, nickt Petra dem Johann zu. »Hat sich auf dem Friedhof noch etwas getan?«

Der Johann hat am Familiengrab Schmidt ein bisschen gegärtnert und so die frische Grabstelle im Blick gehabt. »Dieser junge Mann, der Dirk Hallbach, war noch mal da und hat ein leises Selbstgespräch geführt. Er wirkte auf mich sehr verzweifelt, ich hab aber leider nichts verstehen können. Und vorher kam noch die Birgit und hat am Grab geweint.«

»Der Birgit war schlecht, und sie hat während der Beerdigung auf die Caro aufgepasst«, merkt die Josie an. »Mir ist noch etwas aufgefallen, als ich mit der Caro meine Dorfrunde gedreht habe. Da stand ein Auto mit Berliner Kennzeichen, und auf der Rückbank lag ein neues Paddel.«

»Danke schön. Dann ist der Dirk vermutlich ein Stand-up-Paddler. Findet nicht bald ein Rennen am See statt?«, sagt Petra. Als dann nicht mehr viel kommt, beendet die SOKO die Runde. Petra will so viel wie möglich über die beiden Berliner Yvonne und Dirk herausbringen. Herr Günther und Mama Gertraud sollen sich in Fischau bei den Sportgeschäften umhören. Petra und Marlene gehen zusammen schweigend zum Hölzle-Hof. Die Beerdigung von Moritz steckt beiden noch in den Knochen. Als Petra gleich in ihre Ferienwohnung verschwinden will, hält Marlene sie zurück. »Komm, wir trinken noch ein Glas auf den Moritz. Möge er in Frieden ruhen.«

Am nächsten Tag geht Petra Rosenberger als Erstes zum *Seekurier*. Die ganze Nacht hat sie unruhig geschlafen, und immer wieder ist das Wort Handschuh bei ihr nach oben ins Bewusstsein gestiegen. Sie ist sich fast sicher, dass sich das auf einen Artikel im *Seekurier* bezieht. Als sie ankommt, herrscht schon wieder dicke Luft in der kleinen Redaktion.

»Was ist denn bei euch los?«, fragt sie Rainer Ortlieb. Der deutet ihr an, die Tür zu schließen.

»Es gibt Übernahmegerüchte, und ständig haben wir Druck, dass wir nicht genügend Gewinn machen. Gerade kam der tolle Vorschlag eines externen Marketingprofis, dass wir als gelbe Enten verkleidet neue Abonnenten werben sollen«, sagt Rainer und schlägt sich dabei an die Stirn. Rainer im Entenkostüm, bei dieser Vorstellung muss Petra schmunzeln.

»Das ist nicht lustig. Ich muss schließlich eine Familie ernähren«, sagt Rainer.

»Wer will denn den *Seekurier* kaufen?«, erkundigt sich Petra.

»So ein Verleger aus München. Vielleicht sogar dein Chef?«, meint er.

»Ich hör mich mal um, wenn ich wieder in der Redaktion bin. Aber jetzt müsst ich mal an euer Archiv. Gibt es das immer noch analog?«, fragt Petra. Rainer nickt nur, und Petra geht in das Kabuff und schleppt die in einem überdimensionalen Ordner abgehefteten Ausgaben zu einem freien Schreibtisch. Konzentriert beginnt sie die lokalen Nachrichten zu lesen. Einige Artikel zu den Vorkommnissen im Wahlkampf kopiert sie. Aber noch nichts über einen Handschuh. Sie will schon fast aufgeben, als sie ein Bild von einer Rama-Dama-Aufräumaktion – hier sammeln Freiwillige auf öffentlichen Flächen herumliegenden Müll ein – am Seeufer sieht. In der Zeitung ist das Foto zu körnig. Sie geht mit dem Bild zu Rainer. »Kannst du mir das Original schicken?« Sie notiert sich auch gleich noch den Organisator der Aufräumaktion. Den Text hat eine freie Mitarbeiterin geschrieben, deren Mobilnummer Petra noch gespeichert hat.

Auf ihrem Tablet zoomt sie sich das Bild groß. Ganz kreativ hat jeder der Aufräumenden einen Gegenstand in der Hand, und einer hält ganz klar einen großen Neopren-Handschuh, wie ihn Stand-up-Paddler nutzen, in die Kamera.

Auf einmal hat Petra es sehr eilig. Vielleicht ist der Müll noch nicht entsorgt? Sie fährt gleich mal zum Bauhof von Fischau, weil da die Müllsäcke immer angeliefert werden. Und tatsächlich, weiter hinten lagern blaue Säcke, die von der Müllsammelaktion stammen könnten. Der Bauhofchef findet Petras Bitte, ob sie in dem gesammelten Müll wühlen darf, ziemlich seltsam. Sie verspricht, eine Brotzeit auszugeben. Aber alleine geht es zu langsam, sie braucht Helfer. Kurz entschlossen ruft sie beim Johann an.

Eine halbe Stunde später fährt er vor und kramt Handschuhe und zwei alte Arbeitsmäntel aus dem Kofferraum. Die beiden haben Glück. Schon beim dritten Sack kommt der Handschuh zutage. Petra steckt ihn gleich in einen Plastikbeutel und schreibt Beweisstück drauf. Auf eine weitere Sichtung verzichten sie, denn der Müll riecht streng und ist unappetitlich, sodass Petra sogar die Lust auf eine Wurstsemmel vergeht.

Nach einigen Telefonaten findet Petra heraus, dass der Handschuh tatsächlich in der Nähe der Bootshütte am Ufer gefunden worden ist. Dann macht sich Petra in der Ferienwohnung an die Recherche zu den beiden Berlinern. Beide studierten an derselben Uni wie Moritz, wenngleich auch um einiges erfolgreicher. Dirk Hallbach hat sogar dieselben Fächer belegt wie der Moritz und wird als wissenschaftlicher Mitarbeiter und Doktorand auf der Uni-Webseite geführt. Yvonne Winter arbeitet auch an der Uni, aber in einem anderen Fachbereich.

Ein Telefonat mit dem Sekretariat verläuft nicht so, wie Petra es sich erhofft hat. Barsch heißt es, der Hallbach sei gerade im Urlaub. Das bringt Petra auf eine andere Idee: *Wenn der*

Dirk Hallbach Urlaub macht, dann wohnt er vielleicht auch irgendwie in der Nähe in einer Pension oder einer Ferienwohnung. Das kann auf jeden Fall Marlene Hirsch herausbekommen, denn sie hat einen guten Kontakt zu anderen Vermietern. Und sie muss unbedingt noch mal mit der Yvonne sprechen. Petra ruft ihre Mutter Gertraud an, die sich ganz verschlafen meldet. Es ist nach Mittag, das hat Petra ganz übersehen. Aber Gertraud weiß, wo die Yvonne wohnt. Die ist in Fischau in der Fischerei in einer privaten kleinen Dachwohnung untergekommen und hat erzählt, dass sie nachts den Bach rauschen hört. Bald hat Petra zwei mögliche Wohnungen herausgesucht.

Aber zu Yvonne will sie nicht alleine, da ihr die junge Frau doch zu labil erscheint. Mutter Gertraud ist sofort dabei.

Sie treffen Yvonne, als sie noch einen Cappuccino in der Eisdiele trinken wollen. Verloren sitzt sie da und wickelt ihre leichte Jacke fest um sich. Mutter Gertraud geht gleich zu ihr hin. »Schön, dich zu sehen, Yvonne. Ist bei dir noch frei?« Ohne die Antwort abzuwarten, setzt sich Gertraud auf den Stuhl daneben. Petra nimmt gegenüber Platz und überlässt es Gertraud, ein wenig Small Talk zu machen. Als die Cappuccino-Tassen vor ihnen stehen, kommt Gertraud auf Moritz zu sprechen. Da sprudelt es aus Yvonne heraus: »Der Moritz war etwas ganz Besonderes. So was mit ihm, das habe ich sonst nie wieder erlebt. Er war mein Seelenverwandter, das muss er doch auch gespürt haben!«

»Ach Kindchen, der Moritz war wirklich etwas Besonderes, aber du solltest einen guten Orgasmus nicht mit der großen Liebe verwechseln«, meint Gertraud trocken. Petra ist ganz überrascht, dass ihre Mutter so einen Spruch von sich gibt.

»Einer alten Frau könnt ihr schon glauben. Aber ich versprech dir, dass du bestimmt noch den Richtigen findest, bei dem alles passt. Der Dirk zum Beispiel, der sieht gut aus, wirkt zuverlässig und ist auch noch ein Gescheiter.«

»Ach, der Dirk. Vor dem Moritz habe ich auch gedacht, der Dirk wird der Vater meiner Kinder, aber dann kam alles anders. Und jetzt ist der so komisch geworden. Der will von der Uni weg und in der freien Wirtschaft arbeiten. Hat sich extra Urlaub genommen für seine Bewerbungen.«

»Bei einer Firma in der Gegend?«, erkundigt sich Petra.

»Glaub schon, dass da etwas dabei war. Die Bayern zahlen am besten, hat er mir erzählt.«

»Also habt ihr beide weiterhin Kontakt? Gibt es da noch Gefühle?«, hakt Petra nach.

»Der Dirk war schon noch verliebt und irgendwie auch voller Abscheu. Der hat den Moritz damals rausgeworfen und ihm die Freundschaft gekündigt. Dass der Moritz nach Bayern ist, das hat er in Berlin niemandem erzählt. Ich hab das erst durch die Presse erfahren, dass er hier als Landrat kandidiert«, erklärt Yvonne. Sie schluchzt. »Ich bin zu spät gekommen.«

KAPITEL 17

Die schlimme Nachricht erreicht Marlene Hirsch wenige Stunden vor ihrem offiziellen Antritt bei der konstituierenden Sitzung des Gemeinderates als Bürgermeisterin von Otterschwing. Sie sitzt beim Friseur, der neuerdings »Haarkünstlerei« heißt, und unterhält sich gerade mit ihrer Friseurin Lisa über die Hühnerzucht. Lisa schwärmt von einer alten Hühnerrasse mit buschigem Federkleid, die sie gerne nachzüchten will. Da klingelt das Handy von Marlene, und sie erkennt die Nummer – das Rathaus!

»Da muss ich ran«, sagt sie zu Lisa. Am anderen Ende spricht ganz aufgeregt Georg Redlich, den Marlene zwischen Föhn und Wasserrauschen erst gar nicht richtig erkennt.

»Herr Redlich, was ist denn los? Ist die Sitzung heute abgesagt?«, fragt sie dazwischen.

»Nein, Frau Hirsch, kommen Sie bitte so schnell es geht ins Amt. Es gibt einen Notfall«, sagt er kryptisch.

»Gut, ich komm, so schnell ich kann«, verspricht Marlene.

Lisa hat dies mitbekommen und holt die Auszubildende mit dazu. »Wenn wir zu zweit föhnen, geht's schneller.«

In Windeseile werden Marlenes Haare trockengeföhnt und in Form gebracht, dabei zieht die Azubine ein paarmal schmerzhaft.

»Das passt jetzt schon. Ich hab einen Notfall«, sagt sie, als die Frisur einigermaßen sitzt. Lisa ist noch nicht zufrieden.

»Noch zwei Minuten. So kann ich dich nicht hier rauslassen.«

In der Zwischenzeit hat Marlene verschiedene Horrorszenarien vor Augen. Es muss was außerhalb der Familie sein, sonst hätte sie nicht der Redlich angerufen. Trotzdem schreibt sie den beiden Töchtern noch schnell und fragt, ob bei ihnen alles gut ist. Dann gibt Lisa sie endlich frei, und Marlene springt auf, hält ihr einen Schein hin und sprintet dann los in die Gemeindekanzlei, die zwei Straßen weiter liegt. Herr Redlich wartet bei der Gemeindesekretärin.

»Der Herr Bledschneider hat einen Suizid-Versuch gemacht. Aber die Wächter haben ihn noch rechtzeitig gefunden«, sagt der Redlich.

»Wie schlimm ist es?«, fragt Marlene.

»Er ist auf der Intensivstation im Krankenhaus. Die von der Haftanstalt haben angerufen und wollten die nächsten Angehörigen benachrichtigen«, sagt Redlich.

Da Marlene weiß wie die Wand ist, führt er sie in sein Amtszimmer, und die Sekretärin bringt ein Glas Wasser.

»Der Sepp hat keine Angehörigen mehr. Ich bin sozusagen die Nächste. Gut, dann schreiben Sie mir die Nummern heraus vom Krankenhaus und von der Anstaltsleitung«, sagt sie.

»Wollen Sie nicht gleich hier telefonieren? Der Herr Hinterhuber hat sein Büro schon ausgeräumt, und ab morgen ist es eh Ihres«, meint der Redlich.

»Ich muss noch heim. Wann geht die Sitzung los?«, fragt sie, obwohl sie es genau weiß.

»Um neunzehn Uhr dreißig, wie immer. Und vorher hätten wir von der Verwaltung Sie noch gerne offiziell begrüßt.«

Mit Blick auf die Uhr sagt Marlene, dass sie die Mitarbeiter lieber morgen sehen will.

Im Gehen ruft sie Petra an, die in Fischau unterwegs ist.

Es ist kurz vor sechzehn Uhr, als Marlene zunächst die Anstaltsleitung des Untersuchungsgefängnisses anruft. Kurz erklärt sie, dass sie sich persönlich für den Herrn Bledschneider verantwortlich fühlt.

In dürren Worten wird ihr mitgeteilt, dass die Anstalt sich um den Häftling gekümmert habe. Da dieser ja zuvor in einer Psychiatrie eingewiesen war, habe man ihn stündlich überwacht und auch Termine mit der Psychologin anberaumt. Trotzdem sei es dem Häftling geglückt, einen Suizidversuch zu unternehmen. Dabei klingt der Amtsleiter ganz vorwurfsvoll. Als Marlene nicht reagiert, spricht er weiter: »Er hat sich mit einem selbst hergestellten Werkzeug die Pulsadern geöffnet, konnte aber dank der regelmäßigen Kontrollen noch lebend aufgefunden werden. Der Häftling ist dann mit dem Notarzt in eine Münchner Klinik gebracht worden, in der die Häftlinge von der Justiz entsprechend überwacht werden können.«

»Wie geht es ihm? Wird er es schaffen?«, fragt Marlene.

»Dazu habe ich keine Information. Morgen am Vormittag kann ich Ihnen mehr sagen«, meint der Beamte.

»Seien Sie so nett und informieren Sie noch vor Ihrem Feierabend die Klinik, dass ich die nächste Angehörige bin«, bringt Marlene so charmant wie möglich heraus.

Pause am anderen Ende. »Das ist aber so nicht ganz richtig.«

»Ist es Ihnen lieber, wenn der Sepp Bledschneider da ganz alleine durchmuss, ohne jemanden, der ihn gut kennt? Das ist doch auch in ihrem Sinne, wenn er sich schnell erholt«, redet Marlene auf den Mann ein.

Der seufzt. »Ich melde Sie als Bezugsperson an.«

»Vergelt's Gott, danke schön«, sagt Marlene.

Jetzt muss sie noch warten, ehe sie in der Klinik anrufen kann. Inzwischen kommt Petra Rosenberger zum Hölzle-Hof. Marlene bringt sie rasch auf den neuesten Stand. Petra ist genauso schockiert wie sie. Dass der Sepp an sich Hand anlegen würde, davon sind beide nicht ausgegangen.

Petra sucht schon mal raus, wie lange die Fahrt zur Klinik dauern würde. Außerdem schreibt sie dem Rechtsanwalt vom Sepp eine Nachricht. Dann ruft Marlene die Klinik an und wird zur Intensivstation verbunden. Eine Schwester Karin meldet sich. Sie hat den Anruf schon erwartet.

»Eigentlich dürfte ich Ihnen ja nichts sagen, aber ganz allgemein gesprochen, ist unser Neuzugang stabil und liegt im künstlichen Koma, damit er sich besser erholen kann.«

»Wie lange muss er denn im künstlichen Koma bleiben?«, fragt Marlene. Die Schwester räuspert sich, man hört Stimmen.

»Morgen habe ich die Spätschicht. Wenn Sie sich dann noch mal melden wollen.«

»Ja, Schwester Karin, vergelt's Gott und passen Sie gut auf ihn auf«, sagt Marlene.

»Ich glaube, dass wir dort heute nichts mehr ausrichten. Am besten fahren wir morgen zusammen ins Krankenhaus, und ich erkundige mich beim Anwalt. Wir beide haben ja eine Vollmacht vom Sepp«, sagt Petra.

Marlene ist ganz hin- und hergerissen. Eigentlich will sie sofort ins Krankenhaus fahren, aber anderseits muss sie jetzt professionell sein. Schließlich ist sie die neue Bürgermeisterin von Otterschwing. Sie nickt. Der Sepp ist stabil, er ist fit, durchtrainiert und ernährt sich gesund. Der schafft das!

Inzwischen rückt die Sitzung immer näher. Marlene geht ins Bad, versucht, die Frisur noch zu retten, und legt ein dezentes Make-up auf. Zum Amtsantritt wird sie ihren schwarzen Hosenanzug tragen, und dazu sucht sie jetzt eine waldgrüne Bluse heraus, die sie an den Sepp denken lässt. Beim Tee geht sie noch mal ihre kleine Ansprache an den neuen Gemeinderat durch. Die meiste Zeit werden heute die Vereidigungen der Neuen in Anspruch nehmen, dazu werden die Ausschüsse besetzt und auch ihr Stellvertreter soll gewählt werden. Ihr unangenehmer Gegenkandidat, der Frauen am liebsten beim Putzen sieht, hat beleidigt das Handtuch geworfen und schon im Vorfeld erklärt, dass er sein Amt als Gemeinderat nicht antreten wird. Dieser Platz bleibt nun erst einmal unbesetzt. *Die konstituierende Sitzung ist eine der wichtigsten Sitzungen in der Wahlperiode*, hört Marlene jetzt im Kopf ihren Mann Theo flüstern. Sie greift zum Telefon, und kurz darauf kommt Herr Redlich zu ihr.

Sie sprechen noch mal alles durch, was bislang hinter den Kulissen festgelegt wurde.

Die Zeit drängt, Redlich geht ins Amt, und Marlene muss noch einen kleinen Happen essen, damit sie den Abend souverän durchsteht. Ihre beiden Mädels kommen heute nicht mit, aber Petra Rosenberger wird als Unterstützung dabei sein. Auch Altbürgermeister Johann Schmidt will ihr die Ehre geben.

Um sieben Uhr macht sie sich auf in die Gemeindekanzlei. Petra kommt nach, sie wartet noch auf einen Anruf vom Rechtsanwalt. Die ersten Zuhörer sind schon im Sitzungssaal eingetroffen. Marlene schaut kurz rein und sieht, dass es zu wenige Stühle sind. Sie hat den Hiasl gesehen und winkt ihn schnell ins Büro vom Redlich.

»Holst noch ein paar Stühle bittschön, und lass ein wenig Luft rein. Glaub, die Stube wird voll.«

Sie selbst geht nach unten zum Eingang und begrüßt alle Zuhörer und Gemeinderäte sowie Rainer Ortlieb und zwei weitere Vertreterinnen der Presse persönlich und mit Handschlag. Sie schreibt sich wichtige Namen in ein kleines Notizbuch.

Der Johann kommt zusammen mit Petra, und an seinem besorgten Gesicht sieht Marlene, dass er Bescheid weiß.

»Das wird schon wieder«, sagt er aufmunternd. Dann wird es Zeit. Die alten Gemeinderäte sitzen auf ihren angestammten Plätzen. Marlene Hirsch hat extra Tischschilder anfertigen lassen und eine Sitzordnung in Absprache mit den Fraktionssprechern erstellt, damit auch die Neuen einen guten Start haben. Georg Redlich hat die Bürgermeisterkette dabei. Und dann läuft alles wie am Schnürchen: Sie wird von ihrem Konkurrenten, dem Lehrer, vereidigt, dann hält Marlene ihre kleine Ansprache, und dann werden die sieben neuen Gemeinderäte vereidigt. Laut Tagesordnung geht es um den zweiten Bürgermeister. Marlene prescht vor mit ihrem Vorschlag, auch gleich einen dritten Bürgermeister zu wählen.

»Unnötige Geldausgabe«, meint dann gleich der designierte zweite Bürgermeister, der Michael Landmann. Verwaltungschef Redlich erläutert daraufhin, dass keine weiteren Unkosten mehr auf die Gemeinde zukommen und dass der dritte Bürgermeister ohnehin nur tätig wird, wenn die Bürgermeisterin oder ihr Stellvertreter verhindert seien. Am Ende fährt Marlene ihren ersten Sieg ein. Der Lehrer wird dritter Bürgermeister. Die Besetzung der Ausschüsse und Referate läuft wie abgesprochen. Beim Finanziellen erlebt Marlene eine positive Überraschung: Ihre Aufwandsentschädigung wird sogar deutlich aufgestockt.

Im Anschluss an die Sitzung lädt Marlene noch alle zu einem Gläschen Prosecco oder einem kleinen Bier ein. Eine muntere halbe Stunde vergeht, die Stimmung ist gut, und der neue zweite Bürgermeister, der Landmann, zaubert noch einen großen Blumenstrauß von der Blumen-Elfi für Marlene hervor, eine sehr gewagte Konstruktion mit lila Blumen.

»Der letzte Versuch«, scherzt er. Aus dem Augenwinkel sieht Marlene, wie Petra mit dem Rainer Ortlieb spricht.

Im Hölzle-Hof gibt es noch in der Nacht eine kurze Lagebesprechung. Der Johann ist noch mitgekommen. Der Suizid-Versuch vom Sepp beschäftigt alle drei. Petra hat indessen gute Nachrichten vom Anwalt: Die Vollmacht gilt auch im Krankheitsfall, und laut Krankenhaus ist der Sepp weiterhin stabil. Marlene und Petra wollen am nächsten Tag nach München fahren. Rainer Ortlieb hat erzählt, dass die beiden Gegenkandidaten vom Moritz, die Mareille von Langodamm und der Markus Birkländer sich erneut für das Amt als Landrat bewerben wollen. Und dass der Sepp im Krankenhaus liegt, das hat der Rainer schon von der Mango gewusst. Sie wollte, dass er Genaueres in Erfahrung bringt, aber er hat von den Pressestellen der Polizei und der Justiz noch keine Antwort erhalten.

Das nächste Treffen der SOKO Benedictum soll schon zwei Tage später stattfinden, wieder bei Johann Schmidt, diesmal zum Nachmittagskaffee. Petra verspricht, dafür ein paar Stücke bei der guten Konditorei in Fischau zu besorgen. Langsam braucht die SOKO Ergebnisse, denn der Bledschneider muss unbedingt entlastet werden. Dass das Eingesperrtsein ihm arg zugesetzt hat, da sind sich alle einig. Doch Petra kann bislang nur die Yvonne Winter als Verdächtige ausschließen, alle anderen Spuren sind noch offen.

Der Besuch im Krankenhaus erweist sich für Petra Rosenberger und Marlene Hirsch als bedrückend. Der Sepp liegt zusammengeschrumpft im Intensivbett, wird beatmet, und ein Beamter sitzt vor der Tür. Aber der Arzt meint, dass der Patient sich gut erholt und bald wieder aus dem künstlichen Koma geholt wird. So schnell es geht, wird er dann wieder auf die Krankenstation des Gefängnisses verlegt.

Marlene weist ihn darauf hin, dass der Sepp Bledschneider ein rechtschaffener Mann sei, der nur Untersuchungsgefangener sei und noch nicht schuldig gesprochen wurde.

Der Arzt blickt skeptisch, lässt sich aber dann noch zu der Aussage hinreißen, dass in diesem Krankenhaus selbstverständlich alle Patienten gleich behandelt werden.

Aber von der Kripo sei auch schon jemand da gewesen, und der hätte etwas von »Schuldeingeständnis« erzählt. Das sage er nur, damit sich die Damen keine falschen Vorstellungen machen.

»Den Schuster stell ich zur Rede! Was denkt der sich eigentlich dabei, so etwas von sich zu geben«, schnaubt Petra, als sie wieder auf der Rückfahrt sind.

»Der Sepp hat schon recht, er soll den Deppen machen«, sagt Marlene bitter.

Petra regt sich weiter auf: »Wir brauchen dringend eine überzeugende Spur. So wie es aussieht, muss die SOKO Benedictum mal wieder den Verdächtigen frei Haus an die Polizei liefern. Und was macht der feine Herr Kommissar? Den üblichen Verdächtigen befragen, und das war's. Könnt ja sein, dass wieder ein Parteifreund betroffen ist.«

»Das ist aber jetzt nicht nett. Du musst mir nicht hinreiben, dass mein verstorbener Mann kein Unschuldsengel war«, sagt Marlene gefährlich leise.

»Entschuldige, das wollt ich eigentlich gar nicht sagen, aber es könnt ja sein, dass der Birkländer mit dem Tod vom Moritz etwas zu tun hat. Wie man hört, hat es ja auch zerstochene Reifen gegeben. Da vermutet man die Anhänger vom Birkländer als Täter«, versucht Petra, wieder die Kurve zu kriegen. Das Thema Theobald Hirsch ist immer noch ein heißes Eisen, das die beiden Frauen normalerweise umgehen.

Marlene lenkt ein, denn Streit mit Petra kann sie in der jetzigen Situation gar nicht brauchen. Ihr fällt ein, dass die Mango ein auffälliges Interesse an dem Moritz gezeigt hat. Und dass diese den Bledschneider in der Wahlnacht gesehen haben will, das kommt Marlene auch komisch vor.

Petra setzt die Mango auf die Befragungsliste. Offenbar ist auch der Rainer Ortlieb mit der Mango besser bekannt, da kann sie auch noch Informationen einholen.

»Apropos Verdächtige. Konntest du schon herausfinden, ob der Dirk Hallbach am Ammersee Urlaub macht?«, fragt Petra nach. Marlene schüttelt den Kopf. »Dazu bin ich noch nicht gekommen. Aber gleich nachher schreibe ich eine Rundmail.«

Petra weiß gar nicht so recht, an welchem Ende sie die Ermittlungen anpacken soll. Zu Dirk Hallbach will sie noch herausfinden, bei welchen Firmen er sich beworben hat. Aber dringlicher erscheint ihr, der Mareille von Langodamm auf die Finger zu schauen. Kurz entschlossen fährt sie nach Fischau zum Immobilienbüro. Im Laden ist nur die Mango. Petra fackelt nicht lange und kommt gleich zur Sache.

»Guten Tag, Frau von Langodamm. Ich komme direkt aus der Intensivstation, wo der Sepp Bledschneider um sein Leben kämpft. Ein Leben, das er nicht mehr erträgt, weil es falsche Beschuldigungen gegen ihn gibt. Und Sie haben dazu Ihren Teil beigetragen«, sagt sie schneidend.

Die Mango schrumpft in sich zusammen und flüstert: »Das wollte ich nicht. Das tut mir wirklich leid.«

»Was wollten Sie nicht, und was genau tut Ihnen leid?«, hakt Petra nach.

Doch die Mango merkt, dass sie einen Fehler gemacht hat.

»Für Verhöre ist immer noch die Polizei zuständig. Und jetzt gehen Sie, das Büro schließt«, drängt sie die flotte Geschäftsfrau aus dem Laden. Hinter Petra dreht sich der Schlüssel. Sie postiert sich gegenüber und kann sehen, dass die Mango hektisch mit jemandem telefoniert. Dann kommt der Mann von der Mango angefahren und parkt direkt auf dem Gehsteig. Leider hat er Petra auch gesehen, und sie muss ihr Versteck verlassen, wenn es nicht nach Stalking aussehen soll. Sie geht in die Redaktion vom *Seekurier*.

Rainer Ortlieb hat gerade noch zu tun, deshalb vertieft sie sich in die aktuelle Ausgabe. Als er fertig ist, bringt der Rainer ihr noch zwei Ausdrucke. Die offiziellen Stellungnahmen zum Suizid-Versuch vom Sepp. Vom Kommissariat heißt es, der im Todesfall Moritz Lang verdächtige Mann, Josef B., habe in der Untersuchungshaft einen Suizidversuch begangen. Sein Gesundheitszustand sei ernst. Der Verdächtige habe noch nicht verhört werden können, aber im Allgemeinen würden Suizide auf ein Schuldeingeständnis hindeuten. Ein Abschiedsbrief oder andere Hinweise auf die Beweggründe des Herrn B. sei aber nicht gefunden worden. Möglich sei auch, dass eine ernste psychische Erkrankung vorliege.

Aus der Haftanstalt wurden nur zwei Zeilen gesendet, in denen der Suizidversuch bestätigt, aber die ausgezeichnete Betreuung in der Haftanstalt hervorgehoben wurde, die Schlimmeres verhindert habe. Petra kopiert beide Schreiben.

Mit Rainer plaudert sie zuerst über den Erfolg von Marlene und ihren gelungenen Amtsantritt, dann kommen sie auf die Neuwahlen für den Landratsposten zu sprechen. So sind sie schnell bei der Mango, und Petra fragt nach Hintergrundinformationen.

Die Mareille von Langodamm ist bestens mit dem Libellenclub vernetzt und hat viele prominente Unterstützer. Und an den üblen Gerüchten, die gestreut wurden, dass die Mango nur an einem eigenen Seezugang interessiert sei und ihr Immobiliengeschäft in höhere Sphären bringen wolle, sei überhaupt nichts dran.

»Aber was ich nicht verstehe: Warum war die Frau in der Wahlnacht überhaupt am Seeufer unterwegs? Das ist doch total unlogisch, oder gab es da ein Arrangement mit dem Moritz Lang?«, fragt Petra.

»Man munkelt etwas von einem Vizeposten als Landrätin als Dank für ihre Unterstützung bei der Stichwahl. Aber belegt ist da gar nichts. Ehrgeizige Ziele hat die Frau schon. Sie kandidiert erneut, und wer weiß, vielleicht hat sie ja diesmal gute Chancen«, sagt Rainer.

»Dann wäre es für sie politisch gesehen sehr ungünstig, wenn ein möglicher Pakt mit Moritz Lang ans Licht kommen würde«, spekuliert Petra. Rainer stimmt ihr zu.

»Das würden ihr die konservativen Wähler nicht verzeihen.«

»Was ist eigentlich dran an dem Gerücht, dass der andere Kandidat, der Birkländer, eine Truppe junger Heißsporne um sich versammelt hat, die auch übergriffig geworden sein sollen?«, erkundigt sich Petra.

Rainer grinst. »Du ermittelst doch wieder mit deiner Truppe, oder? Und jetzt möchtest du von mir wissen, wem ich einen Mord zutrauen würde?«

»Ermitteln ist zu viel gesagt. Ich hör mich nur ein wenig um, weil der Sepp Bledschneider zu Unrecht verdächtigt wird, und so einer wie der Sepp nicht eingesperrt gehört. Der muss raus in die Natur und sich um die Tiere kümmern«, sagt Petra und spielt die Sache herunter.

»Also einen Schlägertrupp hat der Birkländer nicht, die reißen höchsten Plakate ab«, meint Rainer.

Mit dem Gefühl, nichts erreicht zu haben, fährt Petra wieder nach Otterschwing. Dann ruft Herr Günther an und hat große Neuigkeiten: »Die Frau von Langodamm hat ihre Aussage bezüglich dem Sepp Bledschneider geändert. Gerade habe ich den Kommissar Schuster getroffen, und der hat mir aufgetragen, dir zu sagen, dass die Anklage gegen den Sepp aufgrund neuer Hinweise fallen gelassen wird.«

»Und woher weißt du, dass das die Mango war?«, fragt Petra.

»Der Schuster hat sich verplappert. Offenbar war sie selbst in der Nähe, als der Mord passiert ist, und muss nun mit einer Anzeige wegen unterlassener Hilfeleistung rechnen«, erzählt Herr Günther.

»Anscheinend hat die Dame doch ein Gewissen«, sagt Petra. »Ich war vorhin bei ihr und hab ihr erklärt, was sie mit ihrer Aussage angerichtet hat.«

»Gut gemacht, aber riskant«, sagt Herr Günther. Er kann auf Petras weitere Fragen keine Antworten mehr geben. Morgen trifft sich sowieso die SOKO Benedictum wieder.

Marlene Hirsch fährt am nächsten Morgen direkt ins Krankenhaus zum Sepp. Der Beamte vor der Tür ist schon abgezogen worden. Der Sepp ist inzwischen aufgewacht und reagiert positiv auf Marlene. Sie weiß zwar nicht, ob er alles, was sie ihm sagt, aufnehmen kann, aber sie wiederholt immer wieder: »Du bist frei. Es gibt keinen Verdacht mehr gegen dich. Du bist frei!«

Dann kommt der Ärztetross zur Visite. Marlene darf bleiben, und derselbe Arzt, der Marlene und Petra noch zur Vorsicht geraten hatte, sagt dem Sepp, dass er bald auf eine normale Station verlegt werde, wenn er ihm in die Hand verspreche, dass er sich nichts mehr antun wird. Sofort schnellt die Hand vom Sepp höher, das Reden geht aber noch nicht so gut. Er krächzt vor sich hin. Vor der Tür sagt ihr der Arzt, dass der Sepp in ein paar Tagen entlassen werden kann. Marlene versichert ihm, dass sie den Sepp erst einmal zu sich nehmen und gut auf ihn aufpassen wird.

»Jetzt wird alles gut«, sagt sie mehr zu sich.

In Fischau löst die Nachricht, dass Mareille von Langodamm eine falsche Aussage gemacht hat und zudem noch in der Nähe war, als Moritz Lang gestorben ist, ein kleines politisches Erdbeben aus. Die Kandidatur als Landrätin zieht sie zurück, denn ihre Partei hat sich in einer Pressemitteilung ganz klar von so einem Verhalten distanziert. Ihr droht nun auch ein Parteiausschlussverfahren. Auch aus dem Kommissariat gibt es eine neue Pressemitteilung. Darin wird offiziell erklärt, dass gegen den Verdächtigen Josef B. nicht mehr ermittelt wird.

Zudem gibt es nun die neue Aussage einer Zeugin, die den Schluss zulässt, dass eine männliche Person, zwischen zwanzig und vierzig Jahren, sich von der Wasserseite her dem schwimmenden Moritz Lang genähert habe. Die Bevölkerung wird um Mithilfe gebeten. Die Pressemitteilungen hat Petra sofort von ihrem Kollegen von der *Münchner Postille* bekommen.

Petra kann gleich ergänzen, dass Frau von Langodamm derzeit in der Dienststelle in Fischau befragt wird. Als Petra für die nachmittägliche SOKO-Sitzung Kuchen in der guten Bäckerei in Fischau eingekauft hat, hat sie zufällig gesehen, dass die blonde Geschäftsfrau mit ihrem Anwalt in die Wache ging.

»Kannst du an dieser Spur dranbleiben? Ich muss wissen, was genau die Frau aussagt«, bittet sie ihren Kollegen, der einen besseren Draht zum Kommissar Schuster hat als sie.

Petra hat jedoch noch einen Joker. Sie schickt ihrem befreundeten Polizisten eine Einladung zum Feierabendbier. Jetzt kommt Bewegung in die Sache! Sie sind dem Mörder auf der Spur, das spürt Petra.

KAPITEL 18

Der Beweisbeutel mit dem Handschuh liegt auf dem Tisch. Die SOKO Benedictum tagt in der guten Stube auf dem Hof von Altbürgermeister Schmidt bei Kaffee und Kuchen. Petra Rosenberger ist dafür, diesen Beweis zu Kommissar Schuster zu bringen. Aber wer ist der große Unbekannte auf dem Stand-up-Paddel-Board? Herr Günther ist überzeugt, dass das Polizeilabor am Handschuh Spuren von dessen Träger finden kann. Allerdings könnten, weil der Handschuh schon im Müll lag, zu viele Abdrücke genommen werden, sodass die Spuren vielleicht gar nicht juristisch zu verwerten sind.

Herr Günther war mit Gertraud im Fachgeschäft für Wassersportler aller Art in Fischau und hat sich ausführlich mit dem Inhaber und den Angestellten unterhalten. Als Erstes bestätigte ein Angestellter, dass Dirk Hallbach kürzlich neue Neopren-Handschuhe und ein neues Paddel guter Qualität gekauft habe. Dirk, den der Angestellte auf einem Handyfoto erkannte, habe unaufgefordert erzählt, dass er einen Teil seiner Ausrüstung blöderweise in Berlin habe liegen lassen und er hier an dem Eröffnungsrennen der Saison teilnehmen wolle. Außerdem sagte der Ladenbesitzer, dass vor dem Ende der vereinbarten Winterruhe am ersten Mai ein Mann um die dreißig in einer dunklen Neopren-Ausrüstung mit seinem Stand-up-Paddel abseits der abgesprochenen Routen unterwegs war. Vogelschützer hatten den Inhaber des Sportgeschäftes, der nahezu alle Wassersportler persönlich kennt, kontaktiert. Dieser Paddler hat sich gefährlich nah an den Schutzzonen für die Vögel aufgehalten.

Herr Günther zückt sein neues Smartphone und ruft das Beweisfoto der Vogelschützer auf. Leider wurde es während der Dämmerung aufgenommen und ist daher grobkörnig, sodass nur eine sportliche Gestalt in einem schwarzen Dress zu erkennen ist. Petra schaut sich das Foto genauer an. Interessant ist das Datum: ein Tag, bevor Moritz Lang starb. Der Besitzer ist sich sicher, dass es ein auswärtiger Paddler gewesen sein müsse, denn seine Leute würden sich an die Vorgaben der Naturschützer halten. Leider gibt es noch keine Kennung der Boards wie bei den Booten, bedauert Herr Günther. Zum Board konnten die Profis sagen, dass es sich um ein aufblasbares Brett der Marke JP Australia handelt.

»Weiß jemand, welches Board Dirk Hallbach benutzt?«, fragt Petra. Kopfschütteln in der kleinen Runde. Josie, die gerade frischen Kaffee bringt, weiß es auch nicht. Petra macht sich eine Notiz.

»Josie, du willst doch bestimmt auch mal diesen tollen Sport ausprobieren. Meinst du, du kannst aus dem Dirk noch ein paar Infos herausbekommen?«, schlägt sie vor.

Der Opa von Josie schaut besorgt und wendet ein: »Petra, wenn der Dirk mit dem Mord etwas zu tun hat, dann ist das für die Josie viel zu gefährlich.«

»Du hast recht, da muss man sehr aufpassen. Aber es geht ja nun mal darum, herauszubekommen, welches Board der Dirk nutzt«, meint Petra. Als Josie immer noch zögert, springt sie in die Bresche: »Ich übernehme das. Schließlich würde mir ein neuer Sport auch ganz guttun.« Sie streicht sich über die Hüften und lächelt ihrer Mutter zu.

»Angenommen, die Ausrüstung von Dirk liegt nicht in Berlin, wie er sagt, sondern er hat sie in der Tatnacht verloren, dann müsste ja auch irgendwo noch das Paddel sein. Sollen wir eine Suchanzeige im *Seekurier* aufgeben?«

»Nein, dann scheuchst du ihn ja auf«, meint Herr Günther und sagt: »Ich werde mich noch mal in dem Laden umsehen, da wurden einige Gebrauchtstücke im Aushang inseriert. Vielleicht hat jemand das Paddel gefunden und will es jetzt verkaufen.«

Petra will noch einer weiteren Spur nachgehen.

Alle in der SOKO Benedictum halten den Berliner Dirk Hallbach für den Hauptverdächtigen, aber Petra ist noch nicht völlig überzeugt. »Warum muss er den Moritz gleich umbringen? Die Sache mit der Yvonne scheint mir für ein Mordmotiv nicht ausreichend zu sein. Das liegt zu weit zurück, und der Moritz ist ja auch schon lange weg aus Berlin.«

Sie bittet alle in der SOKO, darüber nachzudenken. Mutter Gertraud fällt noch etwas ein. »Die Yvonne hat doch etwas von einem beruflichen Wechsel erzählt. Das könnte doch auch in Zusammenhang stehen.« Petra nickt, die Bewerbung von Dirk zu überprüfen, hat sie noch auf ihrer To-do-Liste stehen. Sie hofft, dass Marlene schon etwas über Dirk Hallbachs Quartier herausfinden konnte. Oder sie muss versuchen, bei dem Stand-up-Paddel-Rennen an ihn heranzukommen. Das Rennen ist laut Webseite für den nächsten Sonntag geplant.

Petra fühlt förmlich, wie die Zeit durch die Sanduhr rinnt. Sie muss bald wieder nach München zur Arbeit, und der Mord ist noch nicht aufgeklärt.

»Hoffentlich fällt dem Kommissar nicht ein, jetzt wieder einen von uns zu verdächtigen, nachdem es der Sepp Bledschneider nicht war«, seufzt Mutter Gertraud.

Herr Günther passt Petra noch ab und will mit ihr ein paar Worte unter vier Augen reden. »Wir müssen unbedingt wissen, in welche Richtung der Kommissar Schuster ermittelt. Am besten bringen wir beide ihm den Handschuh vorbei.«

Petra ist einverstanden und ruft gleich in der Dienststelle an. Schuster ist außer Haus.

»Er soll mich anrufen«, meint Petra trocken. Sie gibt den Handschuh Herrn Günther mit, denn die Polizeistation ist in Fischau in der Nähe vom Benedictum.

Auf dem Hölzle-Hof ist keiner daheim, als Petra von der SOKO-Sitzung wiederkommt. Marlene Hirsch ist noch in der Gemeindekanzlei, und die Mädchen sind unterwegs. Petra macht sich noch mal an die Recherche. Sie sucht im Uni-Mitarbeiter-Verzeichnis nach Informanten. Der Leiter des Fachbereiches müsste den Dirk als wissenschaftlichen Mitarbeiter der Uni auch ganz gut kennen. Kurz entschlossen wählt sie seine Nummer.

Eine sonore Stimme meldet sich. Petra flunkert etwas von einer Artikelrecherche für die *Postille* über die Arbeitsbedingungen von Akademikern im Fachbereich und deren Zukunftschancen. Der Professor will behilflich sein und säuselt etwas von schwierigen wirtschaftlichen Bedingungen in der Lehre und dass es natürlich auch für ihn nicht leicht sei, wenn nur befristete Stellen, häufig in Teilzeit, angeboten werden können. Petra spricht konkret den Mitarbeiter Dirk Hallbach an, der laut Fachbereichsverzeichnis eine solche Stelle innehabe. Der Professor hüstelt.

»Wie kommen Sie ausgerechnet auf diesen Mann? Sind Sie in Wahrheit eine Headhunterin?«

Petra verneint dies. Konkrete Beispiele seien für ihren Artikel unerlässlich, selbstverständlich könne dies auch anonymisiert werden. Sie ist völlig überrascht, als der Professor sagt, dass Hallbach aus Gründen seine akademische Karriere aufgeben musste und sich daher in der freien Wirtschaft beworben habe. Soweit er wisse, handelt es sich um einen großen Chemie-Konzern in Oberbayern. Petra stolpert über die Formulierung »aus Gründen« und will noch mehr herausfinden, aber da wird der freundliche Professor sehr einsilbig. Petra vermutet, dass es vielleicht Zweifel an seiner wissenschaftlichen Reputation gibt. Ihr fällt eine Webseite ein, die akademische Arbeiten auf ihre Echtheit prüft. Schon mehrere hochrangige Politiker und Politikerinnen sind darüber gestolpert.

Sie ruft die Seite auf und sucht nach Hallbach. Angezeigt wird seine Master-Arbeit als in der Diskussion befindlich. Sie kopiert den Titel der Arbeit, der ihr irgendwie bekannt vorkommt. Natürlich kann Hallbach sich in der freien Wirtschaft auch ohne Titel bewerben, da sein Verfahren noch in der Schwebe ist. Eine akademische Laufbahn allerdings stockt bis zur Klärung. Also war Hallbachs Abgang aus Berlin nicht ganz freiwilliger Natur. Aber wenn er ein Plagiator ist, dann muss er die Konsequenzen seines Handelns tragen. So ehrgeizig, wie Petra Dirk kennengelernt hat, kann sie sich bei ihm Betrug gar nicht vorstellen. Moritz Lang hätte sie es sofort zugetraut. Zu welchem Thema hat Moritz eigentlich seinen Master gemacht? Sie befragt noch mal das Internet und findet eine Webseite der Universität. Dort sind nur die Arbeiten von Hallbach gelistet, unter Moritz Lang findet sich kein Eintrag. Dann liest sie sich durch die Interviews, die Moritz Lang gegeben hat. In einem hat der Journalist die Bezeichnung der Masterarbeit angegeben. Die Titel seiner Arbeit und der von Hallbach sind exakt gleich! Petra schüttelt den Kopf. Sie hat zwar nicht studiert, aber das wäre schon ein zu großer Zufall. Anderseits – wer interessiert sich für Masterarbeiten, wenn diese einmal geschrieben, bewertet und abgeheftet waren?

Petra versucht es noch mal bei dem Professor, der aber nicht mehr ans Telefon geht. Sie schreibt ihrem Freund Sebastian Eberdinger eine Nachricht, dass sie seine Unterstützung braucht.

Inzwischen ist wohl Marlene heimgekommen, denn unten klappen die Türen. Petra schnappt sich eine gekühlte Flasche Weißwein und steigt die Treppe hinunter.

Inzwischen ist es draußen noch warm genug, um einen Feierabendschoppen auf der Terrasse zu trinken. Marlene kramt in ihrer Handtasche. »Ich hab eine Adresse für dich. Der Dirk Hallbach hat in Frausching eine kleine Ferienwohnung gemietet«.

»Danke dir. Das hilft uns jetzt wirklich weiter. Wie war dein Tag, Frau Bürgermeisterin?«

»Da ist ganz schön viel zu tun, aber ein bisschen so wie in einem großen Haushalt. Mir war gar nicht klar, dass der Theo sich um so viele Dinge kümmern musste. Und ständig klingelt das Telefon«, seufzt Marlene und legt die Füße hoch.

»Das spielt sich schon ein, und du hast ja auch eine kompetente Vorzimmerkraft«, meint Petra. Marlene nickt, aber vorerst will sie selbst ein Gespür für die Ansprüche der Leute bekommen.

»Wann holst du den Sepp ab? Wie geht es ihm?«, erkundigt sich Petra.

»Gut, dass du das ansprichst. Ich würde ihn eigentlich gerne in die Ferienwohnung einziehen lassen, die du bewohnst. Wann musst du denn wieder zur Arbeit?«

»In vier Tagen. Aber ich hab das Gefühl, dass wir kurz vorm Durchbruch sind. Da haben sich neue Hinweise ergeben, die den Dirk Hallbach sehr verdächtig machen. Aber bitte nicht weitersagen, das ist noch nicht in trockenen Tüchern. Morgen spreche ich auch noch mal mit dem Kommissar über den Stand der Ermittlungen. Bis Sonntag würde ich voraussichtlich noch hierbleiben.«

»Das passt. Der Sepp darf frühestens am Montag nach der Visite aus dem Krankenhaus, dann bleibt genügend Zeit, um die Ferienwohnung für den Sepp schön herzurichten.«

Gerade als Petra sich etwas entspannt hat, poppt eine Nachricht von ihrer Freundin Birgit auf. Fast gleichzeitig meldet sich bei Marlene die Franzi. Petra hört durch das Telefon die schluchzende Stimme der jungen Frau. *Das wird wohl auch ein längeres Telefonat werden.*

Petra geht in die Wohnung unterm Dach und ruft Birgit an. Auch die klingt verzweifelt und will immer wieder über den Tod vom Moritz sprechen. Da packt Petra den Stier bei den Hörnern.

»Birgit, gibt es eine über normale Freundschaft hinausgehende Verbindung zwischen dir und dem Moritz? Wäre es denkbar, dass er der Vater deines Babys ist?«

»Das kann ich dir nicht sagen. Aber es ist schon etwas mehr als nur Bekanntschaft zwischen uns gewesen. Dass so ein begabter herzensguter junger Mann einfach so sterben muss, das erschüttert mich zutiefst. Ich bin sehr traurig«, schluchzt Birgit.

»Aber du musst doch nach vorne schauen. Denk an dein Baby!«, redet Petra auf ihre Freundin ein. »Welchen Namen willst du ihr denn geben?«, versucht Petra, ihre Freundin abzulenken.

»Warum denkst du, es wird ein Mädchen?

»Na ja, zu etwas mehr als fünfzig Prozent wird es ein Mädchen, und da gibt es so süße Kleidchen! Die wollt ich immer schon mal einkaufen. Also wie findest du Leonie oder Anna?«

»Wenn es ein Junge wird, dann nenne ich ihn Moritz.«

Das hält Petra nicht für passend. Sie wagt sich gar nicht vorzustellen, wie Franzi und Marlene Hirsch auf so eine Namenswahl reagieren würden. Aber heute sagt sie dazu erst mal nichts und hofft, dass ihr Patenkind ein gesundes kräftiges Mädchen sein wird. Sie verspricht Birgit, sich am Montag nach der Arbeit wieder wie gewohnt mit ihr zu treffen. Aber auf die Frage, ob sie jemanden verdächtige, weicht sie Birgit aus. Nicht, dass Birgit sich noch zu einer Kurzschlusshandlung hinreißen lässt.

Am nächsten Morgen fährt Petra ins Benedictum, um Herrn Günther abzuholen. Der Staatsanwalt a. D. hat eine Einkaufstasche dabei. Auf der Polizeiwache empfängt sie der nette Polizist und bittet die beiden in eines der Besprechungszimmer. Kommissar Schuster und sein Team würden in Kürze erwartet.

Dann kommt er auch schon und blickt sauertöpfisch.

»Was gibt es so Wichtiges? Ich habe wenig Zeit.« Mit Blick auf Herrn Günther sagt er zu Petra: »Was hat Ihre Seniorentruppe denn jetzt herausgefunden?«

Herr Günther hat schon weiße Knöchel, so muss er sich beherrschen. Petra lässt sich nicht provozieren.

»In der Tat haben wir spannende Hinweise. Aber offenbar wollen Sie lieber selbst im Trüben fischen.«

Schuster setzt sich dann doch hin und lässt sich einen Kaffee bringen.

Petra nickt Herrn Günther zu, der den Handschuh herauszieht und ihn auf den Tisch legt. »Das ist ein Neopren-Handschuh, der von Wassersportlern bei kühlen Temperaturen verwendet wird. Er wurde ganz in der Nähe des Tatortes am Ufer gefunden. Wir haben Grund zur Annahme, dass dieser dem gesuchten Stand-up-Paddler gehört, den auch die Zeugin von Langodamm gesehen haben will.«

Bei der Erwähnung von Frau von Langodamm schnaubt der Schuster. »Die Aussage der Zeugin verändert sich wie das Wetter im April.«

Als Herr Günther Anstalten macht, den Beutel wieder einzustecken, sagt er nur barsch: »Der bleibt da. Wer hat ihn gefunden?«

Darauf ist Petra vorbereitet und zieht ein Blatt mit der Anschrift des Verantwortlichen der Rama-Dama-Aktion heraus.

»Ich hab den Handschuh persönlich beim Bauhof aus den Säcken gezogen, das kann auch Altbürgermeister Johann Schmidt aus Otterschwing bezeugen. Und der Herr hier kann Ihnen bezüglich des Fundortes weiterhelfen.«

Gnädig streckt Schuster die Hand aus. An der Tür warnt er Petra: »Keine privaten Ermittlungen mehr! Mit Mördern ist nicht zu spaßen.«

Der nette Polizist geht mit ihr vor die Wache.

»In welche Richtung wird denn jetzt ermittelt?«, fragt sie ihn leise. Das könne er auch nicht sagen, man hoffe auf die eingehenden Meldungen der Bevölkerung.

»Dann haben wir ja gerade einen guten Beitrag geleistet«, meint Petra trocken und denkt, dass dem barschen Edi der Kamm auch noch herunterfallen wird.

Sie will keineswegs die Ermittlungen kurz vor dem Ziel einstellen. Als sie sich von Herrn Günther verabschieden will, um nach Frausching zu fahren, besteht er darauf, mitzukommen.

»Deine Mutter würde es mir nie verzeihen, wenn ich dich alleine zu diesem Dirk fahren ließe.« Immer, wenn Herr Günther ihre Mutter Gertraud erwähnt, wird sein Gesicht ganz weich und bekommt einen verschmitzten Glanz. Petra gibt nach und nimmt ihn mit auf ihre Erkundungsfahrt.

In Frausching herrscht geschäftiges Treiben. Die besagte Ferienwohnung liegt in Seenähe, und gerade kommt vom Dampfersteg eine Horde Tagestouristen und Pilger für den Heiligen Berg an. Jetzt am Vormittag sind die Büßer noch nüchtern, bei der Abendfahrt mit dem Dampfer sieht's meistens anders aus. Da hängen die Hemden aus den Lederhosenimitaten, es wird laut gesungen und gegrölt, und auf dem Dampfer herrscht ein individuell wahrgenommener Seegang. Petra und Herr Günther warten kurz ab, bis sich die Promenade wieder halbwegs lehrt. Petra will noch schnell einen Cappuccino bei ihrem Lieblingswirt trinken. Der stellt gerade die ersten Tische heraus, aber die Kaffeemaschine ist schon heiß. Herr Günther wählt ein Weizen, alkoholfrei. Petra nutzt eine ruhige Minute und zeigt dem Wirt das Foto von Dirk Hallbach. »War der schon mal bei dir?«

Der Wirt nickt. »Der sucht hier eine Wohnung, hat wohl eine Stelle bei dem großen pharmazeutischen Konzern bekommen.« Er schaut nach dem Sonnenstand. »Müsst eh gleich kommen, der trinkt immer vor seiner ersten Trainingsrunde einen Espresso bei mir.«

Und tatsächlich taucht an der Promenade ein sportlicher Mann mit einem Board unterm Arm auf. Petra weiß nicht recht, was sie jetzt am besten machen sollen. Ihn direkt ansprechen auf Moritz Lang und die ganze Geschichte mit der doppelten Masterarbeit? Bevor Petra sich mit Herrn Günther austauschen kann, ist Dirk auch schon da. Heute trägt er einen kurzen Neopren-Anzug in bunten Farben.

Er stellt das Board ab und bestellt einen Espresso. Petra fotografiert das Brett unauffällig und schlendert dann auch an den Tresen. Sie stellt sich neben Dirk und schaut zu ihm rüber.

»Guten Morgen, wir kennen uns doch, oder? Sie sind der Dirk aus Berlin. Machen Sie hier Ferien?«, eröffnet sie ungezwungen die Unterhaltung.

Dirk Hallbach ist gar nicht begeistert von Petras Ansprache und wendet ihr den Rücken zu. Petra versucht, mit ihm ins Gespräch zu kommen. »Ich würde das mit dem Paddeln auch gerne lernen. Das sieht so elegant aus, wenn man durchs Wasser gleitet. Was meinst du, wär das etwas für mich?«

Dirk schaut sie jetzt doch an.

»Ja klar, das macht dir bestimmt Spaß. Brauchst halt erst mal ein breites Anfängerbrett und einen Kurs«, sagt er und schnappt sich sein Brett. »Ich muss los.«

Nach wenigen Minuten sieht Petra nur noch eine Silhouette durchs Wasser gleiten.

»Wie lang ist er normalerweise weg?«, fragt sie den Wirt. »So ein bis zwei Stunden, je nachdem«, meint er. Das hat auch Herr Günther gehört, und schnell gehen die beiden in Richtung Ferienwohnung davon.

»Also das Board von Dirk ist eines von der gesuchten Marke«, sagt sie. Dirks Hauswirtin putzt gerade das Treppenhaus und ist schon ein etwas älteres Semester. Petra nickt Herrn Günther zu, der übernimmt.

»Guten Tag! Ein wunderschönes Anwesen haben Sie da und so gepflegt! Ich bin auf der Suche nach geeigneten Quartieren für eine große Familienfeier und wollte mich bei Ihnen mal erkundigen.«

Herr Günther redet auf die Frau ein, und am Ende ist sie bereit, den beiden kurz mal die Ferienwohnung zu zeigen, in der Dirk Hallbach wohnt.

Petra schaut ins Bad. Dort trocknet der schwarze Neoprenanzug. Sie macht schnell ein Foto. Auf dem Tisch liegt ein Kuvert mit dem Firmenlogo des Pharmakonzerns. Petra macht so viele Detailaufnahmen wie möglich. Sie wird unruhig, denn Dirk darf sie nicht in der Wohnung erwischen. Deshalb ruft sie Herrn Günther und sagt, dass sie jetzt losmüssten.

Gerade als sie wieder Richtung Parkplatz gehen, kommt der Dirk schon vom See herauf. Das war knapp!

Zum Mittagessen will Herr Günther auch wieder im Benedictum sein, deshalb machen sich die beiden umgehend auf den Weg. Sehr interessant ist, dass die Hauswirtin Herrn Günther erzählt hat, dass der nette junge Mann aus Berlin schon das zweite Mal bei ihr logiere. Das erste Mal war er zu Vorstellungsgesprächen im April da, gerade zur Zeit der Stichwahl, und dass das mit dem Job geklappt hat, das wusste sie auch. Aber irgendwie scheint es jetzt Probleme zu geben, Genaueres wusste sie auch nicht.

Petra kann sich schon denken, was für Probleme das waren. »Wenn Dirk Hallbach als Plagiator überführt wird, dann wird es nichts mit der lukrativen Stelle bei dem Konzern«, sagt sie und berichtet Herrn Günther über ihre Recherche-Ergebnisse. Dass der Moritz sich mit fremden Federn schmückt, hält er auch für wahrscheinlicher.

»Wir brauchen das Masterdiplom von Moritz Lang, dann können wir sehen, ob das echt ist«, schlägt er als nächsten Schritt vor.

Also fährt Petra nach einem kurzen Stopp vor dem Benedictum wieder nach Otterschwing. Die Räumung der Wohnung von Moritz Lang steht sowieso an, das hat Marlene Hirsch angekündigt. Deshalb liegt auf dem Hölzle-Hof auch der Schlüssel.

Petra holt sich das Okay von Marlene und geht zu Fuß zur Wohnung. Sie hat sicherheitshalber Einmal-Handschuhe und Zip-Beutel dabei. Kaum ist sie in der Wohnung, kommt auch gleich die Hauswirtin um die Ecke und zetert. Sie erklärt ihr, dass sie im Auftrag von der Bürgermeisterin wegen der Räumung da sei. Das beruhigt die ältere Dame, die erst gestern spätabends verdächtige Geräusche aus der Wohnung gehört haben will. Tatsächlich ist der Arbeitsplatz von Moritz durchwühlt, Papiere liegen herum. Petra ruft gleich in der Polizeistation an und wird zu Kommissar Schuster durchgestellt. Er weist Petra an, die Wohnung sofort wieder zu verlassen und abzuschließen. Das muss sich die Spurensicherung genauer anschauen. Petra macht ein paar Bilder mit ihrem Smartphone und verlässt gehorsam die Wohnung. Dann klingelt Sebastian Eberdinger durch. Schnell geht Petra zurück zum Hölzle-Hof, denn auf offener Straße kann sie sich nicht mit ihm besprechen. Sebastian hat gleich einen guten Tipp für Petra: »Finde den Professor, der die Masterarbeit von Dirk Hallbach betreut hat.«

Als Petra gerade den Namen recherchiert hat, steht Kommissar Schuster vor der Tür und schnauzt sie an: »Ich habe Ihnen gerade eben erst untersagt, weiter auf eigene Faust zu ermitteln. Sie gefährden sich und Ihre Seniorentruppe. Das geht so nicht!«

»Sie erwarten doch Hinweise aus der Bevölkerung«, flötet Petra so unschuldig wie möglich. »Haben Sie denn jetzt schon eine konkrete Spur? Wann wird der Mörder von Moritz Lang verhaftet?«, hakt sie nach.

»Wir sind dran«, murmelt der Kommissar, was Petra nicht zufriedenstellt.

Petra schickt dem Professor Fotos von Dirk Hallbach und Moritz Lang per Mail und bittet um Rückruf. Dieser kommt postwendend. Er habe schon mit einem Anruf der Presse gerechnet, meint der Professor. Da gäbe es ein Missverständnis wegen der Arbeit von Dirk Hallbach, einem ausgezeichneten Wissenschaftler. Petra bittet ihn, ihr schriftlich zu bestätigten, dass Hallbach die Arbeit angefertigt habe. Moritz Lang war ihm dagegen unbekannt.

»Da muss wohl ein Fehler bei der Erfassung im Universitätsregister vorliegen, denn dort werden tatsächlich beide Arbeiten unter unterschiedlichen Namen geführt«, sagt ihr der Professor nach einer Suche im Intranet. Er werde der Sache nachgehen.

Petra überlegt, wie sich das Ganze zugetragen haben könnte. Warum hat Dirk Hallbach nicht sofort die dreiste Fälschung von Moritz Lang aufgedeckt? Welche Verstrickung haben die beiden miteinander? Und welch ungerechte Entwicklung – Hallbach steht vor dem Ende seiner wissenschaftlichen Karriere, während Moritz Lang es sogar geschafft hat, als Newcomer zum bayerischen Landrat gewählt zu werden und als neuer Stern am Politikhimmel galt. Sie muss noch mal mit Dirk reden. Oder soll sie gleich den Kommissar Schuster einweihen?

Petra entscheidet sich für eine weitere Fahrt nach Frausching. Sie ruft Birgit an und organisiert ein spontanes Sonnenuntergangsschauen bei ihrem Lieblingswirt auf der Promenade um neunzehn Uhr.

»Das wird dich aufmuntern, und das Wetter passt auch«, meint sie, als ihre Freundin zögert.

Petra fährt schon ein wenig eher auf die andere Seeseite und schlendert in der Frauschinger Seestraße herum. Von Dirk Hallbach ist weit und breit nichts zu sehen. Sie geht näher an das Haus mit der Ferienwohnung heran. Das Fenster in der Wohnung der Hauswirtin steht offen, und man hört deutlich Jörg Pilawa, der Quizfragen stellt. Petra geht zum Hauseingang, dann schickt sie ihrer Freundin Birgit die GPS-Daten aufs Handy und schreibt: *Bin bei Dirk H. 10 Minuten. P.*

Plötzlich packt sie jemand von hinten, legt ihr die Hand auf den Mund und zieht sie in den Treppenaufgang hinein. Sie wehrt sich, das Handy fällt ihr aus der Hand. Hoffentlich ging die Nachricht raus, bangt Petra, und dann wird ihr schwarz vor Augen.

KAPITEL 19

Bevor Petra richtig zu sich kommt, spürt sie in ihrer Schulter und in ihren Armen einen scharfen Schmerz. Sie sitzt auf einem Küchenstuhl, und ihre Hände sind nach hinten festgebunden. Vor ihr steht Dirk Hallbach, sein Gesicht ist eine verzerrte Grimasse. Bevor sie wieder wegdriftet, gibt er ihr eine Ohrfeige und schreit: »Du blöde Fotze, was schnüffelst du hier rum? Kannst du nicht einfach Ruhe geben?«

Petra fängt an zu sprechen. Sie ist heiser, die Stimme will ihr nicht gehorchen. Sie räuspert sich, spricht leise, dann wird sie lauter: »Dirk, ich habe eben mit deinem Professor telefoniert. Es wird alles gut, er wird richtigstellen, dass du kein Plagiator bist. Dann kannst du in Berlin an deiner Uni eine richtig gute Karriere hinlegen. Lass mich einfach gehen, dann wird alles gut.«

Dirk lacht nur. »Es wird alles gut? Für mich wird nichts mehr gut, es ist sowieso schon alles egal.« Dabei schaut er unglücklich zu Boden.

Petra spürt, dass er sich öffnen will. Sie startet einen neuen Versuch. »Ist es wegen dem Moritz?«

Dirk tigert vor ihrem Stuhl auf und ab und ringt mit sich.

Dann fängt er an zu sprechen: »Der Mors ist selbst schuld, er wollte einfach nicht hören, hat immer weitergemacht, und es war ihm komplett egal, dass er meine Karriere zerstört. Und die Yvonne, meine große Liebe, hat er verhext mit seinem Gerede, seinen Versprechungen, seiner ganzen Zauberwelt. Ich bin auf ihn reingefallen, habe ihm alle Türen geöffnet. Ich wollte ihm doch nur einen kleinen Gefallen tun!

Es war kurz vor Weihnachten, und der Mors war ganz verzweifelt, weil er seiner todkranken Mutter kein Zeugnis präsentieren konnte. Todkranke Mutter – und darauf bin ich auch reingefallen. Nur dafür sollte es sein. Das hat er mir geschworen bei allem, was ihm heilig ist. Er hat mir sein Ehrenwort gegeben.«

Während Dirk redet, versucht Petra, die Fessel loszumachen. Im Treppenhaus klingelt etwas. Es ist Petras Handy. Dirk holt es rasch, packt es und schmeißt es auf den Boden. Das Display splittert.

Hoffentlich war das Birgit, und hoffentlich ruft sie Hilfe!

Der wütende junge Mann steht wieder vor ihr.

Sie muss reden, ihn bei Laune halten. Hoffen, dass sie die richtigen Knöpfe bei ihm drückt.

»Und dann hat er dein Zeugnis hier bei der Wahlkommission vorgelegt?«

Dirk ballt die Faust. »Ja, der Mors hat es einfach schamlos für seine Karriere benutzt, und um das Ganze wasserdicht zu machen, hat er oder seine Helferin Yvonne den Abschluss noch schön in die offizielle Datenbank eingetragen, und zwar mit meinen Zugangsdaten. Bei allem, was ihm heilig ist? Offenbar ist ihm gar nichts heilig!«

Dirk schnaubt, sein ganzer Körper ist angespannt. Petra versucht, Spannung herauszunehmen.

»Du wolltest ihm ein bisschen Angst machen, oder?«

Dirk wird blass. »Woher weißt du das? Hat mich jemand gesehen? Weiß die Polizei davon?«

Er wirkt plötzlich noch hektischer.

Petra zittert innerlich, versucht aber, ganz ruhig zu wirken. »Aber wenn es ein Unfall war, und das war es sicher, dann kannst du doch gar nichts dafür. Das wird sich alles aufklären«, redet sie besänftigend auf Dirk ein.

»Ja, stimmt, ich wollt den Moritz ein bisschen einschüchtern. Und dann geht der Trottel ins Wasser und meint, dass er Jesus ist. Und dann ist er einfach abgetaucht. Das ist wieder so typisch!«

Dirk stampft dabei mit einem Fuß auf.

»Du hättest ihn wahrscheinlich gar nicht mehr retten können. Das kannst du dem Kommissar Schuster alles sagen, dann klärt sich das auf.«

»Nein, keine Polizei, und jetzt halt das Maul, ich muss nachdenken«, schreit Dirk wieder. Mit einem karierten Geschirrtuch formt er eine Art Rolle und knebelt Petra.

Petra sitzt ganz still und schaut die Uhr an der Wand an. Eine Viertelstunde ist seit dem Handyklingeln vergangen. Wenn Birgit Alarm geschlagen hat, dann müsste bald etwas passieren. Wenn nicht, dann wird Petra wohl Moritz' Schicksal teilen.

Sie schrickt auf. Getrappel im Treppenhaus. Und tatsächlich läutet es an der Wohnungstür.

Die Hauswirtin ruft: »Herr Hallbach, ist alles okay bei Ihnen?«

»Die nächste neugierige Alte …«, murmelt Dirk, formt mit der rechten Hand eine Waffe und richtet den Finger auf

Petra. Er geht zur Tür und öffnet der Hauswirtin einen Spalt. Und dann geht alles ganz schnell.

Petra kann hinterher gar nicht sagen, wie genau der Ablauf war, aber auf einmal ist Kommissar Schuster bei ihr, und Dirk Hallbach wird von mehreren Polizisten umringt, die ihre ganze Kraft aufwenden müssen, um den Tobenden zu bändigen. Nach dem lauten Gerangel liegt Dirk fixiert am Boden. Petra wird von einem Beamten an ihm vorbei aus der Wohnung gebracht. Draußen kommt ein Rettungswagen angefahren. Die Sanitäter kümmern sich um Petra, der wieder schwindlig wird. Aus dem Augenwinkel bekommt sie mit, dass Dirk Hallbach in einen Polizeiwagen verfrachtet und weggefahren wird.

Am nächsten Morgen steht Kommissar Schuster vor Petras Tür. Sie soll sich noch schonen, denn sie hat neben blauen Flecken auch eine leichte Gehirnerschütterung abbekommen.

»Dirk Hallbach hat ein umfassendes Geständnis abgelegt. Er hat Moritz Lang den Schlag auf den Kopf verpasst und ihn dann im Wasser treibend seinem Schicksal überlassen«, eröffnet Kommissar Schuster das Gespräch.

»Wir waren im schon auf der Spur, dank der Fingerabdrücke. In dem Neoprenhandschuh und bei Moritz Lang in der Wohnung haben wir gute Abdrücke sichern können. Außerdem konnten wir ein Paddel sicherstellen, auf dem unsere Forensik winzige Blutpartikel von Moritz Lang gesichert hat und dazu Hautpartikel, die vermutlich dem Täter gehören. Das Labor arbeitet noch. Sie haben sich wieder einmal ganz unnötig in Gefahr gebracht. Wenn Ihre Freundin nicht so schnell geschaltet und uns erst später alarmiert hätte, dann wäre die Sache für Sie sicher schlimmer ausgegangen als mit einer kleinen Beule und ein bisschen Kopfweh.«

Kommissar Edi Schuster macht eine Pause und schaut grimmig, dann setzt er nach: »Ich hatte Sie doch gewarnt, sogar mehrfach. Sie und Ihre Seniorentruppe!«

Nach dieser Ansprache schweigen die beiden sich erst mal an. Petra ist nahe dran, ihrerseits dem Kommissar die Leviten zu lesen, denn dass die SOKO Benedictum überhaupt ermitteln musste, war ja die Schuld seiner Bequemlichkeit. Sie begnügt sich damit zu sagen: »Wenn die Sache mit dem Sepp Bledschneider nicht gewesen wäre.« Pause.

»Wir sind nur den Hinweisen nachgegangen«, meint Schuster lapidar.

Mit der Aufforderung, dass Petra noch eine schriftliche Zeugenaussage auf dem Revier machen müsse, geht er wieder. Später kommt ihre Mutter Gertraud mit Herrn Günther vorbei. Petra liegt blass auf dem Bett. Nach einem Blick auf sie übernimmt Mutter Gertraud das Kommando und fängt an, ihre Sachen zusammenzupacken.

»Die Marlene braucht die Ferienwohnung, und du erholst dich besser in München. Der Herr Günther wird dich bringen«, bestimmt sie.

»Und mein Auto?«, wendet Petra ein.

»Das kannst du dann in ein paar Tagen holen, wenn du in Fischau auf dem Revier bist und deine offizielle Aussage machst. Zum guten Abschluss machen wir noch mal eine schöne Kaffeetafel bei Johann Schmidt! Du musst uns doch noch alles haarklein erzählen.«

Die Fahrt nach München mit Herrn Günther verläuft schweigsam. Petra ist immer noch leicht übel, und das Sitzen im fahrenden Auto strengt sie sehr an.

Wacklig stakst sie aus dem Auto. Herr Günther zieht auch noch einen Einkaufskorb mit Brot, Butter, Wurst und Käse sowie Milch und Saft hervor. »Gertraud hat an alles gedacht. Hier hast du noch ein kleines Überlebenspaket. Warte, ich bring dich und dein Gepäck rauf.«

Resolut nimmt er Petra am Arm. In ihrer Wohnung muss sie sich gleich aufs Sofa legen. Herr Günther lüftet, räumt die Lebensmittel auf und geht erst, als Petra auf dem Sofa eingeschlafen ist.

Weniger glücklich ist ihre Chefin bei der *Münchner Postille*, als Petra sich am nächsten Morgen nach ihrem Sonderurlaub nun auch noch krankmeldet und außerdem kein Exklusivinterview à la *Ich war in den Händen eines Mörders* geben will.

»Darüber muss ich in aller Ruhe nachdenken, wenn es mir besser geht«, sagt Petra ihr. Aber im Grunde ist das ein höfliches Nein. Diese Art Sensationsjournaille hat sie noch nie gemocht.

Einige Tage später ist Petra wieder einigermaßen fit und fährt mit der S-Bahn raus aus der Stadt nach Frausching, um mit dem Dampfer nach Fischau überzusetzen. Sie hat einen Termin für ihre Aussage bei der Polizei ausgemacht und Herrn Günther gebeten, mit dabei zu sein.

Petra steht auf dem oberen Deck des Dampfers und schaut sich um. In der Ferne leuchten die Alpen, der See liegt tiefblau und ruhig da, ein weißblaues Wolkenspiel umrahmt die Idylle. Alles sieht so leicht aus, so unbeschwert. Noch kühlt der Fahrtwind, aber im Laufe des Tages wird die erste sommerliche Hitze für hohe Temperaturen sorgen.

Mit dem Schiff fährt Petra nahe an der Stelle vorbei, an der sie vor ein paar Wochen Moritz Lang gefunden hat. Sorgenvoll schaut sie aufs Wasser.

»Das Leben geht weiter«, sagt ihre Mutter immer, und jetzt murmelt auch Petra diesen Spruch vor sich hin. Trost spendet er nicht.

An diesem Tag bietet sich ihr ein ganz anderes Bild. Der See lockt mit angenehmen Badetemperaturen, die aufblasbaren Einhörner und Flamingos bevölkern die Uferzone. Kinderlachen und Musik aus den Boxen vermischen sich mit dem Stampfen des Raddampfers. Die Leichtigkeit des Sommers, die Petra so liebt, will sich nicht so recht bei ihr einstellen. Die Ereignisse der letzten Wochen und Tage haben auch bei ihr Spuren hinterlassen.

Am Dampfersteg wird sie schon von Herrn Günther erwartet. Er holt sie mit dem Auto ab, damit sie nicht den steilen Berg zur Polizeiwache hinaufgehen muss. Eigentlich ist das bei der kurzen Strecke eine Öko-Sünde ersten Ranges, aber Petra ist heute froh um den Komfort.

Vor der Polizeistation atmet sie noch einmal tief durch. Ihre Aussage nehmen der Kommissar und sein Assistent auf. Sie kann den beiden im Grunde nichts Neues erzählen. Die Sache mit dem Zeugnis hat Hallbach schon angeführt und auch, dass er Moritz Lang nur habe erschrecken wollen. Wie die Sache zu bewerten sei, müsse letztendlich ein Gericht entscheiden. Kommissar Schuster geht von Mord aus, Hallbach plädiert auf unterlassene Hilfeleistung. Was den Übergriff auf Petra angehe, so werde die Staatsanwaltschaft auch dies ermitteln, wenn sie Anzeige erstatte. Petra schüttelt den Kopf.

»Da möchte ich auf eine Anzeige verzichten. Ich bin mir sicher, dass er mir eigentlich nichts tun wollte. Ich war nur zur falschen Zeit am falschen Ort.«

Bevor der Kommissar ihr wieder eine Standpauke hält, von wegen Einmischen und Selbstgefährdung, fragt Petra nach den Beweisen gegen Dirk.

»Das Paddel haben wir dank des Engagements Ihrer Seniorentruppe bekommen«, sagt Schuster und blickt auf Herrn Günther.

»Mein Einfall mit den Inseraten in dem Wassersportladen war genau richtig. Das Paddel hat tatsächlich jemand am Morgen nach der mutmaßlichen Mordnacht auf einem Parkplatz in der Nähe von Fischau entdeckt und mitgenommen. Weil es aber für ihn selbst zu lang war, wollte er es verkaufen.«

»Günther hat alles richtig gemacht und uns die Inserate vorbeigebracht. Die Polizeiarbeit haben wir selbst erledigt. Das Paddel ist unser wichtigstes Indiz«, stellt der Kommissar mit einem leicht überheblichen Ton fest.

Dann ist Petra endlich fertig. Die Aussage ist unterschrieben. Mittlerweile hat sie ordentlich Hunger.

Herr Günther schaut auf die Uhr.

»Mittagszeit ist schon vorbei. Komm, wir gehen in das kleine Bistro und essen eine Kleinigkeit. Später sind wir noch zum Kaffeetrinken in Otterschwing verabredet.«

Petra ist das recht, das kleine Bistro kennt sie noch gut aus ihrer Zeit beim *Seekurier*. Dann geht Petra Kuchen kaufen in der guten Bäckerei in Fischau, und Herr Günther holt Mutter Gertraud aus dem Benedictum ab. Zusammen geht es zu Johann Schmidt nach Otterschwing, dem Hauptquartier der SOKO Benedictum. Petra wird mit großem Hallo begrüßt. Josie hat im Garten einen Kaffeetisch gedeckt und Bier kalt gestellt. Ihre Hündin Caro stimmt bei jedem Neuankömmling ein neues Heulkonzert an.

Besonders freut es Petra, dass der Sepp Bledschneider auch da ist. Er ist zwar noch immer blass um die Nase, aber schon wieder ganz munter. Er fängt sofort an, die Hündin zu erziehen.

Marlene Hirsch kann nicht lange bleiben. Als Bürgermeisterin hat sie einen Haufen Termine abzuarbeiten. Das Amt gefällt ihr trotzdem sehr gut. Nach einer Gedenkminute für den Moritz besprechen alle die Ereignisse. Dann macht Marlene noch eine Ankündigung: »Das Projekt Mehrgenerationenhaus wird in Otterschwing umgesetzt werden. Ich habe schon erste Schritte unternommen, denn ich finde, diese Vision vom Moritz muss umgesetzt werden. Und ihr seid alle herzlich eingeladen, das Projekt mitzugestalten!«

Mutter Gertraud blickt Herrn Günther in die Augen, und beide lächeln sich verliebt an.

»Ach Marlene, eine schöne Nachricht ist das. Ja, wir sind sehr gerne dabei!«

Und so klingt der Nachmittag versöhnlich aus. Auch der Franzi geht es inzwischen wieder besser, denn sie hat neuen Anschluss in der Uni gefunden. Am meisten Sorgen macht sich Petra um ihre Freundin Birgit, die mit ihrem Wunschkind schwanger ist, aber traurig wirkt.

»Wer wird denn neuer Landrat in Landsthal?«, erkundigt sich Petra am Rande der Kaffeerunde bei Marlene.

»Jetzt wird es halt der Birkländer. Von Experimenten haben die Wähler nach dem falschen Spiel vom Moritz genug. Da ist ja so einiges ans Licht gekommen, viele haben auch Geld in den Sand gesetzt. Offenbar hat er auch eine Art Luxusleben in Frankfurt geführt. Und sein Wahlkampf war wohl auch nicht ganz hasenrein.« Marlene macht eine kurze Pause. »Ich bin schon angegangen worden, weil ich mich für den Burschen stark gemacht habe. Aber da haben alle ihr Scherflein dazu beigetragen, und keiner hat etwas gemerkt. Außerdem muss man schon anerkennen, dass der Moritz ein politisches Talent war, trotz allem.«

Petra antwortet diplomatisch: »Das kann ich nicht beurteilen. Aber ich finde es sehr schön, dass du das Projekt Mehrgenerationenwohnen jetzt durchziehen willst.«

Mit dem Sepp Bledschneider geht Petra zum Hölzle-Hof, denn dort steht ihr blauer Polo, mit dem sie wieder nach München zurückfahren wird. Der Sepp hat gute Nachrichten. Seine Schulden sind bezahlt, nächste Woche gibt es in seinem Häuschen wieder Strom und Wasser. Auch hat er ein offizielles Schreiben bekommen, in dem er von allen Vorwürfen entlastet wird. Und das Beste: Er wurde gesundgeschrieben und muss nicht mehr in die Psychiatrie zurück.

»Ich bin wieder frei«, sagt der Sepp und kann dabei schon wieder etwas lächeln.

»Und was machst jetzt mit deiner Freiheit? Bleibst in Otterschwing und hilfst der Marlene, oder geht's wieder raus in die Welt?«, will Petra wissen.

»Erst mal bleib ich da«, brummt der Sepp.

Dann fährt Petra zurück nach München. Sie sieht das Grün der Hügel, das Blau des Sees, das Weiß der Alpen und die Zwiebeltürme der Kirchen im Rückspiegel. Petra hat jetzt schon Sehnsucht nach der ländlichen Idylle.

Bei der *Münchner Postille* wartet ein Schreibtisch voller Einladungskarten und sonstige Post auf sie.

Petra sitzt noch nicht richtig am Schreibtisch, da fegt ihre Chefin Caroline Morgenstern herein.

»Frau Rosenberger, Sie haben um elf Uhr eine Besprechung in der Chefredaktion, und später müssen Sie raus zum Flughafen. Wir haben wieder Promi-Alarm!«

Petra schafft es nicht mal zu fragen, um wen es geht, da ist die Morgenstern schon weitergerauscht.

Termin in der Chefredaktion? Das letzte Mal, als sie dort antanzen musste, landete sie hier in der Redaktion Vermischtes. Wird sie jetzt wieder versetzt? Oder wird ihr gar gekündigt?

EPILOG

Inzwischen ist es Spätsommer geworden. Die ersten Blätter verfärben sich schon. Petra Rosenberger steht in Otterschwing am Grab ihres Vaters und zupft ein paar Laubblätter weg. Das wird sie in Zukunft öfter machen, denn Petra wohnt seit ein paar Tagen in Otterschwing. Nicht weit vom Hölzle-Hof hat sie dank der Hilfe der tatkräftigen Bürgermeisterin Marlene Hirsch eine hübsche Einliegerwohnung mit Terrasse gefunden. Ihre Möbel sind schon an Ort und Stelle, und Petra fühlt sich jetzt schon heimisch.

Petra Rosenberger ist jetzt die Chefin vom *Seekurier*, denn Rainer Ortlieb wechselte als Pressesprecher ins Landratsamt und unterstützt nun den neuen Landrat Birkländer. Der *Seekurier* soll moderner werden, und Petra ist für den frischen Wind zuständig. Sie kann es kaum glauben, dass ihr heimlicher Wunsch, wieder ins Fünfseenland zurückzukehren, so schnell erfüllt wurde. Der *Seekurier* gehört nun auch zur *Münchner Postille*, und in der Chefredaktion dachte man gleich an Petra. Ihre Chefin, die Morgenstern, hatte sie in der oberen Etage wärmstens für die neue Position empfohlen, und Petra brauchte keine Minute, um zuzusagen.

Am meisten freut sie sich, dass auch ihre Freundin Birgit mit aufs Land ziehen will. Birgit ist inzwischen hochschwanger, und ihr kleines Mädchen soll nicht in der stickigen Stadt aufwachsen. In Fischau hat Birgit mithilfe von Mutter Gertraud und Herrn Günther eine schöne Dreizimmerwohnung gefunden. Noch vor der Geburt will Birgit umziehen, im Mutterschutz habe sie ja genügend Zeit dafür. Petra freut sich schon sehr auf das kleine Wesen, das bald auf der Welt sein wird. Sie wird Patentante, das hat sie Birgit sogar schriftlich zusichern müssen. Petra fand diese Aktion etwas übertrieben, aber damit Birgit sich besser fühlt, hat sie damals zugestimmt. Wer der Vater der Kleinen ist, hat Birgit ihr nicht verraten. Petra hat da so eine Vermutung, aber letztlich spielt es auch keine Rolle.

Auch das Mehrgenerationenhaus in Otterschwing wird mit Hochdruck geplant. Die Gemeinde hat schon ein Grundstück gekauft, und Marlene Hirsch ist gerade auf der Suche nach einem Träger. Die ersten Pläne wurden schon sehr wohlwollend im Gemeinderat aufgenommen. Petra hat aus ihrer Zeit beim Vermischten auch ein paar gute Kontakte, die Fördermittel locker machen können.

Petra lächelt sich im Spiegel an. Es läuft gerade alles richtig gut.

Dieser Roman spielt im oberbayerischen Fünfseenland. Orte und Personen sind frei erfunden. Ähnlichkeiten mit Lebenden und Verstorbenen sind nicht beabsichtigt. Die fiktive Gemeinde Otterschwing steht exemplarisch für eine kleine Landgemeinde im Hinterland. Manches ist von der Wirklichkeit inspiriert, reale Ereignisse werden aber nicht wiedergegeben, sondern sind von der Autorin frei erfunden.